전쟁 중 평양에서 헤어진 뒤 가슴 속에 언제까지나
살아계시는 분, 남북이 사랑으로 화합하는 그날에
감격의 눈물 펑펑 쏟으며 뵙게 될 것을 믿으며 불효
여식이 어머님께 감히 이 책을 바칩니다.

하늘에 그린 초상화

황경운 수필집

도서
출판 계간문예

어머니의 초상화를 그리며

계절이 수없이 머물다 간 하늘에 오늘도 어머니의 초상화를 그려봅니다. 어머니는 어머니가 제게 베풀어 주셨듯이 저도 한 어머니로서 행해야 할 사랑이 어떠해야 하는가를 가르쳐 주십니다. 저는 가족에게도 교우들에게도 이웃들에게도 많은 사랑의 빚만 지고 사는 것 같아 회한의 눈물이 솟습니다.

살아온 나날의 모습들이 여러 의미로 다가올 수 있는 깨달음을 준 것이 바로 문학이었습니다. 뒤늦게 글을 쓰기 시작하면서 비로소 그것을 알게 되었습니다.

이제 제 삶의 흔적들이 담긴 조촐한 글들을 엮어보려 하니 두려움이 앞섭니다. 곁에서 제 삶을, 신앙을 사랑으로 다독이며 이끌어 주신 모든 분들에게 먼저 감사를 드립니다.

머리글을 써주신 이수영 목사님, 문학의 문을 열어주신 새문안교회 기독교 문예창작교실 오인문 선생님, '문학의 향기' 좌장이신 최병호 선생님, 축시를 보내오신 시인이며 화가인 조영자 선생님에게 심심한 감사의 말씀을 올립니다.

묵묵히 지켜봐준 가족과 남편에게 고마운 마음을 전합니다. 이 책을 출판해 주신 계간문예 가족들에게 깊은 사의를 표합니다.

2006년 10월 우면산 기슭 우거에서

황 경 운

따뜻하고 겸손한 마음으로 세상을 읽는 분

이 수 영
새문안교회 담임목사

황경운 장로님께서 이번에 그동안 틈틈이 쓰신 글들을 모아 책을 내게 되신 것을 축하드립니다. 책을 내는 일은 누구나 할 수 있는 것이 아닙니다. 그럼에도 불구하고 많은 사람들이 책을 냅니다. 하지만 황경운 장로님께서 책을 내시는 것은 우리에게 특별한 의미로 다가옵니다. 사람이 모든 공적 활동으로부터 물러난 후에도 얼마든지 의미 있는 일들로 즐겁고 바쁘게 하루하루의 삶을 채워갈 수 있음을 친히 보여주신 것입니다. 장로님은 새문안교회의 첫 번째 여성장로로 임직하셔서 정년에 이르기까지 성실과 온유로 교회를 섬기시며 온 교우들의 신뢰와 사랑과 존경을 받으셨습니다. 그러나 장로로서의 정년퇴임은 그의 활동의 끝이 아니었습니다. 장로님은 문필가로서의 새로운 활동으로 또 다른 인생을 시작하신 것입니다. 물론 장로님께서는 이미 오래 전부터 바쁘고 쉴 새 없는 삶 속에서도 틈틈이 글을 쓰셨지만 이제는 자유롭게 문필활동에 전념하실 수 있게 된 것입니다.

금년에 내신 장로님의 책에서는 삶에 대한 그의 충실함과 인격이 느껴집니다. 거기서 우리는 삶의 매 순간과 그 속에서 일어나는 모든 일들을 하나하나 의미 있게 바라보는 장로님의 눈을 발견할 수 있습니다.
그 눈은 늘 긍정적이고 신앙적이며 감사로 가득 찬 눈임을 알 수 있습니다. 장로님은 글을 쓰시되 멋을 부리려고 하지 않습니다.

6

따뜻하고 겸손한 마음으로 읽는 세상과 인생을 그대로 쉬운 글로 옮겨놓고 계십니다. 그래서 모두가 편안하게 공감할 수 있는 글들입니다. 허락되는 삶의 매 순간을 문필활동으로 성실하게 살아가는 모습을 보여주시는 장로님께 감사를 드리고 싶습니다. 그리고 건강하셔서 앞으로 더욱 많은 글을 쓰시기 바랍니다. 쌓여가는 연륜과 함께 인생을 관조하시는 시선의 깊이도 더해갈 것이고 그래서 장로님의 글은 우리에게 더욱 더 잔잔한 감동으로 다가오리라 믿습니다. 다시 한 번 마음 깊은 곳으로부터 축하를 드립니다.

2006월 9월 17일

동산의 백합화
황경운 선생님의 수필집 출간에 즈음하여

조 영 자
시인 · 화가

동산에 빼어난 백합화는
비바람과 눈보라를 헤쳐 오며
가슴 가득 품어온 향기를
노을 언덕에 풀어놓으시네.

사방이 어두웠던 시절
일찍이 태평양을 건너
선각자로 돌아오시어
웅크린 꽃망울들 향해
청운의 꿈을 가리키던
높고 곧은 푯대를 세우셨네.

푸른 물줄기에 드리운
청아한 운율과 학의 몸짓
반세기 흘러갔어도
등대되어 반짝이시네.

8

남의 마음으로 내 마음 삼아
그늘진 곳에는 빛으로
젖은 곳에는 한줄기 바람으로
상처 난 곳에는 헝겊으로 감싸주며
고요히 빛을 발하는 촛불의 삶

멀—리 두고 온 둥지
북창을 바라보는 긴 나날 속에
그리움의 무지개를
『하늘에 그린 초상화』로
활짝 핀 백합화여!
그윽한 향기 꽃빛 영원하소서.

목 차

어머니의 그늘

문학의 향기

바람 따라 구름 따라

기도문

어머니의 그늘

하늘에 그린 초상화

"일어나지 않을래요?"

남편의 목소리에 놀라 잠에서 깨어났습니다. 오전 7시 30분. 새벽녘에 깼다가 다시 잠이 들었었나 봅니다. 모처럼 어머니를 꿈에서 뵈었는데……. 안타까운 마음이 절절했습니다. 사무치게 보고 싶고, 생각만 스쳐도 눈물부터 차오르는 어머니! 남북 분단의 처절한 상흔 속에 내팽개쳐진 씁쓸한 운명들.

저는 평양 토박이로 육 남매 중 다섯째였습니다. 어렸을 때부터 어머니를 졸졸 따라다닌 저는 어쩌다 어머니가 편찮으시기라도 하면 걱정이 태산 같아 학교 가지 않겠다고 떼를 썼습니다. 큰오빠는 결혼해서 대구에서 살았습니다. 일제는, 큰오빠가 미국에서 공부했다는 이유만으로 구금을 시켰습니다. 평양에서 대구가 어딘데, 면회 가는 어머니를 따라가겠다고 어린 제가 성화를 부렸던 기억이 어제 일인 듯 생생합니다.

6·25 전쟁 때, 징집대상자인 남동생을 뒤주에 감춰 싣고 시골 친척집으로 소개했습니다. 빈집과 개를 이웃집에 맡겨 놓았던 터라 어머니는 언제 폭탄이 쏟아질지 알 수 없는 상황에서 평양 집

을 자주 오갔습니다. 저는 헤어짐의 숙명을 예감이라도 한 듯 떼를 써가며 어머니 곁에 그림자처럼 붙어 다녔습니다.

한창 전쟁 중이던 1950년 12월 1일, 우리 집에서는 젊은이들만 피난을 하기로 했습니다. 아수라장 같은 북새통에 떠밀려 배에 올랐습니다. 대동강 철교는 이미 끊긴 상태였고, 배가 도강의 유일한 수단이었습니다. 저와 남동생, 형부 형제, 그리고 세살배기 꼬마 조카딸이 우리 일행이었습니다. 강 건너 선교리의 사촌언니 집으로 몰려갔습니다. 식구들 걱정으로 뒤척이고 있는데 갑자기 폭탄 터지는 소리가 나더니 그 소리는 점점 가까워졌습니다. 우리는 황급히 이불을 뒤집어쓰고 대피했습니다. 날이 밝아 집으로 쫓아가 보니 여기저기 널브러진 폭탄자국들 뿐이었고, 강을 건너던 인파도 뚝 끊겼으며, 우리가 탔던 마지막 배도 불타버린 뒤였습니다. 강변에 쌓였던 포탄을 다 폭파시키고 작전상 후퇴한다는 전선을 우리도 뒤따라야 했습니다. 전쟁의 참혹상에 소름이 끼쳤습니다. 떨어지지 않는 발걸음으로 자꾸만 뒤돌아보며 흘렸던 그 눈물이야…….

다행히 기차를 탈 수 있어 대구 오빠 집에 도착한 것이 12월 20일. 갈 수도 올 수도 없는 이산의 비극이 바야흐로 시작된 것입니다.

명절 때만 되면 나의 가슴앓이는 기승을 부립니다. 어머니는 나의 모든 것이었기에 더 잃을 것이 없는 뼈 아픈 상실감에서 몸부림쳤습니다. 추석 때면 임진각을 찾았습니다. 멀리 바라보이는 북녘 땅, 눈물이 시야를 가렸습니다. "오마니!" 하고 외치면 "겨우나!" 하는 어머니의 목소리가 메아리치듯 가슴에 밀려왔습니다. 어머니는 언제나 저를 "겨우나"로 불렀지요. 겨울이면 화로의 숯내에 쩔쩔맸는데 그때마다 "겨우나! 김치 국물 마셔라" 하시던 음성이 지금도 귓가에 쟁쟁합니다. 떠나보낸 저희를 그리며 어머니는 얼마나 가슴 아파 하셨을까요. 그 메아리 속에, 그 자애로운 음성 속에 마지막 뵈었던 어머니의 영상이 떠올려졌습니다. 그러나 스쳐 지나가는 바람이었습니다.

2년 전 여름, 장마철이었지만 나는 어머니의 관향인 안동을 찾았습니다. 설렘에 한껏 부풀었지요. 어머니 김지영(金芝英)은 안동 김씨입니다. 마치 어머니에게로 가까이 간 것처럼 주체할 수 없는 눈물이 빗물인 양 흘러내렸습니다. 나는 50여 년의 한을 씻어 내리듯 퍼붓는 장대비를 눈물범벅으로 한없이 맞았습니다. 이렇게 많은 비를 맞아본 일이 없었습니다. 이윽고 후련해진 느낌을 어떻게 표현할 길이 없었습니다. 외가의 여러분들을 생각하며 지례마을 김씨 종가에서 개구리의 푸른 울음 소리에 회한과 연민을 묻고 돌아왔습니다.

저는 오빠가 소장했던 유일한 가족사진을 보물처럼 간직하고 있습니다. 빛 바랜 흑백사진 속에는 두살배기였던 제가 어머니 품에 색동저고리 차림으로 안겨 있습니다. 아버지와 어머니, 가족들을 일일이 뚫어져라 들여다보아도 눈물로 밖에 그려지지 않는 초상이었습니다. 가슴에 부서지는 회억(回憶)이었습니다.

2004년이 저물어가는 12월, 〈고향에 가는 길〉이란 화제(畫題)의 동양화를 입수하였습니다. 작가는 새문안교회의 임원희 권사. 고향에 가고 싶은 향수를 달래주곤 합니다. 과연 저 길을 따라 언제나 고향 땅을 다시 밟을 수 있을까요. 어릴 적에 외가에 가던 길이 그림 속의 길인 양 마음에 다가오곤 합니다.

광복 60주년 기념 특별기획전, 〈아! 어머니〉를 관람했습니다.

"어머니 당신을 사랑합니다"라는 초입의 큰 팻말이 또 와락 눈물을 쏟게 했습니다. 격랑의 세월을 꿋꿋이 살아온 어머니들의 발자취가 거룩하고 아름답게 다가왔습니다. 거기에는 우리 어머니도 계신 듯했습니다. 어머니에 대한 애틋하고 지고지순한 사모곡을 여러 편 읽어 내려갔습니다. '어머니'라는 공동분모 속에 이룩한 해방 60년의 역사를 저는 차근차근 짚어 보았습니다. 사연과 하는 일은 달라도 눈물과 사랑으로 일구어낸 어머니가 만든 대한민국이 바로 거기 있었습니다. 우리가 지나온 길이 우리를 지켜보고 있었으며, 지나온 그 길이 우리를 보호하고 있다는 사실이 깊은 감동으로 마음을 적셔 주었습니다.

아버지의 토시, 두 벌인 어머니의 배자는 지금껏 제가 보관하고 있습니다. 어떤 경로로 제게 오게 되었는지 알 길이 없습니다만 부모의 흔적을 간직하게 된 것을 저는 무엇보다 다행으로 여기고 있습니다. 팔에 껴 보고 입어 보며, 거기 스며있을 찐한 냄새와 땟자국에서 속울음을 울기도 했습니다. 낡고 찌들어 폐품으로 버려질 법한 토시와 배자는 클리닝을 해서 상자에 보관하고 있습니다. 대물림 되겠지요.

맑은 날, 눈을 크게 뜨고 높푸른 하늘을 봅니다. 깊은 밤, 잠 못 이룰 때 눈을 감고 있어도 보이는 것은 하늘입니다. 그 하늘에는 언젠가 제가 이르러야 할 영생복락의 하늘나라가 있고, 또 거기에 떠오르는 가장 사랑하는 분의 모습이 있기에 눈을 떠도, 감아도 저는 하늘을 봅니다. 그 하늘의 기대에 어긋나지 않는 저 자신의 '오늘'이 되도록 저는 기도하고, 행동하며, 또 거기에 사랑의 초상화를 그리고 싶습니다. 그 과정들이 앞으로도 계속 제 글 속에 담길 수 있다면 얼마나 좋을까요.

오늘도 하나님의 사랑 안에서, 모든 것을 초월한 그 은혜 안에서 삶을 살아가고 있습니다. 분단의 그림자 속에서 상처받은 슬픔은 저를 다시 신(神)에게 맺어 주었습니다. 아무리 슬픔이 몰아쳐 와도 하늘이 고칠 수 없는 슬픔, 그런 것은 이 세상에 없다고 했습니다. 마음속에 그려 나가는 초상화도 생명 샘이 마르지 않는 마음자리를 찾게 되려나 봅니다. 애통함도 슬픔도 없는 안식처요, 모태의 평화스런 품에서 비로소 완성이 되는 사랑의 표상이 아닐까요. 사랑의 초상화가 있기에 성경 속의 사랑 속으로 성큼 다가갈 수 있는 게 아닐까 생각해 보기도 합니다. 오늘도 어머니의 초상화를 그려 봅니다. 하늘에 그리는 사랑의 초상화를…….

"일어나지 않을래요?"

　어머니 꿈으로부터 저를 현실로 이끌었던 남편의 목소리가 또 들려오는 것 같습니다. 굳건하게 삶에 발붙이고 일어설 수 있도록 늘 곁에서 지켜준 그이의 말을 따라 저는 또 일어나, 오늘의 일을 찾아서 발길을 떼어 놓아야 할 것 같습니다.

(2005년의 글 〈어머니〉를 2006. 9. 보완해 고쳐 씀.)

터널 위의 옛집

모처럼 상도동을 다녀왔다. 25년만의 일이다. 상도역을 빠져 나가니 처음 찾는 거리처럼 생소하다. 두리번거리며 걸었다. 감회가 새로웠다. 발이 닳도록 오갔던 길인데 옛 모습은 간데없고 높이 솟은 빌딩과 질주하는 차량들이 새삼 격세지감을 느끼게 했다. 이윽고 상도동 513번지 우리 집에 이르러 보니 '예닮 유아원'의 뜰이 되어있다. 그대로 남아있는 세 그루의 감나무만 여전하다. 아니 사반세기를 버틴 만큼 묵직하고 의젓하다. 그때 나는 감이 익어갈 무렵이면 배앓이가 잦았다. 홍시가 특효약이어서였을까. 양지 바른 차고 위의 다락에 홍시를 간수하면서 친지들과도 푸짐하게 나누곤 했는데 지금은 어떻게 하고 있는지…….

당시 우리는 공기 맑은 동리에서 살고 싶었다. 찾아보니 그런 곳은 일인들이 살던 곳이었다. 누상동이 그랬고 상도동이 그랬다. 상도동으로 마음을 굳혔다. 일본인들은 노량진에서 전차를 내려서 '게다'를 탈탈 끌며 노량진 고개를 넘나들며 살았다고 했다. 촘촘한 가로수가 매우 인상적이었다.

남편의 설계로 우리는 2층 돌집을 지었다. 하루에도 몇 번이고 한강을 넘어야 했다. 집이 완성될 무렵, 뜻밖에 집을 사겠다는 사람들이 심심찮게 찾아왔다. 사람의 마음은 다 비슷한 것 같았다. 5개월여 만에 드디어 이사를 했다. 상량식 때 새긴 〈1968. 4. 26〉이란 머릿돌, 4월 26일은 바로 우리의 결혼 기념일이다. 처음으로 마음에 드는 집을 지어 살게 된 그 감회는 말할 수가 없었다. 한식 대문을 현대화시킨 것이 특이했던지 소문이 자자해져 그 유명세를 단단히 치르기도 했다. 우리 동네에 비슷한 대문이 두 군데나 더 생겼으니…… 얼마나 좋았던지 날마다 푸른 하늘이었다. 게다가 이 집에서 나는 늦둥이를 낳는 축복까지 안았다. 두 아이를 키우며 14년을 하루같이 지냈다. 사랑과 소망과 믿음의 근거를 둔 우리의 성(城)이었다.

　언젠가 우리 집 밑으로 터널이 난다는 가슴 철렁한 소식을 듣게 되었다. 국가가 하는 개발계획을 뉘라서 막을 수 있으랴. 보상을 해 준다고는 하지만 그게 문제가 아니었다. 공기 맑고 조용한 터전에 정성을 다해 지은 꿈과 성취가 넘치던 2층 양옥을, 잘 다듬어진 주변 환경을, 정든 이웃들을 두고 어디로 가야 한단 말인가. 갑자기 허허벌판에 내동댕이쳐진 느낌이었다. 한동안 우울증에 시달리기도 했다. 원래 계획은 우리 집 쪽이 아니었다는데 힘 있는 사람의 입김으로 중간에 변경이 되었다는 소문이 있어 우리를 더욱 허탈하게 했다. 우리가 평생 살려고 손수 지은 집을 내 손으로 헐어버리고 떠나야 하다니……. 고뇌의 나날이 흘렀다. 그래도 아파트에는 왠지 가고 싶지 않았다.

　결국 논현동에 대지를 구입했다. 집 짓는 역사가 또 시작되었다. 주된 건축재는 붉은 벽돌, 내장재는 수입 삼목(杉木), 완공하고 보니 벌집 모양의 천장이 정교했다. 나의 특청으로 온실이 하나 생겼다. 1982년 늦은 가을 7개월여 만에 이사를 했다. 상도동 집같은 벅찬 감격과 환희는 일지 않았다. 그러나 그 집보다 훨씬 좋은 집이었다. 주님의 은혜가 잔잔한 감동으로 마음을 적셔 주었다. 감사하는 마음으로 가슴이 메었다. 나는 보은의 삶을 다짐했다. 집을 개방하고 많은 손님을 접대하였다. 그 후 그렁저렁 상도동은 잊고 지냈다.

"정수 어머님 아니세요?"

뜻밖에 김 여사를 만났다. 그녀 역시 상도동에서 살다 떠난 사람이다. 함께 걸으며, 남궁원씨 집, 승호네, 정수네, 윤씨네, 유달영씨 댁 등의 옛이야기를 나누었다. 나는 우리의 집터에서 한참을 서성거렸다.

친지 중에 유일하게 상도동에 남아있는 최 여사를 찾았다. 그녀 집은 김영삼 전대통령 댁과 마주하고 있다. 마침 대문 앞에 부인 손명순 여사가 나와 있어 반갑게 인사를 나누었다. 우리는 차를 마시며 우리가 또 이사하게 된 사연을 얘기했다.

상도동, 논현동 집은 다 남편이 심혈을 기울인 작품이었다. 상도동 집은 터널 공사 때문에 헐렸는데, 논현동 집은 주변이 빌라단지가 되는 바람에 할 수 없이 또 헐리게 되었다. 가슴 저리게 아까웠다. 말수 적은 남편의 심정인들 오죽했으랴. 그러나 그 집은 우리만의 전유물인, 이 땅의 불가침의 성이었던가. 다른 어떤 사람도 집으로 차지할 수 없게 되었으니…….

지금은 맨션에서 살고 있다. 호텔 손님처럼 그냥 편안하게 맨손으로 사는 느낌이다. 뜰이 없다. 계절 따라 피고 지는 꽃도 없고, 영근 열매도 없다. 거실에 안겨 오는 우면산의 사계가 위안이 되고 있을 뿐이다. 그래서인지 유아원의 뜰로 가꾸어진 '터널 위의 옛집'이 가끔 떠오른다.

(2003. 9. 22.)

진정 닮고 싶은 표상

계속되는 열대야에 시달린 심신을 주체하지 못해 에어컨과 선풍기에 매달리면서도 산으로 바다로 피서 떠나는 행렬이 줄을 이었다. 지구 온난화로 치솟은 폭서 탓일까, 참을성이 희박해져 가는 근력 때문일까. 자연의 바람으로 적당히 몸을 식히며 찬물에 발을 담그기도 하고 목물 치기도 하던 전통적인 느긋함은 실종되어버린 옛 습속인가.

기세등등했던 그 열기가 계절에 밀려 며칠 사이에 맥없이 휘청대는 기상 이변이라니. 맑고 부드러워진 햇살이 선들바람 몰고 9월을 부른다.

올해 9월 초하루는 오라버니의 4주기(週忌)이다. 나는 흰 국화 꽃바구니를 준비하여 집을 나섰다. 여름이 한 발 비낀 길목에서 오라버니의 추억을 찾아 나선 것이다.

"올바른 삶은 올바른 목표 설정과 그 성실한 실천적 노력의 집념"이라던 오라버니의 그 좌우명이 먼저 떠올랐다.

오라버니는 미국에서 돌아와 바로 결혼하고 대구 동산기독병원 내과의로 근무를 했다. 6·25 사변이 발발하자 미국 선교사들이 귀국하는 바람에 오라버니는 바로 원장 서리가 되었다. 경찰병원을 부설하여 부상당한 경찰을 진료하기도 했다. 포항 선린병원을 설립하고 폭격으로 파괴된 안동 성소병원을 신축하는 등, 바쁜 가운데서도 그 유창한 영어로 많은 후배 의사들에게 미국 유학의 길을 열어 주기도 했다.

피난시절 이북 고향 출신의 친척들까지 모두 보살피느라 동분서주했다. 얼마나 힘들었으면 올케가 "인간폭탄을 맞은 것 같다"고 했을까. 오라버니의 속내를 잘 아는 나는 집을 떠나온 허전함을 혼자서 삭혀나갔다. 그것은 '홀로서기'의 결정적 동기가 되었던 것 같다.

오라버니는 공직을 사임하고 병원을 개업했다. 내가 결혼하고 상경하기까지의 그 짧은 기간이 오라버니와 가장 가까이서 지낸 시간의 전부였다. 그리움으로만 바라보게 된 오라버니, 가끔 대구에 내려가면 오라버니는 나를 조용히 바라보며 말했다.

"진찰실 책상 유리 속에 끼운 저 가족들의 사진 보이지? 나는 아침마다 그걸 보며 기도하고서야 진료를 시작한단다."

그 기도의 응답이었음인가……. 나는 오늘의 나를 돌아보며 그런 생각을 한다.

장로로 장립되던 날, 오라버니는 "내 생애 최고의 날"이라며 감격해했다. 모태(母胎)신앙으로 부모의 신앙을 귀하게 물려받은 몸으로 장로가 되었으니 그럴밖에.

내가 장로로 세움을 받고 인사하러 갔을 때 오라버니는 눈물 글썽이며 반기셨다. 처음 월남했을 때, '나를 많이 닮고, 공부도 제일 잘하던 동생'이 왔노라고 자랑하던 오라버니, 그때의 모습이 떠올라 가슴이 뭉클해진다.

올케의 와병으로 대구의 병원을 닫고 세 아들이 있는 서울로 올라올 수밖에 없었다. 설과 생신 때 식구를 거느리고 찾아뵈면 오라버니는 언제나 아버지 같았다. 아들만 셋을 둔 오라버니는 우리들에게 아이들 셋은 버거우니 둘만 두라고 걱정하기도 했다.

오라버니는 서울로 상경할 때까지 줄곧 대구에 살았기 때문에 대구의 유지였다. 의사회를 비롯해서 대한결핵협회, 적십자사, 가정복지회, 국제로타리클럽 등 요직을 두루 거치며 봉사하였다.

서울에 올라온 후로는 무척 외로워 보였다. 모든 사회활동을 접고 조용히 소일하는 것이 답답하기도 하고 적막하기도 했으리라. 대형 교통사고로 막내아들이 어려워지자 그 이름만 불러도 눈물 흘리던 모습이 애잔하게 떠오른다.

가끔 우리 집에 들르면 식도락가였던 오라버니는 특히 크림 케이크와 아이스크림을 즐겼다. 집안 혼사 같은 대사가 있을 때면 집에까지 찾아와 축하해 주던 자상한 오라버니, 어디를 가나 오라버니가 앉은 자리에서는 빛이 났다.

가족모임에서 자주 만나 정정한 모습 지켜보며 오래 수 하실 것이라 믿었었는데……. 당뇨와 고혈압, 폐렴으로 한 고비 넘기더니 위궤양 등 합병증으로 끝내 이승을 떴다.

일산을 지나 통일동산을 향해 자유로를 10여 분 달리면 왼쪽에 통일전망대가 바라다 보인다. 오른쪽 문산 방향으로 휴게소를 지나 3분여 달리면 왼편에 동화경묘공원의 전경이 시야에 들어온다. 이북 5도가 망향의 뜻을 두고 공동으로 조성한 묘역이다. 언젠가 기필코 가야 할 고향을 향하고 있다. 가족묘지는 대구에서 가까운 경산(慶山)에 있다. 그러나 막내아들이 마련한 이곳은 서울에 인접해 있다. 평남 A2, 9열 42.

꽃으로 뒤덮인 봉분, 둘째며느리의 지극한 정성이다. 봉분 바닥 사방에 둘려진 꽃은 조화지만 화사하다. 망자가 쉬는 무덤이란 생각이 들지 않는다.

2주기 때였다. 비석 왼쪽 위에 사방 10센티 크기의 오라버니의 사진이 붙어 있었다. 풍채가 좋은 미남, 세라믹으로 된 컬러 사진 속에서 나비넥타이를 매고 만면에 웃음을 띠고 있었다.

"오라버니! 안녕하셨어요. 경운이가 왔어요. 외로우셨지요? 누구 누구가 다녀갔나요?"

나도 웃음 지으며 이이야기 반, 기도 반으로 대화를 나누었다. 생시에 만난 것처럼 금방 흐뭇해하며 웃고 있지 않은가. 사진 한 장이 이렇듯 마음을 사로잡다니. 천사 같은 며느리의 효심에 감동했다. 방금 누군가 다녀간 듯 상석에 놓인 하얀 국화꽃 바구니가 탐스럽고 싱싱했다. 꽃 속에 묻혀 웃음 짓고 있는 오라버니를 마음에 담고 발길을 돌렸다.

새로운 꽃단장을 한 묘역, 빛 바랜 사진도 새로운 것으로 교체되어 있었다. 3주기 때의 모습이다. 비석에 새가 실례한 무더기를 치우며 그 새도 오라버니 품이 편했었던가 보다고 중얼거렸다. 오라버니의 인품이 떠올라 또 목이 메었다. 의술을 인술로 생을 마치신 분, "괜한 주사를 왜 맞나, 설탕물 한 사발 마시면 될 것을, 아프고 돈 들고." 환자의 호주머니를 당신 호주머니처럼 아끼던 오라버니, 사랑으로 병을 다스리던 오라버니는 진정 내가 존경하며 닮고 싶은 표상이다.

임진강 물줄기를 따라 돌아오는 차창에서 나는 코끝이 시큰했다. 열리지 않는 북녘 땅, 이중 철조망과 초소들이 전쟁의 아픔을 되살아나게 하고 있으니…….

　해마다 9월이 오면 먼저 생각나는 사람, 만나고 싶어 다시 찾게 되는 곳.

　"다시 만나요. 오라버니!"

　성묘를 마치고 돌아서니 잔서(殘暑)의 끝자락에 땀방울이 솟는다.

(2005. 9. 1.)

성전의 설계사(1)

천안에서 직산메디칼의원을 운영하고 있는 조카가 다소 상기된 목소리로 전화를 걸어왔다.

"고모! 네이버(NAVER) 인터넷에 고모부 이름이 나왔어요. 어서 클릭해보세요. 그걸 보니 얼마나 놀랍고 자랑스럽던지요."

즉시 남편 이름을 통합 검색해 보았다.

〈교회 건축설계 다작을 하는 사무실을 보면 거림건축의 임급주 소장이 아마도 단연 국내 1위일 것이다. 교회 설계와 관련된 사이트가 '천리안' 을 비롯해서 6개, 조선일보 중앙일보 국민일보에까지 올라있다.〉

임 장로와 관련된 모든 정보가 새문안교회를 비롯해서 상세하게 나오고, 석사논문까지 게재되어 있다. 홈페이지를 개설하지 않은 상태인데, 언제 누가 그렇게 올렸는지 알 수 없는 일이다. 정보사회에 살고 있다는 사실이 피부에 와 닿았다.

남편은 1994년, 시무장로 은퇴를 기해서 〈성막(聖幕)의 식양(式樣)〉이란 교회 설계 작품집을 출판했었다. 그해 12월, 마지막 당회를 우리 집에서 개최하고 출판기념회도 곁들였다.

봉사를 겸한 성전 건축 설계에 평생을 바쳐 온 외길 인생, 그것을 언제나 감사했고, 남편은 "나의 나됨은 전적으로 하나님의 은혜"라고 입버릇처럼 되뇌었다. 그게 더없이 돋보였다. 그는 일찍이 서울기독건축사회를 창설, 초대 회장을 역임한 바 있었다. 아는 사람은 다 알고 있는 사실을 아내인 내가 그와 관련된 사실들을 이것저것 들춘들, 그래서 설마 팔불출이란 말을 들은들, 그저이 글을 쓰게 된 동기부여가 고마울 뿐이다.

체온이 없는 물질문명에 익숙해진 우리는 그런 시간과 공간을 잘도 넘나들며 편리하게 살아가고 있다. 오늘도 오염된 말의 홍수에 밀리며 쫓기며 종착지를 향해 쉼 없이 달려가고 있다. 어떻게 사는가를 배우려면 전 생애를 걸어야 한다는데, 이젠 내가 나로만 살아도 될 나이가 되어버렸으니, 걷잡을 수 없는 회의가 밀려 온다. 호흡을 고르며 마음을 추슬러 보지만 어차피 정답이 없는 인생이 아니던가.

하늘과 땅, 해와 달, 바다, 식물과 동물, 사람을 포함해서 이 땅의 모든 피조물들은 스스로의 힘이나 능력으로 생존하는 것이 아니라 전적으로 조물주의 뜻을 따라 살아가고 있다. 나는 아침에 일어나면 먼저 절대자 앞에 공손히 무릎 꿇는다. 우리와 동행하시는 그분께 하루를 의탁하면 언제나 마음은 맑은 하늘이다.

서울에서 산 지도 어느덧 46년. 상경하자마자 우리는 먼저 교회부터 찾아 나섰다. 집 인근의 자교교회를 비롯해서 옥인교회, 새문안교회, 영락교회 등. 1960년 중반부터 새문안교회에 다니기 시작하였다. 대구에서 성동교회의 수석장로였던 남편은 상경 후에도 1년여를 주일마다 대구로 내려갔다. 1962년에야 이명증서가 와서 비로소 새문안인이 되었다.

어제도 그랬고 내일도 그럴 우리의 무수한 만남은 늘 하나님의 손길이 함께하셨다. 영남대학에서 미국 하버드대학 출신 조자용 교수(토목공학, 구조공학 석사)를 만난 것이다. 폐허가 되어버린 국토를 재건해야 한다는 의무와 소명감으로 그 수련을 쌓아 나갔다.

서울 중앙YMCA에 발탁되어 서울로 이사, 건축설계 및 감독의 총책을 맡았다. 공사는 4·19 의거와 5·16 군사 쿠데타를 겪으며 지지부진하였지만 YMCA 국제부의 모금지원과 전 국민적 모금운동으로 드디어 1967년 4월 15일 장장 7년 만에 서울 중앙 YMCA가 재건되었다. 그 일로 서울에서 첫번째 공로표창을 받았다.

7년 동안 뜻있는 종교계 인사들, 사회 유지들과의 만남도 그대로 하나님의 은혜였다. YMCA 4층에 1965년 8월, 거림(巨林)건축설계사 사무소를 냈다. 각종 건물의 건축설계 의뢰가 심심찮게 들어왔다.

1978년에 있은 압구정동 광림교회의 준공은 교계에 신선한 바람이 되었다. 그 이후 남편에게 계속 답지하는 교회건축 설계 의뢰, 신뢰하고 쓰시고자 강권하시는 하나님의 부름은 미리 예정하시고 준비시키신 전능자의 섭리였다. 소명(召命)을 안고 성전 건축에 깊이깊이 빠져들었다. 교회당 하나 하나를 계획하고 설계할 때마다, 그리고 착공하고 준공에 이르기까지 그는 기도 속에 날이 새고 갈구 속에 밤을 지새웠다. 임마누엘의 은총을 어찌 다 감사할 수 있으랴.

외로운 창작활동의 뒤안길에는 언제나 도우시는 하나님의 손길이 계셨다. 미국, 유럽 등지를 돌며 견문을 넓힐 수 있도록 이끌어 주시고, 그 음성에 귀 기울이는 이에게만 베푸시는 놀라운 은총, 그 과정에서 느끼는 희열과 성취감 등은 결코 혼자서는 해낼 수 없는 일들이었다.

처음부터 자기 동리에 교회가 들어서는 것을 달가워하는 사람은 많지 않다. 그러나 새로 지어진 성전마다 차고 넘치는 급성장의 은혜는 놀라웠다. 함께하시는 은총은 교회가 나누고 섬기는 역할을 충실히 감당해왔기 때문이리라.

4,000석의 광림교회를 비롯해서, 만나교회(5,000석), 온누리교회(2,200석), 서울중앙성결교회(2,300석) 등 여러 교단의 큰 교회가 속속 위용을 드러냈다. 고속버스 터미널의 혼잡 속에 우뚝 서있는 산성교회는 방주 모양의 설계로 많은 이들의 주목을 끌었다. 지방에서도 여러 교회들을 견학하러 왔다. 이렇게 해서 지어진 성전이 150여 곳. 사무실과 집안 곳곳엔 그 감사패가 훈장처럼 빛을 발하고 있다.

이런 필생의 성업을 두 아들이 계승해 주리란 기대는 인지상정, 사명감 없이는 감당해낼 수 없는 일에 쫓기듯 사는 아버지의 모습이 범인(凡人)으로는 근접할 수 없다고 깨달았음인지 아예 도전할 뜻이 없었다. 큰아들은 미국에서 뮤직 엔지니어링을 전공하고 돌아와서 일하고 있다. 둘째아들은 미국에서 컴퓨터공학으로 박사과정이 끝나가고 있다. 그나마 일가의 재종손(再從孫)이 사업을 이어오고 있다. 남편의 뒷모습이 한없이 쓸쓸해 보이는 것은 나만의 정서일까.

여호와 이레의 은혜는 나에게도 있었다. 장로의 아내인 나는 신앙적으로 늘 부족함을 느끼고 있었다. 그런 내게 장신대 교회여성지도자 연구원에서 2년간을 연수하게 하시고 남편의 시무장로 취임과 때맞추어 1980년, 여전도회에서 활동하기 시작한 것이다. 그동안 소극적이던 신앙을 통회하고, 교회가 주는 어떤 역할도 순종하며 나름대로 열성을 기울였다. 더욱 무거운 일을 맡고서도 어디서 그런 힘이 솟아나는지 나는 절대자의 임재를 날로 체험하며 봉사하였다. 베푸신 은혜에 조금이라도 보답해야 한다는 일념으로 섬기고 나누는 일에 정성을 모아왔다. 무상행위는 이때 터득한 나의 생활신조이다.

임 장로는 집에서 쉬는 시간에도 제도용지에 스케치하는 것이 버릇이었다. 집안일은 전적으로 나에게 맡긴 채였다. 일과 결혼한 고급 하숙생이려니 했다가도 안쓰러운 생각에 밀리면 일기책을 펴고 이런 저런 생각들을 낙서하듯 풀어버리곤 했다. 어느새 나는 그의 제도 스케치를 '또 하나의 기도'라고 생각하게 되었다. 이 또한 하나님의 지혜를 터득한 기쁨으로 와 닿았다. 평생 갚아도 못다 갚을 은혜가 벅찬 감동으로 나의 삶을 이끌고 있다.

감사와 은혜는 불가분의 관계다. 은혜는 그리스도를 통해서 나타난 하나님의 사랑이다. 이 은혜를 받는 신앙도 하나님의 은혜라고 했다. 부모가 자식들에게 쏟은 열정과 수고는 내가 내 부모에게서 받은 사랑과 은혜의 빚을 대물림으로 갚는 것이다. 고맙다는 말만으로 은혜를 다 갚지는 못한다. 다른 사람에게 같은 은혜를 베풂으로써 갚아진다. 감사하는 마음, 그것은 자기 아닌 다른 사람에게만 보내는 정감이 아니라 실은 자기 자신의 평화를 위한 정이기도 하다. 평화는 하늘이 주시는 은혜요 축복이 아닌가.

오늘도 나는 임 장로와 더불어 새문안인의 자긍심을 가지고 하나님을 우선하는 삶 속에서 감사와 은혜로 다함 없는 보은을 다짐하고 있다.

(2006. 6.)

성전의 설계사 (2)

1987년 9월 27일은 새문안교회 창립 100주년이 되는 날이었다. 성대한 행사를 마무리짓고 한 해를 보내는 마지막 주일. 12월 27일 그날도 발을 어디 디뎠는지 모르게 바쁜 날이었다. 저녁 찬양예배를 마치고 집으로 돌아오자마자 남편은 청천벽력 같은 말을 했다.

"여보! 나 왼쪽 눈이 안 보여."

그게 대체 무슨 말이냐고 놀라서 묻자 "눈 속에 거미줄 같은 것이 막 떠다니더니 캄캄해졌어."라고 힘없이 대답했다.

들도 보도 못한 이변이어서 나는 가슴이 철렁 내려앉았다. 뜬눈으로 밤을 새고 백병원으로 달려갔다. '망막출혈'이라 했다. 2~3일간 치료를 받았지만 불안했다.

의학사전과 백과사전 따위를 뒤적여 보았지만 막막하기만 했다. 태산같이 밀려오는 불안과 초조를 어찌할 수가 없었다. 절대자에게 간절히 매달렸다. 영영 실명이 된다면? 생각이 거기에 미치자 눈앞이 캄캄해진다. 건축설계 인생을 예서 접어야하나. 일대의 위기감이 휘몰아치면서 이런저런 걱정이 꼬리에 꼬리를 물고 늘어났다.

　다급해진 나는, 당시 대통령 주치의였던 최규완 장로를 서울대학병원으로 찾아갔다. 바쁜 줄 알면서도 연구실에서 마냥 기다렸다. 어디서 그런 몰염치한 용기가 났던지. 한참 만에 사계(斯界)의 권위자인 이재홍 박사와의 만남이 이루어졌다.

　이 박사는 진찰실의 불을 끄고 검안경을 낀 채 꼼꼼하게 진찰을 했다. 병력을 물었다. 생전 청진기 한 번 대본 일이 없는 입장이라 했다. 원인 규명을 위해서 기본적인 검사부터 철저히하자고 했다. 다시 진료 예약을 하고 돌아왔다.

　병원에 갈 때마다 웬 망막환자들이 그리도 장사진인지. 당뇨병이나 고혈압 환자의 태반이 망막질환과 연결되어 있다는 얘기다. 다행히 남편은 당뇨나 혈압은 정상이었다. 거기에 모든 희망이 걸어졌다. 약이라도 주었으면 좋으련만. 두 달, 석 달 지루한 관찰만 계속하였다. 그러던 어느 날, 진찰을 마친 교수가 수술 날짜를 잡으라고 했다. 6월 14일로 그날이 잡혔다.

　과연 남편의 망막출혈 원인이 무엇이었을까? 일종의 직업병일까? 남편은 건축설계로 외길 인생을 걸어온 사람이다. 가끔 눈에 핏발이 서는 일은 없지 않았다. 아니면 과로였을까? 새문안교회 100주년 기념사업은 물론 그동안 여기저기 교회건축 설계 의뢰가 폭주했던 건 사실이지만 그게 그 원인이 되었을까.

　한쪽만의 시력으로 일을 하다 보면 성한 눈에도 무리가 갈 것이니 당분간이라도 쉴 것을 종용했지만, 평생을 일에 취해 산 사람이라 내 만류가 받아들여지지 않았다. 그동안의 밀린 일들을 진두지휘해 나갔다. 일에 관한 한 무서우리만큼 철저하고 빈틈이 없는 그다. 더욱 성전 건축임에랴.

발병은 순간인데 회복은 왜 이리 더디단 말인가. 마음은 자꾸 나약해졌다. 이런 때는 어른들이 계셨으면 큰 힘이 되었을 터인데……. 내색은 못했지만 나의 투병도 그이 못지않게 눈물을 삼키는 나날이었다. 나그네가 길을 잘못 든 것처럼 가슴 조이며 뒷걸음질쳐야 하는 긴긴 미로를 어이할거나.

　5월 3일은 정기 검진일이었다. 이 박사는 수련의들을 다 부른 가운데 검안경을 끼고 교과 진행하듯 순서대로 보고 또 보았다. 수련의들에게 전문용어로 무슨 설명을 한참 하더니, 나를 쳐다보며 빙긋 웃었다.

　"수술 받지 않고도 치유가 가능할 것 같습니다. 아직 완쾌되지는 않았지만 계속 좋아지고 있습니다."

　내 귀를 의심했다. 그러나 순간 전율처럼 감동에 휩싸였다.

　〈하나님께서는 눈동자같이 지켜 주시나니, 하나님은 아프게 하시다가 싸매시며 상하게 하시다가 그 손으로 친히 고치시나니……〉

　그 말씀들을 떠올리며 흐르는 눈물을 멈출 수가 없었다.

　온 가족이 질병의 급류에 휘말려 시도 때도 없이 1년 가까이 병원을 선회하다 드디어 본 여정에 복귀하게 됐다. 이 감격을 무엇으로 비유할꼬. 플라톤은 "음미되지 않은 삶은 가치가 없다"고 했다. 추상이나 기대가 아닌 역동하는 간증을 마음에 심어준 창조주께 그 고마움을 어찌 다 표현할 수 있으랴.

　인생은 아무리 따져도 하나의 나그네 길처럼 느껴진다. 나그네같이 나날이 부딪치는 생활과 체험으로 일희일비(一喜一悲), 궁달부운(窮達浮雲) 등 여러 차원을 반추하며 마침내 하늘나라를 찾게 되니 말이다.

인생이 목적이 아니고 어디론가 가고 있는 노정이라면, 자고 나면 달라지는 세파 속에서 변화 그 자체에도 정신을 못 차릴 혼돈 속에, 상대적 가치에 따라 덩달아 뛰고 있는 것이 우리의 현실이 아닌가. 우리네 인생길에도 순탄한 길이 있는가 하면 험난한 길이, 오르막길과 내리막길이 있다. 산과 계곡, 건너야 할 내가 있는가 하면 거센 파도가 일렁이는 바다도 있게 마련이다. 넘어야 할 재들을 우리는 가늠할 길이 없다. 그러나 고난과 질곡 속에서도 얼마 동안만이라도 땀을 식히고 목도 축이며 위기를 기회로, 시련을 연단으로 이겨내는 여유로움은 택함 받은 자들의 특권이요 은혜가 아니던가.

(1988년)

아들의 손

아쉬움을 안은 채 2001년이 저물어가고 있다. 초저녁부터 흩날리던 눈발이 점점 굵어지더니 삽시간에 은세계로 변한다. 눈길이 자꾸만 창밖으로 쏠린다. 이제 그만 내렸으면…….

교회에서 송구영신 예배가 있다. 연례행사로 다섯 개의 성가대가 차례로 주관하는 행사이다. 작년에도 교회를 가득 채운 성도들과 함께 이 예배를 드렸다. 좋은 날씨에 주변의 행사가 큰 빛을 더해 주었다. 새 천년을 여는 축하행사가 광화문과 시청 앞 광장에서 불야성을 이루고 있었다. 운집한 인파와 울려 퍼지는 음악이 하나로 어울리는 열기였다. 우리의 예배도 그 일환인 것처럼 느껴졌다. 텔레비전은 새 세기를 맞는 여러 나라의 축하행사를 줄곧 띄우고 있었다. 예배와 새해인사를 마치고 나는 넘치는 인파 속에서 한참을 서성거렸다.

올해의 송구영신 예배는 나로선 2년째 성가대 대장으로서 이 예배와 인연을 갖게 된데다 시무장로로서의 끝맺음을 하는 공식행사이기도 하여 더욱 의미가 깊었다.

밤이 이슥해질수록 떨어지는 기온에 쌓인 눈이 꽁꽁 얼어붙었다. 방배역에서 우면산 순환도로까지의 상하행 3차선 길은 급경사이다. 눈길에 오가는 차들의 움직임이 힘겹게 보인다. 오르지 못해 삐걱거리는 차, 조심스럽게 내려가는 차, 좌우로 미끄러진 차들이 즐비하다. 종무식이 끝난 탓인지 관계 공무원들도 눈에 띄지 않는다. 택시도 버스도 눈에 보이지 않는다. 도로는 어느새 거북걸음의 승용차로 주차장이 되어버렸다.

마침 둘째아들 내외가 연말을 같이 보내기 위해 미국에서 와 있었다. 늦으면 안 된다며 남편이 서둘렀다. 지하철이 새벽 2시까지 연장 운행된다고 했다. 승용차를 세워두고 지하철로 가는 데는 이견이 없었다.

두꺼운 코트에 미끄럽지 않은 부츠로 중무장을 하고 우리는 집을 나섰다. 순환도로에 인접해 있는 우리 집에서 방배역에 이르는 경사진 얼음판 길은 우리를 무척 어렵게 했다. 운 좋게 빈 택시를 만났다. 기사는 집에 들어가는 길이라고 했다. 방배역까지만이라도 태워달라고 애원했다. 도보로 7분 거리를 30분이나 달달 거렸다. 지하철을 세 번 갈아타고 광화문역에 내리고 보니 교회까지의 얼음판 길이 또 기다리고 있었다. 어느새 아들의 큰 손이 나를 꽉 붙잡고 있었다. 밤 10시 45분! 늦지 않게 왔다는 안도의 숨을 내쉬었다.

일기가 불순한데도 많은 교우들이 아래 위층을 가득 메우고 있었다. 떨리는 마음으로 순서에 따라 대표기도를 드렸다. 정성껏 준비된 '새로핌' 성가대의 찬양, 이수영 목사님의 감격적인 메시지, 새해를 맞은 환희, 성도의 교제, 강단 위에서의 포옹, 은퇴를 앞둔 나로서는 순서 하나하나가 잊을 수 없는 추억으로 남게 되었다. 예배가 끝나고 서로 서로의 축복을 기원하며 집으로 향했다.

돌아오는 발길은 긴장이 풀린 탓인지 전동차를 기다리는 것도 지루하였다. 연장 운행이어서 더디 온다는 것을 깨닫지 못하였다. 이윽고 방배역 출구로 나왔다. 경사진 오르막 얼음판 길, 아들의 따뜻한 손이 다시 내 손을 이끌어 주었다. 어머니를 향한 마음 씀씀이가 미덥고 포근하다. 아버지는 가끔 뒤돌아보며 앞장서 올라간다. 며느리도 아들 곁을 지키며 걷는다. 아무도 말이 없다. 일사불란하게 발만 내려다보며 발자국에 녹은 눈길을 철벅철벅 걸어올라 갔다. 미끄러지지도 비틀거리지도 않았다.

얼마만의 손잡기였나? 아들의 체온을 느끼며 상념에 젖어본다. 딸이 없는 집안의 늦둥이로 태어난 막내, 집안 친척들도 늦둥이를 향한 사랑이 남달랐다. 형과 사촌들끼리 어울리게 되면 어느새 말이 통하지 않는 작은 폭군(Innocent creature). 못 말리는 응석받이가 되어버렸다. 잘 넘어져서 무릎이 성할 날이 없었다. 소지품 관리가 엉성해서 스쿨버스에 가방을 두고 내릴 때도 많았다. 고등학생 시절, 남산도서관에서 공부하다 옷을 벗어두고 매점에 다녀온 사이 주민등록증, 학생증, 지폐가 들어있는 지갑을 몽땅 도둑맞고도 집에 돌아와서야 알게 된 일. 경기고 재학시절, 생활관 2층 침대에서 내려오다 천장에 머리를 찧어 병원에서 세 바늘이나 꿰매고, 3박 4일의 생활관 교육이 끝나는 날에야 이를 담임선생에게서 전해 듣고 놀라워했던 일. 애처로운 생각에 가슴이 미어졌었지.

4주간의 방위훈련, 해외 언어연수 등으로 집을 비웠을 때의 허전함, 어느새 자라버렸구나 하는 대견스러움에 흐뭇해하면서도 나의 전부를 차지해버린 아들의 존재를 실감했다.

유독 땀을 많이 흘려서 손을 잡으면 이내 땀범벅이 되곤 했다.

성장하면서 없어진 증상이었지만 다한증 수술을 생각해보기도 했었다. 모자가 손잡고 나란히 걷고 있는 것을 바라보며 며느리 될 아가씨가 "마마 보이?" 하고 질문했던 손, 결혼해서 미국 유학을 보내놓고 둥지를 떠난 아들 내외를 그리며 눈물을 삼켰던 나날들, 삶이란 다 그런 것이려니 체념하며 살아가고 있지만 나에게는 언제나 어리게만 느껴지던 아들의 늠름함이 지금 나를 감싸 주고 있다. 든든하고 큰 의지가 되어 주고 있다. 넘어질세라 챙겨주는 효성스런 아들이 더없이 고맙고 눈물겨웠다. 무엇과도 비길 수 없는 희열과 가슴 뿌듯함에 의욕이 솟구쳤다. 북받치는 마음을 달래고 등을 두드리며 안아 주었다.

"수고하였다"

무슨 말이 더 필요하랴?

2002년 새벽 2시, 모자지간의 정겨운 다섯 시간 반의 빙판 길 여정이 또 하나의 아름다운 추억을 만들어 주고 있었다. 새해의 서기(瑞氣)가 아들의 손을 타고 따스하게 느껴졌다.

(2001. 12. 31.)

'가나안으로의 이동' 과 나의 4·19

1960년 4·19 학생 민주 혁명이 일어난 지도 어언 40여 년이 지났다. 우리 세대들은 그때의 학생봉기를 생생하게 기억한다.

제4대 대통령과 제5대 부통령 선거에서 자유당 정권이 부정을 획책했던 게 그 계기였다. 60년 3월 15일, 전체 투표의 40%나 불법으로 미리 한 사실이 탄로나면서 경상도의 항구도시 마산에서 바로 의거(義擧)가 일어났다. 4월 11일, 중앙부두 앞 바다에서 눈에 최루탄이 박힌 마산상고 1학년 김주열 학생의 처참한 시체가 떠오르자 이에 격분한 시위대의 함성이 하늘이라도 태울 듯 불붙기 시작한다. 4월 18일에는 서울에서 고려대 학생들이 들고 일어나 시위를 하던 중 정체불명의 폭력배들로부터 습격을 받는다. 부상 학생들이 속속 늘어나고 이 사실이 신문에 보도되자 4월 19일, 서울의 각 대학 학생들이 국회 앞에 모여 크게 항의한다. 이들은 다시 경무대 앞으로 진격, 경찰의 무차별 사격을 받는다. 많은 젊은이들이 피를 쏟으며 쓰러지고 다친다. 시위에는 고등학교 학생들까지 가담하게 되고, 주요 지방 도시로 확산된다. 급기야 4월 26일, 이승만 대통령이 하야하고 이내 이 땅을 뜬다.

비록 많은 학생들이 희생되어 민주주의 제단에 피를 뿌렸지만, 장엄하게 산화한 그 젊은 피의 4·19정신은 보다 성숙한 자유, 민주, 그리고 통일을 지향하는 밑거름으로 아직도 우리 가슴 속에 살아 있다.

이 4·19의 뉘앙스가 나에게는 유별나게 다가오고 있다. 4·19의 거센 시위가 가라앉기를 기다려서 우리 가족은 피난지 대구에서 망향의 꿈을 안고 서울로 이사를 왔다. 아무리 가고 싶어도 못 가는 북의 고향 쪽으로 그만큼 다가온 것이다. 나와 함께 월남(越南)한 남동생이 줄곧 서울에서 가까이 살았다.

그런데 1970년의 4·19날이었다. 우리 집을 방문한 남동생의 입에서 뜻밖의 말이 새어 나왔다.

"누님께 어떻게 말씀드려야 될지 모르겠네요. 대구로 이사를 가야 할 사정이 생겼습니다."

정든 가족들과 헤어져 고향마저 등진 실향민들은 안다. 몇 안 되는 동기간마저 떨어져 살게 될 때의 아픔과 고통을. 어려서부터 우리 남매는 헤어져 본 일이 없다. 비록 잠정적이라곤 하지만 직장 관계로 떠나 지내야 하다니 형언키 어려운 허전한 마음이 들었다.

나에게는 오빠와 남동생 소생인 남자 조카가 5명이나 있다. 유일한 의지가지였던 언니(미 수복지구 거주)의 딸은 나와 함께 월남, 곱게 자라서 결혼하여 미국으로 이민을 떠났다. 그렇게 멀어져 간 것이 또 1972년 4·19날이었다. 세살배기 딸과 떠나는 저들을 지켜보며, 나는 22년 전 아빠에게 안겨서 월남했던 조카딸의 모습이 떠올라 눈시울이 뜨거웠다.

82년 동짓달, 새로 지은 집으로 이사를 했다. 그곳이 서울 논현동 41의 9호여서 역시 사일구(419)다. 평생 살 집으로 견고하게 지은 집이었다. 큰아들이 이 집에서 결혼해서 집을 떠나더니, 2년 후 미국으로 유학길에 올랐다. 뜻밖에 빌라 촌 개발로 집이 헐리게 되는 바람에 12년 가까이 살던 집마저 이 땅에서 자취를 감추고 말았다.

대구에 사시던 양어머니가 세상을 뜨신 날이 또 1990년 4월 19일이었다. 대구 피난시절 우리를 극진히 돌보아 주시던 고마운 분이라 꿈길에서라도 만나고 싶은 분인데.

그로부터 4년이 지난 1994년 4월 19일엔 공교롭게도 둘째아들이 미국으로 언어 연수를 떠났다. 공항에서 배웅하며 나는 이 아들도 언젠가는 결혼하여 제 갈 길로 떠나겠지 하는 생각으로 마음이 묘하게 서글퍼졌다.

그 둘째가 약혼을 하게 되어 사돈댁에서 날을 잡은 게 또 4월 19일이었다. 나는 '이제 너도 떠나는구나' 생각하며 웃었다. 짝을 찾았으니 당연히 따로 나야지.

2000년 4월 19일 기독교계의 거목, 한경직 목사님이 하늘의 부름을 받아 떠났다. 1992년 종교계의 노벨상이라 불리는 템플턴상을 받은 한경직 목사는 "20세기가 낳은 한국의 가장 훌륭한 목사, 예수 닮은 목사이다"라는 칭송을 받고 있다. 남편과 나는 통일된 조국을 보지 못하고 떠난 목사님의 빈소에 헌화하며 이별을 고했다.

2004년 4월 19일엔 김종필 자민련 총재가 "국민의 선택은 조건 없이 수용해야 한다"며 43년 간 영원한 2인자로 몸담았던 정계를 떠났다. '3김 시대'의 한 축이 역사 속으로 사라진 것이다.

2005년 4월 19일, 아인슈타인 서거 50주기, 특수 상대성 이론

발표 100주년을 기념한 '아인슈타인의 빛'의 행사는 46개국이 참여한 가운데, 그가 세상을 떠난 4월 18일, 출생지인 독일을 떠나 정착해 살았던 미국 뉴저지주 프린스턴에서 전등불로 출발하에 손전등과 자동차 헤드라이트, 광케이불로 지구를 한 바퀴 돌았다. 아인슈타인의 빛은 상대성 이론의 핵심인 빛으로 세계를 밝힘으로써 세계 과학계가 물리학의 거인에게 진 빚을 갚자는 행사다. 19일 오후 8시, 부산에 상륙한 빛이 독도에 도착할 때 동해의 칠흑같은 어둠 속에 오징어잡이 어선들이 집어(集魚)등을 이용해 빛을 환하게 밝힘으로써 독도가 대한민국 영토임을 세계만방에 알리게 한 장면이 인상적이었다. 영호남을 거쳐 대전, 마지막 종착지인 서울에서 4월 19일 오후 8시 40분 남산타워를 통해 행사장에 도착, '빛의 축제'가 절정을 이루었다. 세계평화와 국제협력을 상징하는 '아인슈타인의 빛'은 한반도의 평화와 안녕을 기원하며, 한 시간 동안 우리나라에 머문 뒤 오후 9시께 서울을 떠나 중국 베이징을 향해 떠났다.

이런 일들을 돌이켜 보니 4·19라는 이 숫자는 기이하게도 '떠나다'란 문제와 연관이 된다. 나는 문득 창세기의 '떠나다'를 연상했다.

BC 1995년 메소포타미아 우르에서 데라의 첫째 아들로 태어난 아브람(후에 아브라함이라 불림)이 여호와의 명을 따라 갈대아 우르 아비 집을 떠났다. 그는 하란을 거쳐 가나안에 정착, 믿음의 조상이 되었다.

1950년 12월 1일, 나는 평양을 탈출(Exodus)했다. 자의든 타의든 나는 떼밀려 부모 슬하를 떠났다. 처절한 한이 서린 민족의 일대 비극을 숙연으로 감내할 수밖에 없었다. 그런 별리의 시련들이 이제 생각하면 오히려 축복이요, 은혜였음이 가슴을 벅차게 한다. 그것이야말로 젖과 꿀이 흐르는 가나안 복지로 이끌어 주심이 아닌가.

4·19 혁명이, 내가 겪은 4·19라는 숫자의 〈떠나다〉와 무슨 연줄이 있는지 알 수 없지만 그게 무엇인가 보다 나은 〈가나안〉으로의 이동이 되었으니 기이한 일이 아닐 수 없다. 앞으로도 나는 그 숫자가 어떤 모습으로 어필할 것인지 자못 궁금하다. 어쩐지 그 숫자엔 진취적인 4·19 정신과 절대자의 섭리가 깃들어 있는 게 아닌가 싶다.

토시와 배자

토시(套袖)와 배자(褙子)를 세탁소에 맡겼다. 아버지 어머니가 끼고 걸치셨던 것이다. 토시와 등걸이 두 벌이다. 내 기억으로 평양에서는 배자를 등걸이라 했다. 이것을 세탁소에 보내기까지 나는 무척 망설였다. 체온이 스며있는 부모님의 흔적을 그냥 오래도록 간직하고 싶어서다. 그러나 클리닝을 해야 보존할 수 있는 한계를 어찌할 수 없었다.

6·25 사변이 발발한 1950년 12월 1일, 평양을 떠나올 때 나의 짐보따리 속에 토시와 등걸이가 들어있었다. 어떻게 된 영문인지는 잘 몰랐지만 결과적으로 퍽 다행이란 생각이 들었다. 부모를 대면하는 것처럼 정겨웠으니. 분단의 그림자 속에 묻혀버린 가슴 시린 상처는 그 땟자국에도 목이 메곤 했다. 자그마치 55년 동안을 그렇게 보듬고 지내왔다.

나를 이 땅에 있게 하시고 고이 키워주셨건만 슬하를 떠난 후 그 은덕을 갚을 길이 없는데, 오매불망(寤寐不忘), 백운고비(白雲孤飛)의 그리움 사무치는데, 그럴 때마다 나는 이 토시와 배자를 안고 흐느꼈다.

토시 거죽은 밤색 모직으로 팔 굵기에 맞춘 40cm 길이, 안쪽은 굽실굽실한 노란 양털로 짜여 있다. 등걸이 하나는 거죽이 흰색 꽃무늬 양단으로 깃과 동정이 가지런하고 안의 양털은 토시보다 양질의 것이어서 어린 양을 만지는 것 같은 감촉이다. 기이하게 기장이 짧아 요즈음 유행하는 볼레로 스타일이다. 자주 입으셨는지 낭자머리 닿는 부분의 깃과 동정이 거무스름하다. 또 다른 배자는 겉감이 흰색 생명주, 눈처럼 하얀 털이 정갈하다. 많이 입지 않은 듯 깨끗했다. 기장이 꽤 길다. 꺼내볼 때마다 나는 습관처럼 걸쳐보곤 한다. 냄새가 날 턱이 없지만 어려서부터 알게 모르게 몸과 마음에 배어있는 체취를 가만히 음미한다.

행여 좀이 슬까, 습기가 찰까 자주 열어 보고, 통풍도 시키고, 봉양하듯 정성으로 간수해왔다.

호젓할 때면 방문을 걸고 의걸이에 기댄 채 사무치는 한에 흐느끼기도 했다. 세월이 약이라고 했던가. 어른을 향한 연연한 영상들이 흘러간 세월만큼 아스라해지는 것은 그 약효 탓이리라.

우리 가족들은 모두 부모와 조부모의 살가운 정을 접하지 못한 채 세월이 흘렀다. 55년 전에 헤어졌으니……. 아이들에게는 생면부지가 아닌가. 토시와 배자는 때가 되면 아들에게 대물림해야 하지 않을까. 이런저런 생각에 지난 밤은 잠을 설쳤다.

다음날 일을 대충 끝내고 나는 토시와 배자를 보자기에 쌌다. 오래 된 양털 옷이라 세탁이 제대로 될 수 있을까 걱정했는데 세탁소에선 선뜻 해보겠다고 맡는다. 돌아서니 바로 후회가 되었다. 그대로 둘 걸…….

이산 55년, 상봉의 날을 기다리는 마음은 예나 지금이나 한결같다. 생사를 알 길이 없으니 굳이 돌아가셨다고는 할 수 없는 노룻 아닌가. 우리의 의식 속에, 절절이 스며 있는 어른의 생리적 나이는 마지막 헤어질 그때 그 모습뿐인 걸. 심혼 속에 각인되어 있는 어른은 영원히 살아 계시니……. 체념도 해보지만 효를 다하지 못한 한이 55년이란 숫자 속에 응어리져 있으니……. 아이들이 조부모의 자애로운 정을 접하지 못한 것이 애절하기만 하다.

나는 자식들에게 어른의 사랑을 심어주기 위해 조부모가 아니더라도 어른을 섬길 수 있도록 나름으로 정성을 쏟아왔다. 큰외삼촌, 작은외삼촌, 사촌시숙의 생신 때나 명절이 오면 꼭 아이들과 함께 찾아뵌다. 우리를 찾는 조카들에게도 어른의 도리를 잊지 않는다. 손녀들에게 끔벅 몰입하게 되는 것도 보상심리의 발로인가.

세탁소에 맡겨두었던 배자와 토시가 열여드레 만에 돌아왔다. 여러 날의 수고로 다소 깨끗해진 듯 묵은 땟국이 엷어졌을 뿐인데…… 왜인지 허전하다. 오히려 잘되었는지도 모를 일이지만.

끝내 만나지 못하고 옷자락에 남아있는 부모의 흔적에서 그리움을 달래야 하는 서글픔, 그러나 내내 미소가 묻어나는 해후상봉(邂逅相逢)의 옷이기를…….

(2005. 4. 21.)

이산의 아픈 넋두리

연두빛이 짙어갑니다. 희망의 상징처럼 스쳐 지나간 봄 자락이 삼삼한데, 라일락의 그윽한 향이 우리를 붙잡습니다. 거기 오래 머물고 싶은 계절이네요. 아득한 옛적 평양의 봄을 그려봅니다.

언니! 불러 봐도 불러 봐도 대답 없는 영운 언니! 보고 싶고 달려가고픈 마음 달래며 이제서야 서신을 올립니다.

53년의 긴긴 세월이 덧없이 흘러갔습니다. 생사조차 알 길 없는 답답한 마음을 어떡하란 말입니까? 세계가 하루 생활권입니다. 아니 인터넷을 통하면 바로 교신할 수 있는 세상입니다. 이 하늘 아래 갈 수도, 서신이나 전화도 할 수 없는 깜깜한 세상이 어디 있단 말입니까? 하필이면 그런 곳에 가족들이 살고 있으니 안타깝기 한이 없습니다. 단념할 수도, 물러설 수도 없는 삶, 절망의 낭떠러지에서 슬픔과 고독을 삼키며 지새운 날들이 쉬지 않고 흘러가 버렸습니다. 언니는 달콤한 결혼생활을 짧게 접어야 했지요. 젖먹이 성식이는 50세가 넘었겠네요. 그 애 자라나는 모습을 지켜보며 한 가닥 보람으로 살아온 지난 세월이 얼마나 한이 맺혔겠습니까? 가슴이 아려옵니다. 남북 이산가족이 상봉하는 모습을 TV를 통해 지켜보며 서러운 마음에 복받치는 눈물을 얼마나 흘렸는지 모릅니다.

아빠를 따라간다고 나섰던 큰딸 봉춘이는 57세, 회갑이 다가오고 있지요. 그 아이는 결혼한 후 미국으로 이민을 가서 뉴저지에서 살고 있지요. 벌써 30여 년이 흘렀습니다. 두 딸 소영(昭玲) 진영(珍玲)이가 있습니다. 이모할아버지가 며칠 간 머리를 짜내서 지은 이름이래요. 예쁜 이름이잖아요. 언니! 보고 싶지요?

무슨 이야기부터 서두를 열어야 할까요? 영운 언니! 대답 좀 해 보세요.

어렸을 적에 언니는 노래와 무용에 뛰어나서 귀여움을 독차지하였지요. 유치원에 다닐 때도 서로 안아 주려고 해서 발에 흙 묻힐 사이가 없었다는 어머니의 이야기를 잊지 않고 있지요. 노랑 머리, 넓은 이마, 갈색 눈동자에 옥니였지요. 큰언니와는 달리 언니와는 잘도 토닥거렸지요. 수세에 몰리면 "노랑머리 침 발라 빗고 엉덩이 살짝 굴리면서 랄라 라라라"라고 놀리다 혼쭐이 나기도 했지요. 언니는 입이 짧아서 '남의 살'이 있어야 밥을 먹곤 했어요. 노랑괭이라고 푸줏간에 시집보내야겠다고 하시던 어머니 생각이 납니다.

언니! 장대현교회 생각나우? ㄱ자로 세워진 건물이어서 남녀 신도들의 출입문이 반대편에 각각 있었지요. 마주 보지도 못했지 않아요? 가운데 강대상이 있었고 풍금은 남자가 옆에서 기계를 돌리면 여자가 건반을 쳤지요. 잊혀지지 않는 연주 아녜요. 아버지가 그 교회의 안수집사였지요. 언니는 지금도 교회에 잘 다니고 있나요?

나는 월남하여 대구에서 10년을 살다가 결혼 후에는 상경하여 비교적 잘 살고 있어요. 큰오빠 집에 우리 식구 가족사진이 있어서 그걸 내가 보관하고 있지요. 낡은 흑백사진이지만 유일한 가족사진! 명절 때나 집안 행사가 있을 때면 보물처럼 늘 꺼내 보곤 해요. 얼마 전, 앨범의 사진들을 전부 스캐닝해서 컴퓨터에 입력했습니다. 지나온 삶의 추억들을 영상으로 볼 수 있어요. 언니! 보여드리고 싶네요. 그 마음을 십분 이해할 수 있겠지요.

봉춘이 딸 소영이가 제임스, 토마스 비숍 군과 결혼을 했어요. 미국인이어서 말도 많았지만 자식을 이기는 부모는 없다지 않아요. 2001년 9월 1일, 미국 뉴저지의 힐튼호텔에서 예식을 올렸습니다. 우리 부부가 삼촌과 함께 달려갔지요. 우리 막내아들 내외도 워싱턴에서 합류해서 축하했지요. 언니! 그런데 어쩌면 소영이가 그리 언니를 빼닮았어요. 반갑고 신기하기도 하고⋯⋯. 순간 언니가 이 자리에 있었다면 얼마나 기뻐하였을까, 가슴이 메어졌습니다. 기쁜 날 눈물을 보일 수는 없고⋯⋯.

영운 언니! 지난 3월에는 곧 출산할 소영이를 위해서 미역 홍합 등 건어물과 아기 옷가지를 부치며 언니 생각에 또 망연했습니다. 언니가 못다 하는 사랑과 정성을 우리가 다하고 있으니 걱정하지 말아요. 아기 이름도 다섯 개를 지어서 그 중 하나를 택하라고 보냈어요.

드디어 4월 21일 올리비아(Olivia) 수연(秀姸) 비숍(Bishop), 언니의 증손녀가 태어났어요. 축하해 주세요. 인터넷으로 전송된 수연이는 영락없는 아빠의 모습으로 핑크빛 살결이 깨끗했어요. 식구가 늘었으니 외롭지 않아요.

사랑하는 언니! 놀라지 말고 읽어 주세요.

봉춘이 아버지는 재혼을 안 할 수가 없었어요. 나에게 그 뜻을 밝혀왔을 때 나는 찬성했어요. 언니! 용서하세요. 딸을 데리고 다니는 홀아비의 신세가 말이 아니었어요.

봉춘이 초청으로 형부는 3년여를 미국에서 지낸 적이 있었어요. 그때 형부는 백방으로 언니에 대한 소식을 알리고 애썼지요. 그러나 여의치 못했어요. 한번은 나에게 꿈 이야기를 하더군요.

"아무래도 언니는 이 세상 사람이 아닌 것 같아. 꿈에서 만나면 자꾸 숨어버려."

그때의 형부 표정을 어떻게 표현해야 할까요. 우리 둘째아들 결혼식에, 그리고 며느리가 큰상 받는 날, 형부를 집에 초대했어요. 연거푸 두 날의 두 만남이 마지막이 될 줄 누가 알았겠어요.

지난 3월 31일, 부음을 듣고 영안실로 달려갔지요. 형부는 매우 건강하셨기에 100수 하실 줄 알았는데……. 갑자기 심장 쇼크로 운명하셨대요. 진작 그런 증후를 알려주었어도 그리 허망하지 않았을 터인데……. 걷잡을 수 없이 눈물이 흘러 내렸습니다. 봉춘이도 미국에서 달려왔습니다. 형부를 사랑한 언니의 절절한 기도가, 남편을 향한 일편단심이 전쟁으로 뒤엉킨 파란만장한 삶을, 그나마 순탄한 노후를 살아가게 했는지 모릅니다. 항상 이웃에게 베풀기를 좋아한 성품을 언니도 잘 알고 있지 않아요. 그것이 자녀들에게 축복으로 갚아지는 듯했습니다. 독자인 형부는 북에 두고 온 아들 성식이를 미덥게 여겼답니다. 어머니를 잘 지켜줄 것이라고. 여기서 아들 셋, 딸 셋을 두고 자녀들의 효를 받으며 형부의 노년은 더없이 행복해 보였습니다. 언니! 염려 마시고 편안한 마음 가지세요.

소설가 김말봉은 "살다가 산다는 힘에 부치면 수포(水泡)처럼 살아지겠지요. 인생은 누구나 다 결국은 한 개 사라지는 수포니까요” 했지요. 인생은 왕복표가 없다지요.

언니! 이 글은 아무래도 허공에 띄우는 글일지 모릅니다. 언니를 향한 아우 경운(景雲)이의 애절한 독백이 될는지도 모릅니다. 메아리처럼 언니의 필적이 돌아오지 아니해도 계속 펜을 들겠습니다. 영운(榮雲)언니! 부디 몸조심하시고 안녕히 계셔요.

(2003. 4. 22.)

봄이 오는 길목에서

　보고 싶은 언니! 서신을 드린 지가 3년이 되어옵니다. 안녕하셨어요.

　세월은 무심하게 흘러서 언니와 헤어진 지 쉰다섯 해가 넘었네요.

　매섭던 추위가 가시고 봄이 오나 했는데 수은주가 다시 영하로 곤두박질을 합니다. 계절의 시샘도 변함없이 대단하네요. 동면에서 성급하게 달려 나온 개구리가 얼마나 놀라 허겁지겁 피했을까요.

　보고 싶은 언니! 우리 침실에는 〈고향 가는 길〉이란 화제(畵題)의 동양화가 걸려 있습니다. 고향에 가고 싶은 절절한 마음이 배어 있습니다. 살아서 과연 그 길을 밟을 수 있을까요. 새봄과 함께 설이 되면 더욱 사무치는 나의 가슴앓이는 언제나 남북 화해 분위기의 진전입니다. 한갓 꿈일지라도 봄이 오는 길목에 서면 매사가 그렇게 풀려 나래를 펴고 고향으로, 언니에게로 마냥 달려가곤 합니다.

　언니! 평양의 꽃샘추위는 유별났지요. 칼바람의 그 모진 닦달에 우린 얼마나 징징거렸어요? 왜 그리도 길고도 지루했던지……. 그래서 나는 봄의 변덕을 좋아하지 않게 되었고 어서 지나가기만 을 바랐어요.

추위는 여전한데 봄소식은 어떻게 안 것인지 겨우내 움츠렸던 삼라만상이 희망의 소용돌이에 휩싸입니다. 모든 피조물이 기지 개를 펴며 저마다의 길을 찾아 가느라 바빠집니다. 오늘이 입춘 (立春)입니다. 말뜻도 무색하게 영하 13도여요. 그러나 비닐하우 스에는 복숭아꽃, 딸기꽃이 활짝 피었다는 소식입니다. 얼어붙었 던 땅을 따뜻한 지심(地心)이 흔들고 다독이는 바로 그 함성이 봄 이 오는 소리가 아니겠습니까. 귀에는 들리지 않는, 그러나 분명 한 그 육감(六感)의 소리, 둔감한 피조물에게는 가혹한 회초리 같 은 달초(撻楚), 그런 격동이 봄으로 개화되는 게 아닐까요.

꽁꽁 얼어붙은 북녘 땅, 지금도 평양은 몹시 춥겠지요. 외출할 때면 마스크와 귀마개를 하고 동동거리던 때가 그리워집니다. 대 동강이 얼어붙으면 아무리 추워도 중무장을 하고 스케이트 타기 를 즐겼지요. 언니의 손에 이끌려 스케이트 지치기를 처음 배울 때가 어제인 듯 생생합니다. 얼음 위에 선을 그으며 달려 나가는 상쾌함, 어찌나 신이 났던지 매일 대동강을 지치고 신들린 것처 럼 헤매었지요. 어머니에게 야단맞을 것이 두려워 젖은 옷을 모 닥불에 말렸던 일, 군밤, 붕어빵 사 먹던 일 등은 아련한 천국 같은 기억입니다. 그 이후로는 스케이트를 신지 못했으니 말해 무엇하 겠어요. 우리 두 아들을 데리고 동대문 스케이트장을 자주 찾았지 요. 코치를 정하고 가르치기도 했답니다. 그러나 그 옛날의 우리 들처럼 열광하지 않아 한편 서운한 마음이 들기도 했습니다.

언니! 얼마 전에 남편과 함께 미국 뉴욕엘 다녀왔어요. 언니 사위, 용준이의 입원 소식입니다. 폐암 초기 수술을 받고 항암치료 받느라 힘들어하고 있었어요. 눈썹까지 빠져 모자를 푹 내려쓰고 아픔을 극복하고 있었습니다. 그런 고뇌를 통해서 호흡을 고르며 새로운 미래를 모색하더군요. 결국 그 지혜는 조물주에게 구하는 길밖에 없음을 일깨웠습니다. 날마다 때마다 진솔한 기도로 위로와 용기를 실어 주었습니다. 눈시울 적시며 가슴으로 오열하는데……

새로 지은 집으로 이사하고 큰딸 소영이네와 아래위 층에서 같이 살고 있었어요. 양지 바르고 그림처럼 예쁜 집이었어요. 언니의 혼이라도 날아와 같이 살고지고 했으면……

영운 언니! 기쁜 소식을 하나 전합니다. 소영이가 둘째아기로 아들을 낳았어요. 언니의 증손 수연이 수철이가 희망을 안겨 주고 있답니다. 온 집안이 애들로 해서 웃음이 떠나지 않았어요. 매우 긍정적인 삶의 자세들이 하나하나 행복을 만들어가고 있었습니다. 가벼운 마음으로 돌아올 수 있었습니다. 언니! 걱정하지 마세요.

머지않아 남쪽으로부터 꽃소식이 전해오겠지요. 화신의 전령이 언니에게도 기쁨을 안겨 주리라 믿습니다. 만휘군상(萬彙群象)은 도전과 인고로 봄을 잉태했습니다. 우리 곁으로 쉬지 않고 다가올 것입니다. 우리 남과 북도 여러 모로 열리고 있으니 곧 봄이 오리라고 믿고 기도하고 있습니다. 미래란 준비하는 자의 몫이라는 것을 언니, 우리 잊지 맙시다. 다시 편지 올리겠습니다. 몸성히 안녕히 계세요.

(2006. 1. 4.)

세월이 묻어나는 산

"산이 있으면 그것으로 막히고 갇히는 줄로 알기 쉬우나, 오히려 그것이 없는 광야에서 인간은 갈 곳이 없으며, 버림받은 양 고수(孤愁)를 맛보게 마련이다. 그러한 의미에서 7할의 산지를 국토로 가진 우리는 그만큼 천혜(天惠)가 두텁다고 할 수 있다."

이것은 유명한 유치환 시인의 말이다.

도시에서 태어나 도시에서만 살아온 나는 어렸을 때 학교 방학이 되어 시골에서 보내던 기억이 산을 접한 전부다. 지금은 이른바 웰빙시대, 등산 인구가 늘어만 가는데도 나는 산을 모른 채 도심만 맴돌았다. 산과는 그만큼 연이 없었던 셈이다.

뜰이 있는 단독주택에서 전원(田園)이라고까지는 할 수 없어도 약간의 유실수와 수목, 화초를 가꾸며 살았다. 방배동으로 이사하고 우면산을 바라보게 되었다. 제법 오래 전의 일이다. 그때부터 아파트라는 단조로운 분위기에 우면산이 마치 우리 집 뜰인 양 고맙게 다가왔다. 이곳을 찾아온 친구들의 제일성(聲)은 풍경화가 따로 없다는 인사였다. 바라다보이는 저 산이 계절마다 바뀌어 걸리는 진짜 풍경화가 아니냐며 감탄을 했다.

창가에 그 그림이 한 바퀴 돌면 내 나이테도 하나 더 늘어났다. 어느새 그것이 열한 바퀴째다.

겨우내 움츠렸던 나뭇가지마다 연두빛 움이 트고 저만치 아지랑이가 피어나면 달아오르는 대지의 기(氣)와 초록의 향연이 희망을 부풀린다. 여름이면 타는 불볕을 원색의 녹음이 가로막아준다. 열대야로 이어지곤 하는 폭염은 소나기와 장마 빗줄기가 식혀준다. 내가 좋아하는 가을이 오면 단풍이 물들기 시작한다. 파랑에서 노랑으로, 빨강으로, 또 황금빛으로 호사롭다. 한 잎 두 잎 모두 제 갈 길을 간다. 무엇인가 떨어진다고 하는 상실감이 묘한 서글픔을 남긴다. 그러나 그것은 이유 있는 떨어짐이다. 풍요로운 결실로 종족을 잇고자 함이 아니던가. 만고불변의 그 진리를 어찌하랴. 인생살이의 열매도 이모저모 헤아리게 하는 성찰의 계절이다. 겨울이면 뭐니 뭐니 해도 함박눈이 연출하는 순백의 설경에 내내 사로잡힌다. 이 같은 우면산의 손짓에 언제부터인가 나는 시간이 나는 대로 따르게 되었다.

약수가 흐르고 절이 있어서인지 길이 가파른데도 오히려 도전하는 인파로 붐볐다. 군중심리란 묘한 것이어서 운동기구 사용도 경쟁이 되어 때로는 차례를 기다려야만 했다. 내가 즐겨 올라가는 코스나 쉬는 자리는 늘 정해져 있었다. 어느 날 다른 사람이 그 자리를 차지하고 있었다. 서먹해서 그냥 돌아오기도 했지만 느긋하게 기다리기도 했다. 그 사람도 그 자리를 명당자리로 꼽고 있는 듯했다.

마음이 무겁고 답답할 때 산에 오르면 마음이 가라앉고 위안이 된다. 1997년, 우리 교회 첫 여자 장로로 피택되었을 때 나는 떨리고 두려운 마음으로 산에 올랐다. 축하전화가 쇄도하는데, 정작 무엇을 어떻게 할지 막막해서다. 남 앞에 나서는 일에 극히 소극적인 내가 아닌가. 총투표인수의 3분의 2 이상의 득표로 선출되었으니 내가 선택하고말고 할 여지도 없었다. 그 순종이 까마득히 멀게만 느껴졌다.

더할 수 없는 정적 속에서 나는 마음을 가다듬어 나갔다. 자연을 통해서 섭리하시는 절대자 앞에 겸허하게 무릎을 꿇었다. 천만년을 묵묵히 지켜온 거산 앞에 나의 존재는 얼마나 미미한 것인가! 새삼 그 위용에 숙연해지곤 했다. 모든 것을 내려놓고 빈 마음이 돼야지……. 그래서 산에 오르면 누구나 성스러운 빈자(貧者)가 되던 것인가. 영국의 존 러스킨은 "지구상의 산들은 천연의 대사원(大寺院)"이라고 했다.

하늘을 찌를 듯 울창한 숲이 세월을 그대로 말해 주고 있다. 높은 바위를 감돌아 골짜기를 파고 내리는 물줄기는 산행하는 이들의 갈증을 다독이며 쉼이 없다. 정교하게 다듬어진 나무의자에 앉아 한동안 몸과 마음의 땀을 식혔다.

무릎 운동이 심했을까, 무릎이 한동안 불편했다. 쉽게 회복이 되는 듯했는데 오른쪽 무릎에 탈이 붙었다. 정형외과의에선 "무릎에 물이 고였다"며 당분간 계단이나 오르막길을 조심하라고 했다. 산행을 접어야 하다니? 내 의지가 통하지 않은 현실 앞에 아연했다. 이것 역시 선택의 여지가 없다. 그동안 산행을 하며 마음의 지평을 넓히고 수련과 연단을 쌓은 터인데, 이제는 산처럼 더 겸허하고 의연하고, 순리에 따른 침묵을 수습하라는 의미일까.

세상의 짐을 혼자 진 것처럼 무겁던 마음, 많은 이들의 안녕을 위해 두 손을 모았는데, 그 갈등, 고뇌들을 어머니 품 같은 산에서

다 털어버리곤 했었는데……. 세월이 묻어나는 산! 어서 무릎이 나아 산행이 다시 계속되었으면 하지만…….

이제는 마음으로 산을 끌어안으련다. 가슴 열고 나를 맞아주던 것처럼. 산에 오르진 못해도 내 가슴에 품고 있는 산이 있지 않은가.

(2005. 10.)

삶의 여울목에서

새날을 열며

금수강산을 자랑하는 대한민국, 이 땅에 태어난 것을 더없는 영광으로 생각합니다.

나는 모태에서부터 신앙 속에 자랐습니다.

그동안 엄청난 시련을 겪었습니다. 일본 제국주의 식민통치, 제2차 세계대전, 일제의 패망, 조국 광복, 남북 분단, 공산치하 등 민족의 오욕과 수난의 격변기를 넘어야 했습니다. 캄캄한 터널은 끝닿은 데가 없는 것 같았습니다.

민족상잔의 6·25 사변, 후퇴하는 전열을 따라 나는 대구까지 떼밀린 피난민이었습니다. 대구에 아버지 같은 큰오라버니가 사신 것은 여호와 이레의 축복이었습니다. 이산의 아픔을 삭이며 통한의 세월을 신앙에 의지하여 살았습니다.

가슴 시린 고독, 번뇌와 방황, 절망의 늪에서 나를 이끌어 주신 이는 주님이셨습니다. 주님은 영원에 잇대어 사는 지혜를 심어 주었습니다.

모태신앙을 다시 찾게 되면서 하염없이 눈물을 흘렸습니다. 참회와 용서, 치유와 화해의 감동이었습니다.

세상일이 마음먹은 대로 움직여 주지 않을 때 항상 나를 되돌아보게 하였습니다.

고독한 날들이 주님과 가까워지는 기회로 다가왔습니다.

배고프고 굶주릴 때 콩깻묵 먹던 시절을 생각나게 했습니다.

아프고 힘겨울 때 예수님의 십자가가 떠올려졌습니다.

병들었을 때 세미한 주님의 음성이 다독여 주셨습니다.

절망 가운데서 인내를 배우게 하셨습니다.

힘들고 괴로울 때 울부짖으며 매달리게 하였습니다. 그리고 응답해 주셨습니다.

위로와 용기, 지혜와 명철을 주셨습니다.

꿈과 희망으로 가슴을 부풀게 하셨습니다. 그리고 미래를 준비하게 하셨습니다.

마음 문을 열게 하시고 나를 필요로 하는 영혼들을 보이셨습니다.

궁핍한 가운데서도 풍요를 누리게 하셨습니다. 가난하게도 부하게도 않으시고 필요를 채울 수 있는 물질을 주셨습니다.

믿음의 가정을 이루게 하시고 두 아들을 선물로 주셨습니다.

아이들도 그 믿음으로 자라 가정을 이루었습니다.

남편과 시숙, 친정오빠에 이어 나도 장로로 봉사할 수 있는 축복을 주셨습니다.

오늘도 새날을 열며, 내 손길이 닿는 곳에, 내 발길이 머무는 곳에, 내 마음이 향하는 곳에 섬김과 나눔의 진리를 드러내고자 다짐합니다.

이 길만이, 하나님의 은혜와 사랑에 보답하는 길인 것을 알고 있기 때문입니다.

날마다 감사할 수 있는 믿음의 축복을 더해 주시옵소서.

언제나처럼 성경과 찬송가를 읊조립니다.

여호와는 나의 목자시니 내게 부족함이 없으리로다.

그가 나를 푸른 풀밭에 누이시며 쉴만한 물가로 인도하시는도다.

내 영혼을 소생시키시고 자기 이름을 위하여 의의 길로 인도하시는도다.

내가 사망의 음침한 골짜기로 다닐지라도 해를 두려워하지 않을 것은

주께서 나와 함께하심이라. 주의 지팡이와 막대기가 나를 안위하시나이다.

주께서 내 원수의 목전에서 내게 상을 차려 주시고 기름을 내 머리에 부우셨으니

내 잔이 넘치나이다. 내 평생에 선하심과 인자하심이 반드시 나를 따르리니

내가 여호와의 집에 영원히 살리로다. (시편 23편)

내 평생에 가는 길 순탄하여 늘 잔잔한 강 같든지

큰 풍파로 무섭고 어렵든지 나의 영혼은 늘 편하다

내 영혼 평안해 내 영혼 내 영혼 평안해. (찬송가 470장)

(2006. 1. 1.)

든든한 울타리

'사랑' 이란 무엇인가? 사전은 '중히 여기어 정성과 힘을 다하는 일, 또는 그런 마음' 이라 풀이하고 있다. '정' 은 '느끼어 일어나는 마음' 또는 '친절하고 사랑하는 마음' 이라 되어 있다.

성경에서는 "네 이웃을 네 몸과 같이 사랑하라"고 가르친다. 이웃의 어려운 처지를 내 입장에서 생각하는 마음은 바로 그 같은 사랑에서 비롯된 것이다. 그런 사랑이야말로 신적인 것이 연결된 늙을 줄 모르는 생명의 꽃이라 할 것이다.

남편과 나의 첫 만남은 대구에서 이뤄졌다. 거리 이름은 잊었지만 '추억' 다방이었던 것 같다. 먼저 결혼한 친구에게 이끌려 쑥스럽고 어색한 자리에 나갔다. 지금은 은퇴한 영락교회 장로인 소아과의사의 중매로 이루어졌다. 그 후 며칠이 지나 신랑 후보는 오빠 집을 방문했다.

"결혼 준비도 변변히 되어 있지 않지만……." 그이는 그렇게 우물거렸던 모양이다.

"준비가 안 되었으면 어떻게 결혼을 하겠나, 우리 누이 공부하러 미국에 보내겠네." 하고 헤어졌다고 했다.

표현의 차이로 빚어진 난센스가 인연으로 맺어지기까지는 두 서너 달이 걸렸다.

결혼식을 마치고 신혼여행 떠나는 우리에게 지금은 안 계신 오빠의 아버지 같은 당부가 이어졌다.

"이제는 자네 책임일세. 재미있게 잘 살아 보게나. 나도 재미있게 사는 것이 소원이었는데 말이야."

만삭이 된 10년 친구는 딸을 시집보내는 어머니같이 눈물을 흘렸다.

어느 누가 사랑을 '애정' 이란 말로 쓰기 시작했는지 알 길이 없다. 애(愛)는 충동적이고 폭발적인 반면, 정(情)은 조용하고 없는 것처럼 있는 차분한 상태다. 처음에는 사랑하다가 중반에 정으로 연속되는 것이 이상적인 사랑의 형태가 아닐까.

유치환 시인은 〈사랑은 흘러서 바다를 이루고, 정은 쌓여 산을 만드는데, 온갖 것을 깡그리 바쳐도 오히려 모자라고 아쉽게만 느껴지는 마음이요, 바칠 게 더 없는가고 더욱 두루 살펴지는 마음, 이것이 애정이란 것일까요? 애정이란 참으로 위대하고도 두려운 것인가 봅니다.〉라고 사랑을 읊었다.

극히 가부장적인 남편은 결혼 후 나를 전업주부로 집에 머물게 했다. 나다니는 것을 싫어했다. '노라' 가 되지 못한 나는 집안 대소사를 오직 나의 두 어깨에 짊어진 채 휘청거리며 살아왔다. 남편이 바깥일을 잘 하게끔 집안일을 성심껏 해내는 것이 나의 길이라 마음을 굳히고 살았다. 우리 시대에는 현모양처가 되는 것이 최상의 꿈이기도 했지만 지금은 어휘조차도 없어진 개념이 되어

버렸다.

남편의 일에 대한 야심 찬 열정은 불과 같다. 건축설계에 매달려 외길 인생을 살아왔다. 6·25전쟁으로 폐허가 된 이 땅, 재건의 호기가 그를 무한 바쁘게 했다. 70년대 후반 광림교회 설계가 히트를 치면서 뒤이은 교회설계 의뢰가 폭주했다. 미국 유럽을 여행하며 계속 연구에 몰두했다. 그 덕에 나는 세상 풍물들을 접하게 되는 행운을 누렸다. 그의 기도와 예술혼의 극치가 설계한 교회마다 놀라운 부흥으로 응답되어 나갔다. 그때마다 소명감을 불태우곤 했다. 지상의 부와는 연이 멀어도 하늘의 그 은혜가 우리 부부를 한없이 풍요하게 해주고 있다. 교회를 증축하고 교육관을 늘리고 계속 일이 꼬리를 잇는다. 신뢰와 성실로 지금껏 일할 수 있다는 사실이 믿어지지 않는다. 그는 30세에 이미 장로가 되어있었다. 봉사와 헌신을 우선한 교회 설계 실적이 150여 개가 넘으니 그 투지가 참으로 놀라운 일이다.

우리의 표현구조 탓인가. 마음을 드러내지 않는 일상, 그이는 언제나 바빴으며 나는 집안 살림에만 매달렸다. 기다림으로 해가 지고 뜨면 또 다른 기다림이 시작 되곤 했다. 이산가족인 탓일까 외로움을 많이 탔다. 친구들을 불러들였다. 대구에서 10년 간 사귄 친구들은 우리 집을 정거장이라고도 했다. 그러나 정서적으로 늘 고독했다. 그럴 때면 일기책을 집어 들었다. 푸념을 풀어 놓으면 이상하리만치 머리가 맑아지고 평온을 되찾곤 했다. 글은 내 영혼의 속삭임, 사색 일기가 되고 수련일기도 되고, 권사 취임 후로는 신앙일기도 되었다. 그때부터 본격적인 글쓰기를 시작했더라면 지금쯤은 꽤 연륜이 쌓였을 터인데 안타까운 일이다.

나는 남편에게서 편지 한 장 받아본 적이 없다. 어느 해인가, 내 생일 때 꽃바구니가 배달되었는데 꽃집에서 적어 보내온 카드를 읽고 헤픈 눈물을 흘린 적이 있다. 남편의 진심을 어찌 모를까만 그래도 때로는 그 깊디깊은(?) 심중을 헤아리지 못한 투정이 괴로움을 안겨 주기도 했다. 나는 소위 말하는 바가지도 긁을 줄 모르고 온순하게 살았다. 만일 그렇지 않았더라면 남편은 조금은 나긋나긋하게 변해 있을지도 모를 일이다.

내가 원하기만 하면 돈을 아끼지 않고 투자하면서, 사실은 왕소금인데. 왜 미리 알아서 챙겨 주지 못할까. 선수 치는 법을 알고도 그냥 넘기려하는 심사인지 알 길이 없다. 꼭 엎질러 절 받기 식, 결과가 좋으면 좋은 것일까. 아직껏 그 깊은 속내를 알 것 같기도 하고 모를 것 같기도 하다. 체면치레가 말다툼이 되기도 하지만 도대체 싸움이 되지 않는다. "내가 그렇게 생겨 먹어서." 그것으로 끝이 난다.

결혼은 사랑의 시를 산문으로 번역한 것이라 했다. 3주 동안 서로 연구하고 3개월 동안 서로 사랑하고, 3년 동안 싸우고, 30년 동안 서로 참는다. 그리고 아이들이 같은 일을 또 시작한다고 했다. 사랑의 아픔도 역경의 고뇌도 더 큰사랑과 행복을 받기 위한 준비과정으로 여긴다면, 사랑으로 시작한 게임이 최상의 조화를 재창조하기까지 우리도 무던히 참고 살아야 하지 않을까.

우리가 엮어 나가는 인생도 애정(愛情)의 드라마, 미완성의 드라마는 계속되는데 언제 완성이 되려는지…….

사랑하면서 사랑받고 싶은 것은 인지상정, 나이를 탓하지 말고 어린아이가 되라고요? 여보! 나도 사랑받고 싶다우. 바람결에 실어 보내는 글귀 한 수면 쉬이 마음에 감돌아 돌아들 터인데…….

(2001. 2. 14.)

구름이 흘러가는데

55년 전 12월. 나는 평양에서 대구로, 남편은 평남 순천에서 대구로 민족의 대이동 대열에 끼어 이사를 감행했다. 어쩔 수 없는 탈출, 그때부터 뜨내기 인생으로 전전했다. 토박이들의 눈총을 의식하진 않았지만 괜스레 주눅이 들고 보헤미안처럼 때가 오면 망설임 없이 떠나야 한다는 생각을 저버리지 못했다. 어서 둥지를 틀고 정착해야지…….

나는 결혼과 더불어 서울에서 살게 되었다. 대구의 집을 처분했지만 서울에서는 그것으로 집을 마련할 수 없었다. 받기로 약속된 AID주택이 어긋나면서 자하문 밖 세검정에 뜰이 넓은 한 친구의 새집에 전세로 입주하게 되었다. 미혼인 시조카와 도우미 처녀와 함께였다. 공동우물을 사용하는 동리였다. 세검정 고개를 넘어 효자동 시장을 오르내렸다. 1년 남짓 살았지만 무엇보다 수도시설이 안되어 여간 어려운 것이 아니었다. 빨래는 개울에 가서 했다. 도우미 처녀는 나가기만 하면 한나절이나 걸려야 돌아오곤 했다. 빨래가 날려 떨어져도 먼지가 묻지 않았다. 그만큼 공기가 맑고 깨끗했다. 김장할 때는 밤을 새며 우물물을 퍼 올렸다.

낮이면 이따금 상이군인들이 대문을 두드리기도 했다. 무서웠다. 어서 이곳을 빠져나갔으면 하는 바람으로 해가 저물곤 했다.

누상동 전셋집으로 다시 이사했다. 수도가 있는 적산가옥이었다. 서생원들이 성화였다. 고양이를 키우고 덫을 놓고 약을 놓아도 밤새 마루를 갉아댔다. 옆방에 놓아 둔 떡가래도 없어진 것을 뒤늦게 확인했다. 전후의 어려웠던 시절, 미국에서 구호품 속에 실려 바다를 건너게 된 들쥐들의 극성에 오죽했으면 고향집의 쥐들이 그리울 정도였으니…….

휴전은 되었지만 남북이 대치한 상태에서 언제 무슨 변이 일어날지 알 수 없는 노릇이었다. 전쟁의 참상을 체험한 우리로서는 시국의 추이에 민감할밖에. 지상의 행복에 이르는 최대의 지름길은 평화라고 했다. 누구나 추구할 수 있는 평화가 아니던가. 전쟁이 없는 땅, 캐나다로의 이민수속을 밟으며 제2의 탈출을 계획했었다.

누상동에 처음으로 내 집을 장만하고 문패를 달게 된 것이 1962년 9월이었다. 부엌은 입식으로, 화장실은 수세식으로 고치고 이층을 증축했다. 큰아들이 태어나고, 시조카와 아들아이 외삼촌이 함께 살았다. 그럭저럭 6년을 버티었다.

남편이 손수 설계하고 시공한 상도동 집으로 이사한 것은 1968년 더위가 기승을 부리던 여름이었다. 석조 2층 집으로 건축가의 체면이 선 집이기도 했다. 이 집에서 둘째아들을 얻었다. 조용하고, 양지 바른 곳이었다. 이웃들이 좋고 고만고만한 아이들 친구들도 많았다.

그런데 뜻밖에 이변이 생겼다. 상도터널 공사로 집을 철거할 수밖에 없었다. 국가의 시책에 따라 공들여 손수 지은 집을 어처구니없게도 손수 헐고 떠나게 되었으니 인생의 아이러니가 아닐 수 없다. 본향 집을 떠나는 느낌이 들었다. 14년 동안 정들여 살아온 집을 영영 지닐 수 없게 되다니. 아깝고 억울했다. 내 땅에 사는 권한이 이렇게 참해될 수 있다니……

논현동에 집짓는 역사가 다시 시작되었다. 상도동 집보다 더 좋은 환경에 아름다운 뜰과 온실을 갖춘 벽돌 2층 양옥. 상실에 대한 회복으로 창조주의 섭리가 오롯이 담겨진 안식처였다. 야생 고양이가 새끼에게 젖을 먹이는 편안한 뜰, 가끔 온실 지붕에서 활개를 펴고 오수를 즐기던 고양이, 디지털 영상으로 보듯 그 정경이 또렷이 떠오른다.

잘 알고 지내는 한 친구는 아파트 붐이 일기 시작하자 후조처럼 이곳저곳으로 거처를 옮겨가며 최신시설을 만끽하며 살고 있었다. 선망의 눈으로 그 재주를 바라보긴 했지만 그래보고 싶은 생각은 없었다. 나는 어렸을 적에 태어난 집에서 한 번 이사했을 뿐 줄곧 한집에서만 살았다. 더러 지겨워서 "우리 이사 안가냐"고 졸라대기는 했었다.

몇 번 안 된 이사지만 그럴 때마다 나는 한두 달 전부터 짐 싸기에 골몰하곤 했다. 그 덕에 접시 하나 깨지 않고 고스란히 옮기는 노하우를 얻었지만 여간 번거로운 일이 아니다. 자주 이사를 다녀도 지금은 손 하나 까딱 않고도 잘도 옮기는 세상이 되어버렸지만.

이동이 체질화된 서양사람들은 전직도 잘 하고, 이사도 잘 한다. 이동성이 미국을 발견하고 서부를 개척해냈으니. 그들은 옮겨 사는 곳이 곧 고향이 된다. 그에 비하면 우리 민족은 대대로 물려받은 집이 내 집이요, 내 고향이다. 객지에서 아무리 수십 년 아니 평생을 살아도 임시라는 의식이 따라다닌다. 양반은 몇 십대를 살아오면서도 이사하는 법이 없었다 한다. 한국사람 같이 고향에 관한 서정이 깊은 국민은 없다고도 한다. 우리만의 절절한 귀소본능일까.

1994년 이른 봄, 복덕방(공인중개사) 직원이 문이 닳도록 찾아왔다. 집을 팔라고 집요하게 졸라댔다. 나란히 두 채의 집을 매입하고 바로 옆의 우리 집을 공략하는 것이었다. 주위가 빌라 촌으로 개발이 될 태세인데 우리 집이 샌드위치가 될 판국이었다. 타의에 의한 두 번째 이사로 12년간 살아온 집을 또 떠나왔다.

우리는 줄곧 단독주택을 선호했다. 도적들의 피해도, 떼강도의 침입도 문제가 되지 않았다. 왠지 아파트에는 가고 싶지 않았다. 다시 집을 짓자니 시일이 촉박했다. 지금의 현대맨션이 곧 준공이 된다기에 그냥 이사를 했다.

뜰이 없고 호텔 같아 내 집이라는 느낌이 들진 않았다. 논현동을 향한 걷잡을 수 없는 향수가 밀려와 서글펐다. 그나마 거실에서 바라다 보이는 우면산, 계절 따라 펼쳐지는 4계가 큰 위로가 되고 있다. 잡초를 뽑지 않아도, 나무 전정이나 소독을 하지 않아도, 월동을 위한 짚 싸기나 낙엽 쓸기를 하지 않아도 되는 넓은 뜰이다. 내 집처럼 자주 오르던 넓은 뜰에서 나는 삶의 회한, 고독, 인고를 털고 활기를 되찾곤 했다. 어머니의 가슴처럼 아늑히 감싸주는 내 영의 뜰을 두고 어디로 떠난단 말인가.

며칠 전 창가에 비친 벚꽃나무의 행렬이 낯이 설도록 껑충했다.

"어머나!"

탄성이 나왔다. 활짝 만개한 벚꽃을 보아 온 지도 어느새 12년이 넘었으니 그럴 수밖에 없지 않은가.

벚꽃이 진 자리엔 연초록 잎이 곧 돋아나겠지. 구름 흘러가듯 지나가버리는 세월이여!

(2006. 4. 16. 부활절)

영원히 늙지 않는 사람

"까치 까치 설날은 어저께구요, 우리 우리 설날은 오늘이래요."

윤극영(尹克榮) 선생의 동요가 그리운 메아리가 되어 나로 하여금 꿈처럼 아득한 고향으로 달리게 한다. 누구에게나 즐겁고 기다려지는 명절. 올해는 연휴가 길어서 더욱 설렌다.

무수한 발전과 기쁨을 약속해 줄 것만 같은 새해를 소망하며 떠나는 고향 길, 웃어른께 세배 드리고 새해의 설계도를 가늠해 보는 설. 수백만의 귀성객이 어려움을 무릅쓰고 고향으로 달려간다.

하루에 삼십만 대 가까운 차가 서울을 빠져나갔다고 한다. 선물을 한 아름 안고, 마음은 벌써 고향에 닿아 있는데, 돌발사고도 생기고, 세 시간 다섯 시간이 더 걸리는 귀성길이다. 지루하고 짜증스러운들 어떠랴. 다섯 시간이 아니라 종일 걸린들 누가 마다하랴. 가야 할 집이 있고, 오랜만에 만나게 되는 부모 친지가 기다리고 있지 않은가. 환하게 웃음 띠고 반겨 주는 곳, 넓은 가슴으로 맞아 주는 고향이 아늑하기만 하다. 텅 빈 서울 거리는 한산하고 쓸쓸하다.

아름답고 훌륭한 우리의 풍습은 나날이 퇴색되어가고 있는 실정이다. 외래의 풍속과 언어, 놀이, 음식, 예술, 종교들이 판을 치고 있는 현실이지만 고향을 찾아가는 긴 행렬은 더없이 고맙고 자랑스럽다. 민족의 긍지를 느낀다. "우리 나라" "우리 민족" "우리 부모" 등 우리를 앞세우고 공동체를 이루며 수천 년 역사 속에 이어져 내려온 정신적 유산. 우리 고유의 철학이요, 윤리가 아니던가. 예의 바르고 효성이 지극한, 끈끈한 정으로 맺어지는, 가난하게 살면서도 인정만은 세계 제일의 나라. 민족의 얼이 담긴, 누구도 흉내 낼 수 없는 이 민족만의 설나들이가 아닌가.

기쁘게 맞아야 할 설인데 나의 가슴앓이는 이때에 찾아든다. 고향이 있으되 갈 수 없는 실향의 서러움을 무엇으로 달랠 수 있단 말인가. "오마니—" 하고 불러본 지도 52개 성상이 흘렀다. 꿈에라도 보고 싶은 어머니! 언제라도 가고 싶을 때 찾아가는 곳이 고향이 아니던가. 고향 잃은 실향민, 고향을 찾는 행렬을 지켜보며 통한의 눈물을 삼켜야 했다. 두고 온 산하, 부모형제 친구들이 그립고 못 견디게 보고 싶어진다. 금년에는 임진각에서 드렸던 망향경모제가 임진강을 건너, 휴전선 남쪽 경계선, 최북단 도라산역(驛)에서 올려졌다고 한다. 누구에게나 평등하게 주어진 세월은 덧없이 흐른다. 살아가면 그곳이 고향이고, 몽매에도 잊지 못하는 것은 두 번 괴로워하는 것이 된다고 하지만 말처럼 쉽게 다스려지지 않는 게 향수다. 백세를 넘기신 어른은 벌써 타계하셨을 테지만 나는 살아 계시다고 믿고 있다. 우리가 헤어질 그때, 마지막 뵈옵던 어른의 모습, 마음에 새겨진 영상은 결코 바꾸어질 수 없지 않은가. 멈춰 서버린 52년의 기나긴 날들을 무엇으로 회복시킬 수 있단 말인가. 같이 나눌 수 없었던 빼앗긴 세월이여! 잃어버린 세월이여!

우리 집에서는 신정을 쇤다. 구정은 가족들을 이끌고 시댁으로 간다. 젊은 시절부터 항렬이 높은 탓에 설음식을 많이 준비하고 손님을 맞아야 했다. 많은 일을 해도 지칠 줄을 몰랐었다. 예쁜 봉투에 세뱃돈 챙겨 넣는 일도 즐거웠다. 정겨운 덕담을 주고받으며 회포를 푼다. 윷놀이를 하며 집이 떠나가라 떠들어도 단독주택에서 살았으니 자유스러웠다. 아이들도 합세했다. 헤어지기 아쉬워하며 '즐거운 나의 집'을 부르며 다음해를 기약하곤 했다.

시대가 변하여 바빠졌다. 외국에 나가는 가족이 늘고 있다. 국제전화로 세배하는 가정이 많아졌다. 직계가족 단위의 만남은 계속되고 있지만 느긋하게 여유를 즐기며 떡국을 나눌 수도 없이 바빠졌다. 세시풍속도 세월에 쫓겨서 간편해지고 있다. 국내에서도 전화로 세배를 대신하는 경우가 늘고 있다. 가족 중에 대표만 참석하기도 한다. 그러나 고행 길을 감수하며 고향을 찾는 민족대이동, 그 정겨운 행진은 계속 늘어만 간다. 줄을 잇고 있다. 행복의 삽도(揷圖)이다.

아스라이 잊혀져가는 어른들을 향한 연민과 애통함, 생전 못다한 효에 몸부림치지만 분단의 아픔은 영원히 아물지 않는 상흔으로 남는다.

봄은 저만치서 손짓하는데 가로놓인 장벽이 봄기운을 막고 있나, 민족의 봄은 뒷걸음질치고 있어 안타까운데, 정녕 봄은 오지 않으려는가? 통일이 되어 이산의 한과 아픔을 걷어가 주었으면 하는 바람이 어찌 나만의 부르짖음이겠는가.

(2002. 1. 1.)

나의 왼팔

금단의 열매를 먹고 낙원에서 쫓겨난 아담과 이브가 그 불안과 고독의 극복을 사람과 사람 사이의 소속감, 사랑의 교환, 지배욕구의 충족 등을 통해서 얻으려고 했다. 기독교에서는 이것을 인간관계의 시초로 보고 있다. 인간(人間)이란 말이 바로 '사람 사이' 란 뜻이고 보면 인간은 혼자가 아닌 사람과 사람 사이의 존재가 아닐 수 없다.

내가 그 '아줌마' 를 만난 것은 1983년 3월이었다. 그녀는 서울 상도동 셋집에서 산다고 했다. 아담한 키에 이목구비가 뚜렷한 편으로 퍽 싹싹하고 바지런해 보였다.

그녀 남편은 한때 어느 회사 회장 댁의 목장지기를 하다 건물 관리인으로 근무했다고 한다. 단신 월남하여 가정을 이루었으나 부인과 사별, 두 딸을 데리고 아줌마와 재혼하게 됐다는 것이다. 그녀는 일찍이 아버지를 여의고 동생들 뒷바라지 하느라 학교도 제대로 다니지 못한 처지였다. 결혼 후 그래도 남편의 도움으로 친정 동생들을 취직시켜 맏이 구실을 톡톡히 하게 되었다. 남편은 아내의 손톱을 다듬어줄 정도로 자상한 사람이었지만 가세가 어렵게 되자 말도 못할 구두쇠가 되었다. 그녀는 무엇인가 가계에 좀 보태려고 떡볶이 장사, 버섯 장사 등 여러 모로 애를 써보았지만 노상 밑지기 일쑤였다.

결국 우리 집 파출부로 오게 된 것이다. 나는 우선 땅이 꺼져라 한숨 짓는 그녀를 위로하고 다독거렸다. 보수도 내 나름으론 넉넉히 지불하고 마음을 펴게 했다. 그런 대로 잘 적응해 나갔다. 별 탈 없이 자라고 있는 두 아들이 그녀의 크나큰 희망이요, 위안이라 했다.

그 시절, 나는 교회 봉사활동에 매어 있었다. 특히 우리가 논현동으로 이사 온 후로는 집을 개방하여 당회를 비롯해서 교회의 여러 기구의 회동을 집으로 초대하는 경우가 빈번했다. 요리가 취미인 나는 손님 접대를 좋아했다. 그녀도 눈썰미가 뛰어나서 한 번 본 것은 일러주는 대로 잘 해냈다. 집안의 크고 작은 모임과 잔치들을 척척 즐겁게 해냈다. 그런 점에서 나는 그녀와 죽이 잘 맞았다. 지금 생각해도 고맙고 흐뭇한 일이다.

제대로 학교 공부를 못한 그녀는 전화를 받을 때마다 주춤했다. 어쩌다 실수를 저지르게 되면 이내 얼굴이 홍당무가 되어 아무 말도 못했다. 그릇 같은 것을 깨면 몰래 얼른 사다 놓았다. 그만큼 사려 깊은 면도 있었다.

그녀는 우리 막내를 무척 사랑했다. 종일 셰퍼드처럼 집을 지키다 막내가 학교에서 돌아오면 그리 반가워할 수가 없었다. 그 작은 폭군에게 폭 빠져서 해달라는 대로 모두 챙겨 주었다. 엄마가 오히려 뒷전으로 밀려난 형편이었다. 막내도 아줌마를 무척 따랐다. 그녀는 지금도 막내가 보고 싶다고 안부를 전해온다.

평소에도 아줌마는 시간에 늦을 때가 없지만 특히 약속이 되어 있는 날은 숨이 하늘에 닿을 만큼 뛰어왔다. 그 천진하고 솔직한 태도가 마음에 들었다. 무릎이 아프다고 해서 갓 익힌 수지침을 며칠 동안 정성으로 놔 주었다. 전적으로 나를 믿고 내맡기는 그녀의 심성이 치료의 효과를 더하는 결과가 되었다.

그녀가 우리와 연을 맺은 지 2년째 되는 겨울, 대낮에 3인조 강도가 보험회사 수금원을 뒤따라 들이닥쳤다. 둘은 꽁꽁 묶여 이불에 묻힌, 악몽 같은 곤욕을 겪었었다. 그녀는 그래도 나를 떠나지 않았다.

전처 소생의 딸들이 그녀를 무던히 괴롭혔다. 없는 살림에 계모란 말을 듣지 않으려 등골이 휘게 갖추어 보냈다. 결혼 후 어쩐 일인지 술에 빠진 큰딸 부부, 그 외아들이 무엇을 배우겠느냐며 걱정이 대단했다. 여상(女商) 출신의 작은딸, 걸핏하면 토닥거리더니 이혼의 위기를 가까스로 넘기는 등 마음 조이며 사는 날이 이어졌다.

큰아들은 고졸 출신, 해병대 복무를 마친 후 취학 기회를 놓쳤다. 아무 준비 없이 미국 시민권을 가진 아가씨와 혼인해서 1987년 미국으로 훌쩍 떠나버렸다. 대학에 못 간 한을 둘째가 풀었다. 전문대학이지만 졸업하던 날 춤을 출 듯 기뻐했던 그녀. 또 작은아들을 어렵사리 혼인시켰다. 남편은 당시 아파트의 수위로 임대주택부금 등에 눌려 일전 한 푼 보태지 않았다. 아줌마는 혼자의 힘으로 여기 저기 급전을 돌려대며 전전긍긍, 눈덩이처럼 불어난 빚에 시달린 나머지 아파 눕게 되었다. 해정병원의 내 조카에게 진찰을 받게 했다. 위염이 극도로 악화되어 절대 안정을 취하라는 진단이었다. 그리하여 가족과 같았던 17년 동안의 끈끈한 만남이 끝이 나게 되었다. 며칠 후 아줌마는 그녀의 작은올케에게 나를 돕게 하고 떠났다.

나는 병들어 떠나는 그녀에게 적금 탄 돈을 슬그머니 쥐어주었다. 흠칫 놀라는 그녀 눈에 이내 이슬이 맺혔다. 고마움을 아는 그녀가 참으로 측은했다. 몇 달 동안을 나는 허전하고 애절한 눈물을 삼키며 쾌유를 빌고 또 빌었다. 한동안 나는 그녀가 남기고 간 무구(無垢)의 순수를 반추하며 안 계신 어머니와도 같은 애틋한 정이 새삼 밀려왔다. 신이 인간에게 준 차유의 눈물이 하염없이 흘러내렸다.

돌이켜보면 내가 봉사활동에 전념할 수 있었던 것도 전적으로 그녀의 도움이 있었기 때문이다. 20년 가까이 집 살림을 맡아준 아줌마, 그 수고를 나는 잊을 수 없다. 서로서로 필요를 미리 알아서 소리 없이 하나가 되어 돌아간 끈끈한 인간 고리가 그렇게 연줄을 이어간 것이다.

내년이면 아줌마가 고희를 맞는다. 미국에서 아들네 식구들과 단란한 노후를 보내고 있을 그녀. 어쩌다 웃음기가 발동하면 한껏 웃겨 주던 그녀. 지금은 얼마나 변해 있을까.

그녀 덕분에 나도 조금은 더 성숙해진 기분이다. 무상행위(無償行爲)는 내가 즐기는 나눔의 삶이다. 예수를 믿기 때문에 세속적인 양보와 손해가 축복임을 이해하고 있다. 하지만 설상 내가 그녀에게 베푼 것보다 그녀가 내게 행한 무상행위의 부피가 더 큰 건 아닐까. 우리의 머리로 정답이 나올 수 없는 지고지순한 희생에 목이 메어왔다.

셀 수 없이 많은 사람들이 얽히고설킨 가운데 나름대로 열심히 살아가고 있다. 사람은 남을 도울 때를 제외하고는 언제나 고독한 존재들이다. 돕는다는 것은 바로 사랑의 행위이다. 사람은 어

떤 관계 속에서든 한시도 사랑을 떠나서는 살 수 없는 사랑의 존
재들이기도 하다.

(2003. 8. 4.)

수능시험 유감(有感)

　화요일 아침, 여느 때와 마찬가지로 서둘러 집을 나섰다. 우리 동네 유일한 일반 버스는 탈 때마다 짐차에 몸을 싣는 느낌이다. 나이 탓인지 차에 올라 교통카드를 찍고는 날렵하게 행동한다고 해도 비틀거리게 된다.

　오전 10시경, 평소 이 시간대에는 버스가 텅 텅 비어있다. 혼자 타고 가기가 면구스러울 때가 많다. 오늘은 학생들이 자리를 꼭 채우고 있다. 일반 승객들도 많다. 수능시험 예비소집일임을 직감했다. 안쓰러운 생각에 저절로 학생들의 표정을 살펴보게 되었다. 졸고 있는가 하면 조용히 눈을 감고 명상하고 있는 아이들, 창문 밖을 내다보고 있는 학생, 소지품을 챙기느라 가방을 뒤적이는 젊은이, 계속 떠들어대는 학생은 그래도 여유가 있어 보인다. 오늘은 저들이 이른바 행차하는 날이다.

　차 안에서 나는 운전석 뒤 파이프를 붙잡고 평형감각을 조절하며 다리에 힘을 주고 쏠림에 신경은 쏟고 있었다. 백미러로 나를 보고 있는 운전기사의 시선과 마주쳤다. 공연히 계면쩍어 안으로 비집고 들어갔다. 빈 손잡이가 없다. 가까스로 좌석 모서리를 붙잡고 섰는데 한 학생이 얼른 일어선다. "앉으세요." 회색잠바 차림의 안경을 낀 학생이었다.

"괜찮아요, 공부하느라 애쓰는데 그대로 앉아있어요." 하고 사양했으나 막무가내다. 못 이겨 자리에 앉고 보니 그렇게 편할 수가 없다. 갑절이나 고마웠다.

우리가 겪었던 대학 입학 예비고사 때부터 지금의 대학 입학 수학능력 시험에 이르기까지 해마다 엄습하는 한파는 어김없었다. 그러나 오늘 날씨는 다행히 포근하다.

대학 입시 때문에 학생이나 학부모가 매년 겪는 홍역, 이 나라 미래를 위한 고통이지만 안타깝기 이를 데 없다. 공부에 잠도 설친 채 샛별을 보고 집을 나와 학교로, 학원으로, 도서관으로 하루 해가 턱없이 모자란다. 별을 이고 늦은 밤, 빈 도시락 가방도 힘겨울 정도로 축 늘어져 귀가하는 아이들, 그들을 기다리며 애가 타는 어버이들. 이 땅의 고3 학생과 부모가 다 같이 치르는 이 경쟁의 회오리는 가히 전쟁을 방불케 한다.

나는 아들들의 대입 예비고사 때문에 두 번이나 이런 입시 회오리를 겪었다. 최고 최선의 뒷바라지로 기대에 부풀었던 나에게 큰애가 안겨준 뜻밖의 결과는 참아내기가 몹시 힘들었다. 순종하고 있으려니 했는데 그 앤 딴 방향을 좇고 있었다. 둘째 아들에게는 아예 공부하란 말도 입 밖에 내지 않았다. "알아서 할 터인데 걱정 말아요." 이런 푸념으로 일관했다. 우리 집안에 의사들이 많아서 의과대학을 바랐으나 포기할 수밖에 없었다. 그때를 생각하면 제 인생 제가 사는데 왜 그리 억척을 부렸는지 씁쓸한 웃음이 나온다.

부모들은 살아가는 목표가 오로지 자녀들의 교육인 양 전심전

력으로 뒷바라지에 골몰하고 있다. 대학을 졸업한 것만으로도 큰 힘이 되는 사회. 인생항로의 출범이 대학을 나왔느냐, 나왔으면 어느 대학을 나왔느냐, 그 출신대학에 따라 향방이 결정 된다 해도 과언이 아니다. 학력(學力)이냐, 학력(學歷)이냐 할 때 당연히 學歷이 우세한 작용을 하는 현실이다. 학력(學力)의 측정을 한날 한시 수십만 명의 학생을 모아 시험을 치르고 그 점수에 맞는 대학을 선택하게 하는 시험이 바로 수능시험이다. 앞으로 논술과 면접시험이 더해진 치열한 경쟁 속에서 큰 홍역을 치를 판이다.

역사가 말해 주듯 교육열은 이 민족의 체질이요, 잠재력이다. 6·25 전쟁의 폐허 속에서도 수많은 젊은이들이 기회만 주어지면 해외로 유학을 떠났다. 굳은 의지 하나로, 고생을 밥 먹듯이 하며, 고학으로 젊음을 불태우지 않았던가. 뒷바라지는 상상조차 할 수 없었던 절대빈곤 시절이었다. 오늘 눈부신 경제성장을 이루어낸 것도 이렇게 교육받은 인적 자원이 많았기 때문이다.

어려운 관문을 넘고 넘어 대학에 들어가서 졸업장과 학위는 얻었지만 그것이 반드시 이 사회의 발전적 창조적 연결고리와는 이어지지 못하고 있는 것 같다. 그래서 해외유학이라는 엄청난 또 다른 투자의 시류가 뜨겁게 일고 있다. 그것이 국력을 축적하는 호기가 되어 주었으면 하는 바람이지만 또 다른 과소비로 흘러가는 부정적인 측면이 없지 않을 것 같다.

21세기는 논리적 창의적 두뇌가 경쟁에서 살아남는 세기라 한다. 세상을 보는 안목과 정보를 다스릴 줄 아는 능력을 날로 키워야 한다. 학력(學歷)이 아니라 실력을 갖춘 학력(學力)이 각 영역을 맡고 진전시켜 나가야 한다. 하루 빨리 이 땅의 젊은이들도 입시의 무거운 봇짐을 내려놓고, 자유로이 소질과 적성에 맞는 학업과 일에 도전할 수 있는 날들이 오기를 기대해 본다. 아리스도텔레스는 "국가의 운명은 청년의 교육에 달려있다"고 하고 있다. 햇살이 가득한 이 나라 미래를 꿈 꾸어 본다.

어느새 버스는 목적지에 도착했다.

"학생! 시험 잘 봐요." 이름도 성도 모르지만 선뜻 자리를 내어준 고마운 학생에게 최선을 다하기를 기원해 본다.

"네! 고맙습니다. 안녕히 가십시오."

(2002. 11. 5.)

죽음 앞에서

1996년 5월 어버이날 이틀 전에 있었던 일이다.

바로 2년 전 5월 6일, 우리는 12년 가까이 살던 논현동 주택을 처분하고 이곳 방배동 현대맨션으로 이사를 왔다. 건물 지하에 스포츠센터가 자리 잡고 있으며 '예술의 전당'이 인접해 있고 거실에선 우면산이 바라다보이는 쾌적한 곳이기도 했다. 단독주택에서만 살아왔기에 호텔 같은 느낌의 아파트가 내 집 같은 아늑함보다는 임시 손님으로 와 지내는 남의 집 같았다. 그러나 도적 침입의 우려가 없고 편리한 탓에 단독주택에의 향수를 달랠 수 있었고 차차 적응이 되어갈 즈음이었다.

그날도 지하 수영장에서 운동을 마치고 치과병원에 가야 했다. 6개월 전에 약속된 시간은 오후 2시 30분. 서둘러서 집을 나섰다. 이곳 좌석버스는 10분 간격으로 운행된다고는 하지만 그렇지 못한 경우가 잦았다. 2년 간 애용한 탓에 기다리는 데도 잘 길 들여져 있었다.

쾌청한 훈풍이 살랑살랑 머리카락을 간질이고 있었다. 언제나 차를 타는 것보다는 걷기를 즐기던 나는 승용차를 보내 주겠다는 것을 마다하고 발걸음도 가볍게 콧노래를 흥얼거리며 걸어갔다.

정거장까지 거의 다 왔을 때였다. 아차, 하는 순간 나는 앞으로 무너지듯 쓰러졌다. 왜 넘어졌는지 영문도 모른 채 일어나려 하였으나 움직일 수가 없었다. 교통사고를 당해 승용차 밑에 깔린 것이다. 그것을 안 순간 나는 죽음을 직감했다. 식구들의 얼굴이 떠올랐다.

"아! 죽는구나!"

허탈과 동시에 나는 또 속으로 절규하고 있었다.

"아닙니다, 아닙니다, 하나님. 저는 아직 할 일이 많이 남아 있습니다. 이 미완성의 삶을 어떻게 하라고 데려가려 하시나이까? 이대로는 안 됩니다, 아니 됩니다."

눈물도 나오지 않았다. 입도 바싹 말라들었다. 그러나 떨리지는 않았다. 어려움에 직면하면 오히려 침착해지는 대륙성 기질 탓일까.

다음 순간, 나는 반사적으로 상체를 일으킬 수 있었다. 차가 빠진 것이다. 차 밑에 깔려 있는 발을 힘주어 빼고 일어섰다. 감사했다.

40대 초반, 차분한 인상의 여인이 다가왔다. 미처 보지 못했노라고 연방 죄송해하며 다친 곳이 없느냐고 근심 어린 표정으로 물어왔다. 정거장 앞에 국민은행이 있어서 은행을 찾는 고객의 승용차가 많아 인도인지 주차장인지 구분이 안 될 만큼 혼잡한 곳이었다. 주차시키려고 차를 앞으로 빼는 순간 내가 넘어진 것을 미처 보지 못하여 일어난 일이었다. 나는 괜찮다, 하고 차량번호와 전화번호를 받아 쥐고 치과병원으로 갈 채비를 했다. 아픈 것은 고사하고 부끄러웠다. 주위에 둘러선 행인들의 시선을 피할 수 없었다. 오죽 변변치 못했으면 차에 치였을까? 그런 행인들의 눈길이 거북해서도 서둘러 그 자리를 뜨고 싶었다.

그러나 생각보다 발이 무겁고 왼쪽 발목과 복숭아뼈 부위가 많이 부어올라 걷기가 거북하였다. 그녀는 나를 승용차에 태우고 인근의 오산당병원으로 향했다. 응급실에는 대기하는 의사가 없었다. 기다리는 동안 치과병원의 예약은 취소하였다. 남편에게 알리지 않고 혼자 해결하려 하였으나 결국 다이얼을 돌렸다.

"걱정을 끼쳐서 미안해요."

놀라서 달려온 남편을 보는 순간 웬일인지 왈칵 눈물이 솟구쳤다. X 레이 촬영을 하고 의사의 진찰을 받았다. 뼈에는 이상이 없고 인대가 좀 늘어져서 2주간의 물리치료를 받으라고 한다. 다시금 감사했다.

아차, 하는 순간 생명마저도 잃을 뻔한 사고였지만 나는 더없이 감사하였다. 눈동자같이 지켜 주신 하나님의 은혜가 사무치도록 고마웠다. 눈물이 앞을 가리며 지나온 긴 날들의 어려웠던 일들이 눈앞에 펼쳐졌다.

6·25 사변이 막바지에 이르렀을 때다. 1950년 12월 1일, 평양을 떠나 배편으로 대동강을 건너 선교리 사촌언니 집에서 밤을 보내고 시골집으로 피난을 가려던 참이었다. 형부와 두살배기 여자 조카, 나와 남동생이 우선 먼저 떠나고 다른 식구는 곧 뒤따라오기로 했다. 그러나 이것이 영영 다시 만날 수 없는 생이별이 될 줄이야 누가 알았으랴. 식구들이 궁금했지만 상황이 급박하여 떠나와야 했다. 전쟁의 참상을 목격하면서 후퇴하는 전열을 따라, 떨어지지 않는 발걸음을 살기 위하여 옮겨야 했다.

생사도 알 길 없는 부모형제를 그리며 이산의 아픔을 삭이며 살아온 세월, 어렵고 힘겨운 삶의 고비마다 하나님의 도우심과 축복의 손길이 아니었던들 어찌 오늘의 내가 존재할 수 있었으랴.

망각은 참으로 편리하고 고마운 것, 죽음의 고비를 몇 번이나 넘겼으면서도 죽음은 나와는 상관없는 일로 멀리 여겨왔으니……. 나의 그런 생각이 이번 사건으로 크게 변하게 되었다.

작년 9월 1일, 아버지 같았던 큰오라버니의 죽음이 내 가까이에도 죽음이 있음을 체험하게 해주었다. 7개월 후의 사촌시숙의 죽음이 또한 많은 것을 깨닫게 해주었다. 두 분의 타계로 그이와 나는 자동적으로 양가의 실질적인 고령자가 되어 버렸다.

내게 있어서 죽음은 두려움이나 공포의 대상은 아니다. 그러나 닥쳐올 그날을 위해 대비해야 한다는 교훈은 언제나 마음속에서 떠나지 않는다. 사람은 어차피 죽는다는 것이 정해져 있지 않은가.

서구인들은 젊어서부터 유서를 써두고 죽음에 대비한다고 한다. 독실한 천주교 신자인 나의 친구는 오래 전에 안구를 기증하기로 했다는 말을 했다. 최근, '한 마음 한 몸 운동본부'에 시신까지 기증하기로 하였다는 결정을 피력했다. 친구의 그 소식을 전하면서 남편의 의중을 물어보았다. 심각하게 생각한 바가 없는 탓인지, 어떻게 그리하겠느냐는 반응이었다.

어떤 재벌 총수의 화장(火葬) 장의가 선례가 되어서 화장 장례가 급증하고 있다고 전해진다. 외국의 경우 화장은 이미 대세라고 한다. 우리도 국토 환경에 맞게 장례문화를 개혁해야 하지 않을까? 좁은 국토가 묘지화할 위험에 놓이지 않았는가. 무덤은 몇 년이 지나면 부담이 되고 돌보기가 쉽지 않다. 장례문화가 바뀌어져야 할 때가 되지 않았는가 한다.

(1996. 5.)

그리움

    오곡밥, 아홉 가지 나물, 부럼 먹기로 밤을 깨물며 대보름을 호 젓하게 보냈다. 여자 자매들에 대한 해묵은 그리움이 몰려왔다. 한 맺힌 푸념을 풀어야 후련해질 것 같았다.

    어렸을 적에 우리 집엔 여자가 넷이었다. 어머니와 두 언니, 그 리고 나. 항상 정겨운 분위기였다. 겨울이면 방안에 언제나 화로 가 있었다. 어머니는 밥 지은 아궁이에서 빨갛게 남은 숯불을 화 로에 담아 방에 들여놓았다. 사흘이 멀다고 그 불에 밤을 구워 먹 는 오순도순한 시간을 가졌다. 밤 배꼽을 따야 하는 일은 언니들 차지였다. 그런데도 가끔 화로를 튀어 오르는 밤이 있어 두 언니 가 서로 "네 짓"이라고 다투기 일쑤였다. 그 정경이 잊혀지지 않 는다.

    나는 숯내에 약해 자주 정신을 잃었다. "경운아! 김칫국물 마셔 라." 하고 어머니나 언니가 깨워서 일어난 일이 한두 번이 아니었 다. 어머니는 화로를 들여놓을 때마다 소금을 뿌렸지만 그게 그 리 완벽한 것은 아니었다. 언니들은 걸핏하면 잔심부름을 시켰 다. 짜증스러웠지만 그래야 하는 줄 알고 잘도 순종했다. 나는 언제나 퇴물림 차지였지만 언니들이 좋아서 불평 없이 따랐다. 큰언니는 손재주가 좋아서 블라우스 등을 예쁘게 만들어서 입혀주었다. 작은언니는 노래를 잘 불렀다. 음악 점수는 언제나 "갑(甲)"이었고 춤도 잘 추었다. 나는 유달리 몸이 따뜻해서 언니들이 나를 서로 데리고 자려 승강이를 벌이곤 했다. 나의 성장기는 이런 두 언니들의 아련한 사랑 속에 묻혀있다.

"구름 너머 멀리 있는 곳, 어느 때나 그리운 내 고향.
봄도 가고 가을도 가고, 이 해도 꿈같이 지나네.
언제 가나, 언제 가나, 내 그리운 고향으로 언제 가나.
꿈에라도, 꿈에라도, 내 고향 가고 싶어."

〈알로하오에〉 멜로디의 이 노래를 부르며 마음을 달래오기를 수십 년.

6·25 민족상잔의 아픔 속에서 나는 가족들과 헤어져 남자들 틈바구니에서 살아야 했다. 형부, 그의 사촌동생, 나의 막내 남동생, 여자라곤 달랑 꼬마 조카딸 하나. 밀리고 밀려 어쩔 수 없이 떠나온 피난길이었다. 대구에 살고 있던 오빠의 집은 그대로 피난민 수용소 같았다. 우리는 영남고등학교 교장선생 집에서 신세를 지게 되었다. 나는 엄마를 떠나온 둘째언니 큰딸, 세살배기 조카를 돌보아야 했기에 할 수 없이 서툰 살림을 맡게 되었다. 힘이 들었지만 다같이 겪어야 하는 고통이었기에 어려운 줄 모르고 그냥 열심히 뛰었다. 힘에 부쳤던지 결국 한달 반 만에 병원에 입원하는 신세가 되었다. 식구들이 뿔뿔이 흩어졌다. 어머니와 언니들의 손길이 한없이 그리웠다. 친구들이 그리웠다. 끈 떨어진 뒤

웅박처럼 밤마다 베개를 적시는 외로움에 부대꼈다. 산다는 것이 이렇듯 고독한 것이던가. 그 후, 나는 묘하게도 남자들 속에서 숙명 같은 것을 느끼며 살아왔다.

결혼한 후에도 나는 시조카와 같이 살았다. 남동생과도 얼마 동안 함께 지냈다. 집에 찾아오는 친척들은 거의 남자 손님이었다. 사무실 직원들을 위한 망년회가 해마다 집에서 열렸는데 모두 남자, 심지어 급사아이도 고학하는 남학생이었다. 식구들이 개를 좋아해서 두 마리, 세 마리씩 키웠는데 수놈들이었다. 나를 돕고 있는 아이가 유일한 여성이었다. 오빠에게는 아들 셋, 남동생에게는 둘, 나에게도 둘이니 앞을 보아도 뒤를 보아도 남자 일색인 셈이다. 남자들과 더불어 살아야 하는 체념은 어느새 익숙해져 가고 있었다. 같이 피난했던 조카딸(둘째언니 큰딸)은 30년 전 미국으로 이민갔다. 여자형제 살붙이가 그리워 나는 시조카딸과 가깝게 지냈다. 그녀는 딸 넷에 아들 하나를 두었다. 나는 그 딸들의 방문이 무척 반가웠다. 그녀들에게서 나는 내 여자형제의 살가운 정을 대신 누리고 있었다. 화사하고 고운 웃음은 큰 위안이 되었다. 지금은 다 결혼해서 예쁘게 살고 있다. 대구에서 사귀었던 학교 친구들도 미국에, 부산에 멀리 있어 쉽게 만날 수 없게 되었다.

새문안교회의 첫 여자 장로로 선출된 것도 나의 운명과 무관하지 않은 것 같다. 매달 열리는 당회에 40명 가까운 목사와 남자 장로들 틈에 나는 홍일점으로 3년을 시무했다. 3년 후부터는 여자 장로가 장립이 되어 홀로서기는 면하게 되었지만. 선천적인 기질이었는지, 신앙적인 성숙이었는지는 구분할 수 없지만, 나는 모든 것이 보여지는 그 조심스러운 자리에서 극히 태연했다. 절대자의 거울 앞에서 가식 없이 겸손하며 맡겨진 일에 성심을 다하고자 했다. 나의 기도는 갈채를 받기도 했다. 남자 장로들의 배려와 관심 속에 사랑의 빚을 흠뻑 안은 채 공로 장로로 추대되었다. 운명 치고는 신묘하지 않은가. 남자들 군상 속에서 중성이 되어진 듯했으니……

친구들은 딸이 없는 나를 위로 해 준다. 때론 친구 같기도 한 딸이 있었으면 얼마나 좋으랴. 아들예찬론으로 맞서기도 하지만 속내는 여성편인 것을. 두 며느리를 딸처럼 친구처럼 사랑하며 살아가리라.

돌이켜보니 한평생도 순식간에 지나간 것 같다. 전쟁이 나에게 심어준 고독의 부산물. 남성들 틈에서 살아야 했던 현실이 자성 예언(自成豫言)이 된 셈일까.

세상에서 가장 무서운 고통, '고독' 그것 때문에 나는 '그리움'을 배웠다. 더불어 사는 진실을 터득했다. 마음을 열었다. 대문도 열어젖혔다. 웃음이 필연으로 다가왔다. 인간생활에 있어서 웃음은 하늘의 별과 같아서 한 가닥의 광명을 던져 주고 신비로운 암시도 풍겨 준다고 하지 않았던가. 누군가를 만나고 싶은 그리움을 간직하고 살아간다면 행복한 사람이라고도 했다.

(2003. 2. 17.)

딸 같은 며느리

잠시 다니러 왔던 둘째며느리가 미국으로 떠났다.

오후에 들어서 날리기 시작한 눈이 예사롭지 않았다. 특히 영동 지방엔 폭설로 삽시간에 교통대란이 일어났다. 임시 휴교령이 내려지고, 비닐하우스, 축사들이 눈의 무게를 이기지 못해 폭삭 내려앉았다는 보도다. 농가에 들이닥친 때 아닌 재난에 온 국민이 하얗게 질려버렸다. 거역할 수도, 피할 수도 없는 대자연의 힘 앞에 그저 순응할밖에. 100여 년만의 백색 도전이라 한다.

며느리가 떠난 빈 침대에 앉아 설경을 바라보며 상념에 잠긴다. 새벽 5시 반, 이른 조반을 같이 나누었다. 며느리의 큰절을 받으며 뭉클했던 느낌이 되살아난다. 며느리는 미국 유학길에 오르기까지 직장을 계속한 야무진 아이였다.

작년 나는 그이와 함께 네 번째 미국을 방문했다. 작년 10월, LA의 친구 딸 강은주의 결혼식에 참석하고 다음날 아침 7시, 롱비치 공항을 출발, 피닉스에서 비행기를 갈아타고 아들네가 있는 워싱턴으로 향했다. 웬일인지 식사가 나오지 않았다. 나중에 알게 되었지만 미국의 항공사들이 불황으로 항공료 인상 대신 기내 식사를 줄였다는 것이다. 영문도 모른 채 쫄쫄 굶게 되었다. 도착한 그날 저녁, 며느리가 준비한 만두국은 최상의 맛이었다. 우리가 온다고 내가 좋아하는 나박김치를 담그고, 시아버지가 즐기는 떡을 준비하는 등 여러 모로 정성이 갸륵했다. 마침 아버지 생신이 다가와 특별히 상을 차리고 선물까지 내놓았다. 언제 익혔는지 음식의 간이 제대로 감칠맛을 냈다.

10월 26일, 워싱턴의 아침 공기는 으스스했다. 서둘러 뉴저지 조카딸 집을 향해 떠났다. 5시간의 거리, 아들의 능숙한 운전 솜씨가 며느리와 교대할 틈을 주지 않았다. 휴게소에서 내려 아침을 들어야 했다. 어느새 준비한 것인지 유부초밥, 샌드위치가 흐뭇했다. 따끈한 물이 몸을 훈훈하게 녹여 주었다. 인스턴트 식품을 쓰지 않는 것까지 나를 따르고 있는 그녀가 얄밉도록 예쁘다. 2년 간 같이 살았던 점이 그렇게 알알이 박혀있다. 살림 솜씨뿐 아니라 신앙 면에서도 부부가 같이 찬양대에서 봉사하고 있는 등 교회 사역에 성심을 다하고 있다.

진달래 개나리가 아니더라도 봄을 알리는 기운이 어찌나 빠르게 다가오는지 계절에 쫓기듯 바쁜 요즈음이다. 화사하게 웃음 짓는 벚꽃이 아침마다 창가를 장식한다. 우면산의 연두빛 신록이 성큼 다가오면서 꿈과 희망이 솟는다. 그런데도 끈질긴 기침 감기가 나를 무척 괴롭혔다. 그럭저럭 음력 정월을 놓쳤으니 윤이월을 건너, 삼월장을 담가야 하나 보다. 봄 채비에 손길이 바빠졌다.

며느리의 이번 나들이는 친정 남동생의 결혼식이 있었기 때문이다. 겨우 2주간의 만남으로 헤어져야 했다. 며느리 생일이 한 달 남았지만 앞당겨 생일 선물을 했다. 숙부 내외가 인터콘티넨탈호텔에 초대해서 푸짐하게 생일을 축하해 주었다. 그래도 아쉬움이 많은 만남이었다.

　가방이 하나 더 늘었다. 부부의 정장과 구두, 열 가지도 넘는 밑
반찬에는 그들이 즐기는 명란젓, 창란젓을 뺄 수가 없다. 수연이
(Olivia)의 돌 옷도 장만했다. 며느리가 아들과 같이 왔을 때와는
또 다른 느낌이다. 주고 또 주어도 더 주고 싶은 마음, 채우고 또
채워도 더 채워주고픈 마음이다. 미흡한 정성이 아쉽기만 하다.

　자식은 부모를 비추는 거울이라고 했던가. 행복해하는 며느리
를 보며 기쁨이 출렁인다. 정이란 상대적인 것, 사랑이 정으로 연
속되는 것이리라.

　떠나면 오고 오면 또 가고, 만나면 헤어지고 헤어지면 다시 만
난다는 것이 당연한 일인 줄 잘 알면서도 역시 아쉬움이 따른다.

　4월 4일은 며느리의 생일이다. 그녀 홈페이지에 부활절 메시
지와 함께 생일 축하 메일을 띄웠다. 봄 향기를 가득 실어서…….
그래도 여전히 아쉬움이 남는 것을 무엇이라 하랴.

(2004. 4. 19.)

제야(除夜)에 찾은 젊음

나는 한때 열렬한 영화광이었다. 그러나 지금은 거의 영화관을 찾지 못한다. 나서기가 왠지 거북하다. 어쩌다 찾아가면 꼭 연두색 앞에 낙엽이 낀 파격 같다. 눈치코치 살필 일이 아닌데 내내 오금을 펴지 못한다. 웬만하면 집에서 비디오 테이프로 아쉬움을 달래고 만다.

작년 10월 미국을 방문했을 때 손녀딸 소영이의 초대로 '오페라의 유령'(The Phantom of the Opera)을 관람했다. 땅거미가 짙게 깔린 맨해튼 거리는 대낮처럼 밝았다. 길을 가득 메운 인파와 자동차의 물결이 세계적인 도시답게 활기가 넘쳤다. 메이제스틱 극장은 오래된 극장이었다. 공연을 시작한 지 꽤 되었는데도 빈 자리 하나 나지 않았다. 홀도 가파르고 복도와 의자 사이도 옹색했다. 2층 앞자리에 가서 앉았다. 무대 장치는 휘황찬란했다. 익살을 섞어가며 펼치는 뮤지컬이 지루하지 않는 박진감을 주었다. 연주자와 관객의 호흡이 한데 어우러져 신명이 났다. 요란한 박수 속에 피날레의 종이 울렸다. 극장을 나오는 모습은 오히려 조용하고 정연했다. 출구가 하나인데도 부딪치는 일은 거의 없었다. 나와서 관객들을 보고 또 한번 놀랐다. 은발의 부부, 스틱을 쥔 노신사들이 너무 많아서이다. 모두 밝은 표정들이었다. 문화를 사랑하고 여유를 즐기는 저들이 멋있어 보였다.

한 해가 저물어간다. 돌이킬 수 없는 세월 앞에 무력한 자신을 추스르고 반복되는 회한에서 벗어나고파 '2003년 제야음악회' 좌석을 예약했다. 올해 10년째, 금년부터는 가족과 아이들도 참석할 수 있게 되었다. 해마다 열리는 교회의 송구영신 예배가 있어 신년음악회는 더러 참석했지만 제야음악회는 이번이 처음이다. 지정된 좌석에는 큰 봉투가 놓여 있었다. 프로그램과 소망카드, 배터리 볼펜, 월간잡지 청구서 등이 들어있었다.

늦은 밤 10시, 예술의 전당 콘서트홀, 재미 지휘자 박정호의 이른바 '춤추는 지휘'로 귀와 눈이 더불어 즐거운 무대였다. 그가 이끄는 코리안 심포니오케스트라는 순수 민간교향악단으로, 창단 16주년을 맞아 2001년 3월, 예술의 전당 상주 오케스트라로 새롭게 출발하였다. 40대 초반의 그는 신들린 듯, 춤을 추듯 자유자재로 호흡을 맞추어 나갔다. 속삭이듯 호소하듯 군림하듯 듣는 쪽보다는 오히려 보는 쪽이 더욱 황홀할 지경이었다. 바그너 '뉘른베르크의 명가수' 서곡이 끝났다. 뒤 이은 레스피기 '로마의 소나무'는 천연의 소리인 양 신비로웠다. 얼마나 연찬(研鑽)이 깊었기에 그렇듯 청중을 매료시킬 수 있는 것일까. 심혼을 기울인 연주가 눈으로 귀로 가슴으로 절절히 스며왔다. 저절로 머리가 숙여지며 박수가 나왔다.

잠시 휴식하는 동안 청중들은 소망카드에 배터리 볼펜으로 새해의 소망을 적었다. 월간잡지 청구서도 적었다.

2부 순서가 이어졌다.

'오페라의 유령'에서 유령과 라울 역할을 맡았던 바리톤 더그 라브렉과 역시 '오페라의 유령'에서 크리스틴 역을 맡았던 소프라노 엘리자베스 디 그라치아가 번갈아 출연하여 영상과 함께 노래를 불렀다. '사운드 오브 뮤직' '밤새도록 춤을 출 수 있어요' '투나잇' '메모리' '귀향' '오페라의 유령' '밤의 음악' '나의 바람은 그대 뿐' 등 귀에 익은 레퍼토리다. 감미로운 선율에 맞추어 부르는 솔로, 듀엣으로 엮어지는 화음의 절묘함이 감동의 소용돌이를 일으켰다. 앙코르를 청해보지만 자정이 임박했다.

이재용 아나운서의 안내에 따라 '아듀(Adieu) 2003'이란 스크린을 바라보며 고별의 노래(Auld Lang Syne)를 합창했다. 흔드는 배터리 볼펜의 불빛이 숲 속의 요정인 양 반짝거렸다.

"오랫동안 사귀던 정든 내 친구여, 작별이란 웬 말인가 가야만 하는가. 어디 간들 잊으리오, 두터운 우리 정. 다시 만날 그날 위해 노래를 부르자. 잘 가시오 잘 있으오, 서로 손목 잡고 석별의 정 잊지 못해 눈물도 흘리네. 이 자리를 이 마음을 같이 간직하고, 다시 만날 그날 위해 노래를 부르자."

11시 45분, 일제히 콘서트홀을 빠져나와 광장으로 이동했다. 경쾌한 연주를 들으며 흰 풍선에 소망카드를 매달았다. 그동안 적조했던 양재동 후배를 만나서 기쁨이 더했다.

새해 카운트다운이 시작되었다. 열, 아홉, 여덟, 일곱, 여섯, 다섯, 넷, 셋, 둘, 하나, 영? 꿈과 소망을 담은 흰 풍선이 일제히 하늘로 날아 올랐다. 동시에 탕! 탕! 우면산 높이 폭죽이 치솟으며 축제 분위기가 무르익었다. 형형색색의 현란한 불꽃들이 펼쳐질 때마다 환성이 터져 나왔다. 끝 간 데 없이 퍼지고 사라지고, 매캐한 냄새와 연무가 진동해도 아무도 자리를 뜰 줄 몰랐다. 그만큼 열광했다.

이렇게 우리 부부는 제야음악회를 즐기며 색다른 새해를 맞았다. 드디어 2004년, 벅찬 기쁨의 갑신년(甲申年)이 밝았다.

세월은 쉬지 않고 흐른다. 인생도 흘러간다. 인생을 허송한다면 그 일생은 물론 단 하루도 인생의 존귀한 것을 모르고 말 것이다. 인생이 무엇인가? 성실하게 사는 사람에게는 저절로 감득되는 것, 하루하루를 내가 가진 성실로 내용을 이루어 가는 것이리라.

세월의 무게가 나를 압도할 때가 많아졌다. 문화향유에서 오는 풋풋한 즐거움, 체면이나 안목의 탈을 벗고 당당해 보자. 소녀처럼 들뜬 기쁨, 제야에 찾은 젊음이 오래 지속되기를……. 다음 해를 기약해 본다.

(2004. 1. 2.)

어떤 기다림

기다림! 나는 기다림의 명수다. 이력이 나 있다.

약혼시절, 처음 만나기로 한 약속이 한 시간이 지나도 감감소식이었다. 친구가 대신 허겁지겁 와서, 태풍 사라호로 교회 종탑이 무너져 늦어진다는 전갈이었다. 그이는 두 시간 만에야 나타났다.

바쁜 남편 덕에 전화도 없던 신혼 때부터 나는 마냥 기다리는 것이 그대로 삶인 것 같았다. 그래도 시조카와 도우미 아이가 있어서 그렇게 적적하지는 않았다. 배고픈 것을 참고 내내 기다렸는데 식사를 하고 돌아온 날은 토라져서 우정 저녁을 굶기도 했었지.

제왕절개로 막내를 낳고 사흘째 되던 날, 나를 돌보던 조카가 잠시 집에 가고 없었다. 점심 챙겨줄 겨를도 기다리지 못하고 약속이 있다며 횅하니 나가버린 남편. 마음에 와 닿는 메시지라도 남기지 않고.

아이들이 생기고 전화도 놓고 또 좀 유들유들해져서 기다리는 데도 제법 요령이 생겼다. 나도 남편 못지않게 함께 바쁘게 돌아가자는 것이었다. 아이들이 커가면서 생기는 여가를 최대로 활용해서 배우고 봉사하는 일에 열중했다. 남편과도 웬만한 일이면 아예 약속을 하지 않았다. 쇼핑을 같이 가도 물건 고르는 시간이 지루한지 어서 가자고 성화를 부렸다. 아예 쇼핑도 혼자 하는 것이 편해졌다.

왜 기다려주지 못할까. 기다림은 으레 나에게만 메어진 묵계였나. 이기주의, 참을성이 없어서, 아니면 늦둥이 막내의 치기인가.

사실 남편은 어머니가 40세에 얻은 아들에다가 형님과의 나이 차이는 무려 12년이다. 어차피 기다림이 나만의 단골 전유물이라면 인제는 기다리지 않기로 했다. 비어 있는 것도 하나의 충만이라는 것을 깨달았기에……

그런 내게 '간절한 기다림'의 시간이 기다리고 있었음을 어찌 알았으랴.

우리집 발코니의 반원형 유리창은 높이 2.2m, 너비 4m다. 이를 둘러싸고 있는 90cm 높이의 하얀 스테인리스 난간이 유달리 돋보이는 큰 이중창이다. 페어 유리 안쪽이 성에 닦은 걸레자국처럼 뿌옇게 보여 언제나 눈에 거슬렸다. 연막같이 흐린 창문을 통해 들어오는 우면산의 사계(四季)가, 유리를 닦지 않는 게으름으로 오인되기 싫어 아예 커튼을 치고 지냈다.

그러다가 같은 형편의 17세대가 모두 유리를 갈아 끼우자고 합의했다. 가구당 비용이 만만치 않았지만. 입주한 지 10년만의 일이다. 5월 27일, 창문을 떼는 공사를 시작했다. 비가 온다는 예보가 있었지만 강행했다. 중장비가 동원되어 종일 유리창을 떼어 실어갔다. 부실시공으로 인한 손실이 경제적 정신적으로 그 얼마인가.

우리는 오래 전부터 베란다에 마루를 깔고 살아왔다. 큰 창문을 떼고 나니 비가 들이칠 것 같아 이에 대비해서 비닐을 사다 마루에 덮었다. 그것이 바람에 날릴까봐 군데군데 화분으로 눌러두었다.

예상했던 대로 28일은 바람이 꽤 불면서 많은 양의 비가 종일 내렸다. 비를 걱정하면서도 나는 교회에 다녀와야 했다.

집에 돌아오자마자 서둘러 베란다로 나왔다. 비닐에 흥건히 고인 물을 대충 치운 뒤 거실로 돌아가기 위해 문을 밀었다. 그런데 꼼짝도 안 했다.

아뿔싸! 나는 영락없이 베란다에 갇힌 신세가 되고 말았다. 비바람이 거실 안에까지 들이칠까 봐 나도 모르게 발코니로 나오는 출입문을 꼭 닫아버렸는데 그게 도저히 열리지 않는 것이다. 유명 메이커인 '이건' 창호가 견고하고 무거워서 어쩔 도리가 없었다.

거실 안의 전화통에 번쩍 번쩍 불이 켜진다. 벨 소리가 방안을 진동하고 내 몸까지 흔들어댄다. 그런데, 나는 아예 응답을 못하고 있다. 이런 것이 '속수무책' 이던가.

길 건너 임광아파트의 벽시계가 오후 6시 5분을 가리키고 있다. 6시 30분, 퇴근을 알리는 그이의 전화가 올 시간이다. 하루도 거르지 않는 신호. 시계바늘처럼 정확한 퇴근이다. 사무실에서 10분 내지 15분이면 집에 도착한다. 기다릴밖에.

남편이 곧 오리라는 기대로 처음에는 발코니 안쪽에 놓여 있는 보행운동기구를 밟았다. 전신마사지기를 돌리고, 허리운동도 했다. 한 시간이 후딱 지났다. 비는 계속 내리고 점점 어둠이 깔리기 시작했다. 으스스 한기까지 들었다. 저녁 준비도 해야 하는데. 늦어도 이 시간에는 꼭 돌아오던 사람이 왜 아직 안 올까. 차가 막히나, 혹시 무슨 사고? 이런 저런 생각이 먹구름처럼 밀려왔다. 현관 열쇠는 남편, 아줌마, 내가 갖고 있는데……. 지나가는 행인에게 SOS를 칠까.

그러나 용기가 나지 않았다. 두 대의 전화기가 번갈아 쉴 사이 없이 울려댔다. 무슨 일이 일어난 것일까. 왜 돌아오지 못할까. 책이라도 읽으면 좀 나으련만 서두는 통에 안경을 끼지 못했다. 안절부절못하며 목을 빼고 기다렸다. 이렇게 연락이 안 닿으면 곧장 달려와야지 느긋하게 다이얼만 돌리고 있다니 답답한 노릇이다. 아니지. 피치 못할 일이 생긴 거야. 무슨 변괴일까. 시간은 자꾸 흐른다. 7시 반이 넘었다. 다시 걸레를 가지고 마루의 물기를 묻혀 화분 밭침통에 짜내기 시작했다.

얼마가 지났을까, 남편이 돌아왔다. 그이는 거실을 성큼성큼 걸어와 발코니의 문을 열면서, 다짜고짜 나를 힐책했다.

"뭐 하고 있어?"

그이를 기다리고 기다리던 나는 순간 그 어투에 발끈해서 나도 모르게 퉁명스레 내뱉었다.

"갇혀 있지 않아요? 다이얼만 돌리면 대수냐구요."

그리고 금방 후회했다. 2시간이 가깝도록 기다렸으니 이를테면 그이는 구세주나 마찬가지 아닌가. 그이도 오만 걱정을 하며 서둘러 달려왔을 터인데…….

엇갈린 푸념이 오가며 서먹한 순간이 흘렀다. 이윽고 안도의 숨을 내쉬며 실소를 했다. 핸드폰의 부재중 전화는 7통이나 와 있었다. 작은 충격이었지만 긴장이 풀려서인지 나는 가슴이 두근거리고 팔 다리가 후들거렸다.

곧 도착한다는 어느 교회의 투시도가 계속 약속이 늦어져, 직원에게 사연을 알리고 급히 귀가한 것이라 했다. 사정이야 어쨌건 시간 약속을 지키지 못한 파장은 여러 곳으로 난처하게 퍼져 나갔다.

　기다림! 나는 기다림의 명수가 아니다. 거기에 이력이 나 있지도 않다는 사실을 솔직히 시인해야 할 것 같다.

(2004. 5. 28.)

전쟁 단상(斷想)

　이라크 전쟁이 발발한 지 24일째, 발 빠른 취재팀의 전쟁 속보가 연일 매스컴을 타고 날아온다. 안 보려야 안 볼 수도 없는 그 상황을 탓해야 할지? 더구나 지난 31일, 목숨 걸고 38선을 넘어왔던 형부의 상사(喪事)까지 겸해 착잡하고 불안하다. 먼 중동에서 벌어진 전쟁이지만 그 잔혹한 폭음과 화염이 줄곧 가슴으로 죄어든다.

　이 땅에는 크고 작은 전쟁이 그칠 날이 없다. 나도 두 번의 전쟁을 겪은 바 있다.

　세계 제2차대전. 패전 일본의 식민지 학생으로서 우리는 공부 대신 병기공장에서 탄약통을 만들었다. 갑자기 공습경보가 나면 어깨까지 내려오는 솜 모자를 쓰고 다투어 방공호로 달렸다. 해제 사이렌이 나면 아무 일도 없었다는 듯이 다시 일을 해야 했다.

　8·15 광복, 그러나 승전 강대국들에 의해 우리는 남북이 양단되는, 또 다른 전쟁의 불씨를 안게 되었다. 그게 바로 민족상잔의 처절한 6·25 난리였다.

　그때 우리는 시골로 피난을 했다. 징병 대상인 막내 남동생을 소달구지 짐 속의 뒤주 안에 숨긴 채 검문을 당할까봐 얼마나 조마조마했는지 모른다. 전세가 호전되어 집으로 돌아올 때는 모두가 짐처럼 실려 왔다. 집이라고 편할 리 없었다. 날이 으슥해지면 어김없이 구장이 나타나서 동생을 찾았다. 그는 소위 말하는 열성분자였다. 동생이 숨어 지내던 곳은 구들장 밑, 방 골에 누울 수 있는 자리를 만들어 주었었다. 대문을 두드리는 소리만 나면 잽싸게 숨어야 했다. 그는 전지 등을 흔들며 신발부터 먼저 살폈다. 방안을 둘러볼 때면 가슴이 두근거려 숨이 막힐 것 같았다. 언제까지 이렇게 살아야하나, 암담한 생각뿐이었다.

전세가 불리해졌다. '작전상 후퇴'라는 게 계속되었다. 우선 젊은이들만 시골로 내려가기로 하고 집을 나선 것이 1950년 12월 1일, 형부와 그의 사촌동생, 내 남동생, 세살배기 조카딸 등이 그 일행이었다. 가는 곳마다 몸이 불편한 늙은이들만 남아있었다. 밤이면 아무 데나 빈집에 들어가 쉬고 계속 걸어서 남쪽으로 향했다. 폭격을 피해 이리저리 허둥대는 처참한 모습들을 수없이 보았다. 밭길에 걸린 시체들, 죽은 엄마 옆에서 천지를 모르고 울어대는 아기, 부모를 잃고 마냥 울부짖고 있는 아이들, 부상당한 사람, 죽어 가는 사람, 강보에 싸인 채 버려진 아기 등등. 그 비참한 꼴들을 아예 못 본체 외면해버린 어처구니없는 무리들 속에 우리도 끼어 있었다. 생사의 갈림길에서 살아남기 위한 몸부림은 참혹했다. 서울에 당도했지만 아는 친척도 아는 이도 다 집을 비운 뒤였다. 그래도 용케 기차를 타게 되었다. 방향이 달라서 바꿔 타는 바람에 가방을 하나 잃어버렸다. 찾으러 나갈 형편이 아니었다. 꼼짝달싹 할 수 없었다. 덮개도 없는 연탄 화물차에도 인산인해. 뒤집어쓸 수 있는 건 다 뒤집어써도 그 몰골은 사람이 아니었다. 그런 가운데 기차는 한번 정거하면 언제 떠날지 알 수가 없었다. 용변 때문에 가까스로 내렸다가 갑자기 기차가 떠나는 바람에 펄펄 뛰며 아우성치는 광경은 차마 볼 수 없는 비통 그것이었다. 천신만고 끝에 대구 오빠네 집에 도착하였다. 20일간의 고투가 무슨 악몽과도 같았다. 얼마나 주렸던지 밥을 먹고 또 먹어도 허기졌다. 밤이면 두고 온 식구들 생각에 잠을 이를 수가 없었다.

종일 TV로 방영되는 이라크의 전황은 새삼스럽게 50여 년 전의 우리의 참상을 보는 듯해서 가슴이 저려왔다. 두고 온 아내 때문에 평생을 괴로워하던 형부, 안고 월남했던 딸애가 성혼하여 미국에서 살게 되면서 그곳에서 수년 동안 머물며 북쪽의 소식을 알려고 백방으로 노력했던 형부, 끝내 뜻을 이루지 못하고 눈을 감으셨으니……. 전쟁의 피해는 평생을, 아니 대를 물리는 것 같았다.

인간의 본성이 타락하여 전쟁이 일어난다고 한다. 질서에 대한 거역이 평화를 파괴하였고, 아담의 오만과 카인의 경쟁의식의 결과라고 했다.

기독교 전통에 있어서의 전쟁이란, 질서를 유지하기 위하여 침략자로부터 죄 없는 생명과 그들의 재산을 보호하기 위하여 비도덕적인 집단을 제재하는 데 필요한 정책이며, 악의 세력의 확대를 막기 위한 최후수단으로 선택한 방법이라고 했다.

루터는 "의사가 중태에 빠진 환자를 구하기 위해 그 수족을 절단 수술하는 것이 선한 행위이며, 전쟁도 사랑의 행위요, 신에 속한 행위다."라고 말했고, 칼빈도 "신의 영광을 위해 싸우는 전쟁은 인도 문제를 개입시킬 여지가 없다."고 주장했다. 전쟁은 힘의 균형을 위하여, 사랑과 정의의 질서를 위하여 그 마지막 수단으로 허용될 수밖에 없다는 결론인 것이다.

세계 도처에서 일고 있는 이라크전 반대시위, 미국 자체에서도, 아랍권에서도, 우리나라에서도 그 강도가 더해지고 있다. 기독교 국가와 아랍권의 이슬람 국가 간의 반목도 그칠 줄 모르고 있다. 핵무기를 비롯한 대량살상무기가 전 인류의 생존 자체를 위협하고 있는 현실이 두렵기만 하다. 이라크전도 그 일환인진 알 수 없지만 그 전후 처리도 또 하나의 전쟁이라고 지적하고 있다. 지구상 곳곳에 깔려 있는 분쟁 소인이 언제나 소멸이 되어 평화가 정착 되려는지? 복잡하기 이를 데 없다.

바그다드가 함락되었다는 보도다. 바그다드는 아랍어로 '메디나 알 살람'(평화의 도시) 이라 한다. 제발 화급히 평화의 도시로 회복되기를 비는 마음이다. 전쟁이 조기에 끝날 것 같아 천만 다행이다. 흠 없이 복구되는 안정은 언제나 오려는지? 상실과 결핍을 갚아 주는, 그 실천을 통한 풍만감, 만족감이 진정한 평화가 아닐까.

온 인류가 희구하는 평화는 주체적인 인간, 자유로운 인간, 도덕적인 인간, 진리에 순종하는 인간, 가진 것을 남과 함께 나누는 인간이 많아질 때 비로소 누릴 수 있지 않겠는가. 이 땅에 다시는 전쟁이 일어나지 말아야지…….

(2003. 4. 13.)

새문안의 느티나무

예수의 웃음

그림 속의 예수는 분명히 나를 향해 웃고 계신다. 나도 되받아 웃으며 희열에 넘친다. 80×55cm 크기다. 성화 아래쪽에 'Jesus Laughing' 이란 갈색의 필기체 수(繡)가 선명하다. 액자 속의 예수는 하얀 치아를 드러내며 파안대소하고 있다. 북한 여성들이 수를 놓아 '한민족 복지재단' 을 통해 선교 목적으로 보내온 것이라고 한다. 이 그림을 대하고, 수를 놓으며 그녀들은 과연 무엇을 생각했을까? 상상의 나래는 멀리 나의 동포에게로 달린다.

예수의 웃음이 주는 사랑의 진실이 북녘 땅의 그들 마음 속에도 전달이 되어졌으면….

이 성화는 나의 공로 장로 추대를 기념해서 둘째 며느리 사가(査家)에서 선물로 보내온 것이다. 핑크색 바탕 화면에 수놓아진, 흔히 보던 옆모습, 우뚝한 코가 강한 의지처럼 한결 돋보인다. 뒤로 약간 젖혀진 얼굴의 명암, 잔잔한 주름이 사랑의 증표처럼 그윽하다. 길게 늘어트린 풍성한 머리, 짙은 눈썹, 콧수염, 구레나룻, 턱수염 등이 짙고 옅은 갈색으로 혹은 베이지로 알맞게 수놓아져 있다. 유난히 윤기가 흐른다. 웃고 있는 입 속과 이(齒牙)는 갈색과 흰색으로, V자의 목선과 어깨에 걸친 옷자락은 옥색 바탕에 베이지와 갈색으로 무늬져 있다. 오른쪽 얼굴 측면의 광채는 옥색과 갈색으로 효과를 더하고. 정교한 수 솜씨다. 우리 여성들의 손끝 재간에 새삼 감탄하지 않을 수 없다.

성경에는 한 번도 예수님이 웃으셨다는 기록이 없다. 우신 것은 세 번 나타나고 있지만. 그렇다고 웃으신 일이 전혀 없었다고 단정할 수는 없는 일이 아닌가.

근엄하고 자애롭고 비통에 젖은 얼굴, 성화나 그 밖의 그림에서 익었던 여러 모습을 떠올리며 이 작품도 분명 근원이 있을 것이란 생각을 했다. 그런 근원을 밝혀줄 책이 있는지 없는지 제목도 모르면서 서점에 문의를 해보았다. 기독교 서점에도 들렀다. 진열되어 있는 액자들을 샅샅이 뒤져보았지만 같은 작품을 찾을 수 없었다. 포기했다.

여름휴가를 미루고 다시 서점을 전전한 것은 8월 중순. 거의 체념한 상태에서 행여나 하고 엠마오 기독교 서점에 들렀다. 성화를 둘러보았다. 역시 허사였다. "예수의 미소란 책 있어요?" 마음대로 책 제목을 댔다. 점원이 금방 달려가더니 먼지 쌓인 책을 하나 찾아왔다. 기이하게도 제목이 〈예수의 웃음〉이었다. 표지에는 액자와 똑같은 그림이 그려져 있었다. 깜짝 놀랐지만 기뻤다. 점원이 재빨리 새 책을 찾아오겠다며 안으로 들어갔다. 이윽고 돌아온 그는 "이것밖에 없는데요." 하고 머리를 긁적이었다. 나는 책을 입수한 것만으로도 감지덕지했다. 책을 살 때마다 느끼는 묘한 풍요로움이 그날따라 한결 더해져 흐뭇했다. 귀가하는 차 안에서 서둘러 읽기 시작했다.

작가는 디디에 데코인(Didier Decoin), 〈예수의 웃음(Jesus le

Dieu qui riait)〉.

예수의 웃음 행적이 책 속에 그득했다.

예수의 공적 사역은 갈릴리의 가나 혼인잔치에서 비롯된다. 물을 포도주로 바꾸는 기적을 행한다. 이를 지켜본 어머니 마리아의 웃음은 무상의 아름다움이다. 하객들도, 예수도 덩달아 웃는다.

앉은뱅이에게 "네 죄가 너를 용서하였다." 하는 예수의 말씀에 따라 그는 훌쩍 일어나 걷는다. 이윽고 기쁨의 웃음이 터져 나온다.

여리고의 세리 삭개오, 그는 부자다. "오늘 네 집에 구원이 있으리라." 하고 예수는 누구에게나 그랬듯이 하늘 문을 열어준다.

12살 소녀인 죽은 야이로의 딸을 살려낸다. 소녀의 웃음소리는 사방에 즐거움을 안겨준다. 예수는 소녀를 바라보며 웃음 짓는다.

예수는 빵 다섯 개와 생선 두 마리로 5000명을 배부르게 한다. 그리고 웃음 짓는다. 와! 하는 기쁨의 함성, 제자들도 많은 사람들과 가슴을 터놓고 웃는다.

악마의 도전을 받은 예수, 악령 군단을 1000마리 이상의 돼지 떼에게 들어가게 해서 몰살시킨다. 거라사 사람들은 그 일을 목격한 것만으로도 즐거워 마음껏 웃고 춤을 춘다.

예수는 로마인과 헤롯왕에게는 정치 선동가로, 율법학자와 바리새인 유대사람에게는 사기꾼으로 신성 모독자로 몰린다. 그를 예언가로 치유사로 생각하는 사람이 있으며, 술꾼이나 식충이 집단의 대장 쯤으로 생각하는 사람도 있다. 소수의 사람들이 그를 메시아로 여길 뿐이다.

예수는 예루살렘을 자주 찾는다. 언제나 웃음이 넘치는 땅, 그가 태어난 땅. 갈릴리는 그의 행각과 가르침이 집약된 곳이다. 소경이 눈을 뜨고, 벙어리가 노래 부르고, 앉은뱅이가 걸으며, 문둥이가 나았으며, 귀신 들린 사람이 싹싹한 사람으로 변한 땅. 그들은 감사와 감격의 눈물을 흘리며 환희에 찬 춤을 추며 기뻐한다.

예수는 사마리아 여인에게도 구원의 손길을 편다. "내가 주는 물을 마시는 사람은 영원히 목마르지 않을 것이오"라고. 그녀를 따라 세겜 사람들이 모두 예수에게로 온다. 모두들 웃음 짓는 얼굴이다. 세겜 사람들은 그녀 덕분에 예수를 알게 된 것을 고마워한다.

율법학자들이 간통한 여인을 예수에게 데려온다. "돌로 쳐 죽여야 합니까?" 하는 물음에 예수는 "너희 중에 죄 없는 사람이 먼저 저 여인에게 돌을 던져라!" 하고 이른다. 모두들 떠나간다. 예수는 "이제 다시는 그런 짓을 하지 말아라." 하고 여인을 타이른다. 여인의 두 뺨에 눈물이 흘러내린다.

겁이 많은 사람, 대담한 사람, 비난받아 마땅한 창녀, 순결한 처녀, 부자인 세리와 가난한 어부와 농부, 온갖 종류의 사람이 모인 예수 일당의 대표는 베드로다. 엉뚱한 발상과 유머감각, 임기응변에 뛰어난 베드로를 예수는 사랑한다. 베드로의 돌출행동이나 말에 모두들 은근한 웃음을 짓는다.

마르다는 집안 일이 바빠서 마리아에게 도움을 청한다. 그러나 하나님을 향한 그 열망을 귀하게 보신 예수는 마리아는 더 소중한 일을 하고 있다며 기뻐한다.

예수가 이 땅에서 마지막 지낸 3년, 군중과 더불어 산 시간은 너무도 짧다. 절박한 심정에서 팔레스타인 땅을 숨 가쁘게 돌아다닌다. 예수를 잡아 가두려는 위협이 시시각각 조여 온다. 여행을 멈추고 달아난다. 낮에는 사랑하는 일로, 밤에는 기도하는 일로, 예수는 바싹 야위어가지만 눈동자는 여전히 빛난다. 그는 기도하는 가운데도 웃음 짓는다.

예수의 초능력으로 고침을 받고 깨끗해진 사람들이 한사코 그의 뒤를 따르려 하지만 집으로 돌아가 예수의 일을 낱낱이 전하기를 더 원한다. 기적과 기사를 행한 진정한 의의는 사회에서, 가정에서, 그가 속한 집단에서, 그가 누린 복된 소식을 전하는 선포자가 되는 길임을 강조한다.

예수! 그는 죽음을 대담히 꿋꿋하게 맞는다. 그리고 사흘 만에 부활한다.

예수가 다시 살아난 것을 본 사람은 마리아다. 부활하신 예수를 껴안아본 사람, 그녀는 주체할 수 없는 감동에 휩싸여 눈물을 흘리면서도 웃음 짓는다. 예수의 부활, 그것을 믿는 사람은 소수에 불과하다. 예수는 두려움과 의혹으로 가득한 그 집 다락방으로 두 번이나 찾아온다. 평화의 손짓인 양 두 손을 크게 벌리고 웃음 짓는다.

그로부터 얼마 후 예수는 이 땅을 떠나 저 세상으로 향한다. 그곳이 궁극적인 행복이 있는 세상이다. 우리가 죽음의 언덕을 넘을 때도 기꺼이 즐거워하고 아름다운 마음을 잃지 않는다면, 그 땅, 바로 하나님의 왕국에서 우리는 너털웃음을 지을 수 있을 것이다.

그림은 '말없는 시(詩)'라고 했던가. 웃고 있는 예수 그림을 접했을 때 처음에는 어색하고 생소했다. 나는 그림의 참뜻을 이해하려 더위를 무릅쓰고 책방을 전전하였다. 어렵사리 책을 구입했을 때의 기쁨은 말할 수 없었다. 책을 읽어가며 새로운 예수의 모습에 이끌린 감동이야! 우리의 삶 어디서든지 언제나 웃음 짓는 예수를 만나게 되리란 확신이 왔다.

감사와 웃음은 불가분의 정서이다. 감사의 정에서 저절로 표출되는 웃음은 꾸밈없는, 티 없이 청초한 영(靈)의 표정이다. 그래서 "웃음을 포함하지 않은 진리는 진리가 아니다."라고 갈파한 것일까.

감사는 마음에 새겨진 기억으로 오래도록 남는다. 내가 1985년 권사에 취임했을 때, 1997년 장로로 장립됐을 때 받은 선물들을 나는 잊을 수가 없다. 선물더미를 안고 밤을 지새며 감동을 깨알같이 노트에 적었다. 말만으로 어찌 그 고마움을 갚을 수 있으랴. 은혜를 나누고 베풂으로써 보답되어지는 게 아니랴. 그런 의무감이 마음에 절절했다. "눈물은 감격이 지극할 때 터지는 구극(究極)의 언어"라고 했던가. 급기야 그것은 절대자에 대한 감은(感恩)으로 귀결되어진다.

"감사하는 행위 그것은 벽에 던진 공처럼 언제나 되돌아온다. 그것은 인간의 미래를 살찌우는 덕행이다."라고 한다. 베풀수록 풍요로워진다는 역설이 마음에 와 닿는다.

웃음 짓는 예수! 그는 나를 보며 웃고 계신다. 나도 되받아 웃는다. 삶의 굽이굽이에서 그 되받은 웃음을 나는 잃지 않아야겠다고 조용히 다짐한다. 서재에 걸린 그 그림이 심어준 '감사와 웃음'의 진리는 두고두고 잊지 못할 감동으로 남게 되었다. 보내준 사가에 감사하는 마음 금할 길이 없다.

(2002. 8.)

용 서

우리가 짊어진 죄는 과연 무엇일까.

죄의 본질은 근본적으로 자기사랑, 자만, 교만이라 했다. 사랑한다는 것은 인내와 고통, 희생의 통로를 거쳐야 한다. 사랑 때문에 수고스러움을 참아내고, 거룩한 힘도 생겨나는 게 아니겠는가. 인간관계 회복은 사랑의 회복이기도 하다. 서로를 아끼고, 서로의 처지를 아파하고, 그러면서 사랑으로 하나 되고 또한 그것을 체험하는 것이 아닐까.

1987년 3월 30일은 2여전도회와 자매결연을 한 안양교도소 무기수를 방문하는 날이었다. 교도소에는 L전도사가 먼저 와서 기다리고 있었다. 그는 만년 전도사로, 목사안수도 잊고 재소자의 교도에 전념하고 있다. 활짝 웃는 모습이 은혜가 넘쳐흐른다. 장기수 7명과 연을 맺어준 장본인이기도 하다. 그날이 저들과의 첫대면이었다. 나로서는 생전 처음 가보는 교도소였다.

목사님과 선교부원 6명이 동행했다. 안양시에 들어서니 저만치 높은 회색 담이 보였다. 금방 교도소임을 알 수 있었다. 성벽 같은 그 담이 우리를 움츠러들게 했다. 초소에서 신분 확인과 소지품 검사를 받고, 교도관의 안내로 높은 담 안으로 수월하게 들어갔다. 손질이 잘 된 넓은 뜰의 수목들이 울창하였다. 본관 건물의 홀을 한참 지나 육중한 철문을 통과하고, 그 문 닫히는 소리를 뒤로 들으며 겹겹의 철문을 거쳐서 당도한 곳은 교도관 사무실이었다. 교도관은 담담히 자리를 권했다. 나무 책상과 의자, 캐비닛 등 사무집기와 벽, 창문의 창살까지도 회색 일색이다.

잠시 후, 재소자들이 옆방에 들어오는 기척이 났다. 우리는 긴 나무 테이블을 사이에 두고 마주 앉았다. 무기수들과의 첫 대면, 정면으로 쳐다볼 수가 없었다. 저들도 눈길을 아래로 하고 다소곳이 앉아 있었다. 인사를 나누고 목사님의 인도로 예배를 드렸다. 간곡한 기도와 말씀 선포, 우렁찬 찬양, 아멘 하고 받아들이는 모습들이 후끈했다. 긴장된 분위기가 누그러졌다. 이야기를 주고받으며 비로소 우리는 서로 마주 보았다. 그 표정들이 온화하고 선량하기 이를 데 없었다. 잠깐이지만 나의 빗나간 선입견이 부끄러웠다. 높은 담 안에 산다는 것 외에는 우리와 하나도 다를 바 없지 않은가. 얼마나 절박한 사연들이 있었기에, 얼마나 궁지에 몰렸기에 영어의 몸이 되었단 말인가. 갑자기 저들의 처지가 가엾게 생각이 되어 마음이 아파왔다.

기름진 음식은 배탈이 난다고 해서 냉면과 과일 간식을 준비했다. 정성 어린 먹거리가 그들을 얼마나 즐겁게 해 주었을까. 음식을 권하며 담소를 나누었다. 가슴으로 이어지는 사랑의 메아리가 소외된 저들의 심성을 바르게 이끌어 주었으면 하는 바람이었다. 속옷과 타월 치약 칫솔 비누 등 일용품과 영치금을 전했다. 다음 달을 기약하며 돌아오는 발걸음이 가볍고 흐뭇하였다.

그로부터 얼마 후, P무기수가 일주일간의 외출이 허용이 되어 나왔다. 그는 모범수로 재소자들의 반장이었고, 훤칠한 키에 용모도 준수했다. 13년만의 나들이라 했다. 점심을 함께하는 자리에서 자세하게 털어놓은 그의 이야기는 대충 이러했다.

"입시에 낙방하고 공부에 진력이 나서 육군에 입대했습니다. 마음을 다잡고 고되고 힘든 훈련도, 상사들의 구박도 참고 열심히 복무했습니다. 그러나 상사와의 껄끄러운 시비가 시발이 되었습니다. 태도가 건방지다고 '야. 이 새끼, 잘나면 얼마나 잘났어? 혼이 나야 정신 차리겠어?' 때리고 욱질렀습니다. 얽히고설킨 대립 속에 증오의 골은 날마다 깊어만 갔습니다. 마주칠 때마다 비아냥거리는 상사, 분을 삼키며 이를 뿌드득 갈았습니다. 하루는 약 올리는 상사와 맞부딪쳤습니다. '어디 쏴봐! 쏘란 말이야! 왜 못 쏴, 이 겁쟁이 새끼야.' 가슴을 내밀며 덤벼들었습니다. 피가 거꾸로 솟는 순간 방아쇠를 당겼습니다. 이성을 되찾았을 때 후회 막급하였지만 이미 엄청난 사건이 벌어진 뒤였습니다."

세상에서 속죄 받을 수 없는 살인범, 죽어 마땅하다고 참회의 눈물을 한없이 쏟아냈다. 부모 형제 친지, 그 밖에 모든 주변 사람들에게 돌이킬 수 없는 아픔과 절망을 안겨주었다는 참회였다.

"이 엄청난 죄를 어찌 속죄 받을 수 있겠습니까?"

당시를 회상하는 듯 눈물을 참느라 고개를 숙이더니 결국 손수건으로 얼굴을 감싸 안고 한참을 오열했다. 우리도 함께 울었다.

이야기는 계속되었다. 유일한 위로와 격려가 되어준 책, 지금은 복음을 접하지 않고는 견딜 수 없다고 했다. 찬양이 있고, 기도와 눈물이 있으며, 은혜와 평안이 넘친다고 했다. 나 같은 죄인도 용서받을 수 있다는 확신을 심어준 성경책, 그는 세례도 받았다. 내 몫의 십자가가 어떠하든지 내가 가야할 속죄의 길, 이 세상에서 못다 하면 내세에서라도 죄 사함 받기를 원한다고 했다. 기회가 주어지면 신학공부를 해서 목회자의 길을 걷고 싶다고 했다.

다 털어놓고 난 후의 그의 모습은 지극히 담담하고 평온하였다. 나는 그에게서 하나님의 형상을 보는 듯했다. 그는 이미 용서받은 자의 선한 모습이 되어 있었다.

죄는 미워하되 사람은 미워할 수 없는 존재가 아니던가.

(1987.)

사랑의 빛

아침 8시 30분, 남편이 막 출근하려던 참인데 전화벨이 울렸다. 눈으로 배웅을 하고 수화기를 들었다. 이수한 권사의 막내딸인 서은경 집사의 낭랑한 목소리가 들려왔다. 미수(米壽)잔치에 와 주어 고맙다는 인사와 함께 어머니가 '하나회'에 장학금을 희사하기로 했다는 반가운 사연이었다. 가슴 뭉클한 감동이 마음을 적셔주었다. 이렇게 고마울 수가. 감사를 연발했다.

'하나회'는 장신대학교 부설 교회 여성지도자 교육원 제3기생들의 모임이다. 졸업을 앞둔 81년 11월 30일, 동기생 33명이 '드보라회'라는 모임을 만들었다. 그러나 이미 그 이름으로 모이고 있는 단체가 있어, 84년 총회에서 '하나회'라 바꾸어 오늘에 이르렀다.

80년 당시 장신대 교육원 수업은 매주 월요일 오전 10시부터 오후 4시까지였다. 저명한 교수들과 목사들의 열강을 들으면서 신학도 신앙도 깊이를 더해갔다. 나는 영락교회 친구와 함께 등록했다. 교회 활동에 매우 소극적이었던 나는 그 교육을 받으며 차차 변해갔다. 이기적인 면도 돌아보게 되고, 참회의 눈물도 흘렸다. 급기야 소명에 불타올라 쓰임 받기를 갈구하기에 이르렀다.

이때 만난 분이 이수한 권사다. 나이 차이는 있었지만 자주 만나고 많은 이야기를 나누다보니 졸업 무렵에는 퍽 친숙한 사이가 되었고, 교회에 나와 일해보라고 만날 때마다 나를 격려했다. 그 당시 이 권사는 장년여전도회 회장이었다. 쟁쟁한 선배 권사들이 많았는데 뜻밖에 집사인 내가 82년 회계로 선임되어 여전도회에 발을 들여놓게 되었다. 그때까지의 회계 담당자는 여상(女商) 출신의 권사로 자그마치 10년이나 그 일을 도맡아 했다. 경험도 없는 내가 가계부 정리할 정도의 실력으로 과연 그 일을 감당할 수 있을까 막막했다. 사양할까 하는 생각도 없지 않았지만 재정을 맡길 만큼 나를 신뢰해준 여러분들에게 차마 그럴 수는 없었다. 나는 분연히 장승백이의 경리학원에 나갔다. 2개월 간 젊은 이들과 함께 회계 공부를 익히며 악착같이 책임을 다했다.

초창기에 하나회는 장신대 여성관 건축에 적극 협력하였다. 84년에 들어서서 장학부를 신설, 회원들이 그 기금 마련에 힘을 모았다. 그 성금이 오늘까지 장학사업을 펴나갈 수 있는 기반이 된 것이다. 장학금을 지급하기 시작한 것은 10년이 채 되지 않지만 금리도 인하된 데다 기금을 늘릴 형편이 못되어 여러모로 안타까웠다. 그런 가운데 이런 낭보가 날아들었으니 감동하고 감사하지 않을 수 있으랴. 금년에는 신학대학원 신학과 1학년 여자 신학생을 돕기 시작했다. 졸업할 때까지 계속 지원할 계획이다. 희사 받은 장학기금은 오고 오는 앞날의 지도자들에게 활력과 용기를 심어줄 풍성한 자양임을 믿어 의심치 않는다.

지난 6월 14일 정오, 롯데호텔 37층 '도원'에서 이 권사의 미수연이 있었다. 흰 웃옷에 옅은 베이지색 모자를 쓰고 우리를 맞는 우아한 모습이 정겨웠다. 힘주어 포옹하는 모습에 감사와 평안이 느껴졌다. 이 권사의 촉촉한 눈빛을 마주보며 부군인 고 서정한 장로도 이 자리에 계셨더라면 하는 애잔한 마음을 금할 길이 없었다.

연회는 이성직 목사의 기도로 시작되었다. 미수를 축하하며 자녀 손들의 효를 누리며 만수무강하시기를 기도했다. 식사를 나누며 담소하는 가운데 내 차례가 주어졌다. 나는 하나회의 장학사업과, 새문안교회의 여성 세미나에 관한 경위들을 이 좋은 날 어찌 밝히지 않을 수 있겠느냐며 사연을 가다듬었다.

87년 새문안교회 창립 100주년 행사로 온 교회가 떠들썩할 때, 하루는 이권사가 조용히 나를 불렀다. 여성들도 이 기회에 힘을 모아 기념사업을 추진해 보라며 재정지원을 자청하였다. 당시 나는 2여전도회 회장이었다. 여전도회협의회에 부의, 4개 여전도회가 행사를 나누어 추진하기로 했다. 그리하여 한해가 저물어가는 12월 18일, 드디어 교회 창립 100주년을 기념한 '제1회 새문안 여성 세미나'가 고고의 함성을 올리게 되었다. 그 후 면면히 이어져 내려온 세미나의 모든 재정 지원을 10년이 넘게 이 권사가 전담해 주셨다. 넉넉한 삶 속에서 항상 검소하게 살면서도 선교 지원은 아끼지 아니했다. 그리하여 여성 세미나는 오늘에 이르기까지 시대를 선도하는 새문안 여성들의 교육 프로그램으로 자리 매김을 하게 된 것이다.

이수한 권사는 교회 여성들의 미래를 바라보는 혜안(慧眼)이 있었다. 젊은이들과 함께 강의를 듣고 시험도 치르고 리포트도 작성하며 학점도 걱정했던 시절이 더없이 행복했다고 술회했다. 그러한 이 권사야말로 정녕 이 시대를 바르게 산 사표(師表)가 아니었나싶다.

다음 제18회 여성 세미나 때에는 이 권사에게 그 고마운 뜻을 기리는 감사패를 증정할 예정으로 있다.

이수한 권사는 타계한 서 장로와 동갑내기다. 한합산업주식회사 회장이었던 서 장로를 내조하며 슬하에 2남 2녀를 두었고, 어느새 손자손녀가 아홉이나 되는 참으로 부러울 것이 없는 복된 삶을 누려왔다. 87년 9월 28일, 두 분의 고희, 금혼식, 장로성역 40주년을 두루두루 축하하는 의식이 성대하게 열렸던 기억이 생생하다. 다만 장로요, 박사요, 대학교수였던 큰아들을 뜻하지 않게 가슴에 묻게 되고, 2002년 1월 23일 부군을 먼저 보내는 애통함을 겪게 되었다.

극도로 쇠약해진 그녀를 심방했을 때의 일이다. 작별을 고하고 나오는데 손을 꼭 잡고 놓지 않는다. 뿌리칠 수 없을 정도의 힘이 실렸으니, 의지가 되어드려야 한다는 의무감으로 가슴이 메어왔다. 침실에 그녀를 누이고 일행은 돌아가며 기도하기 시작했다. 텅 빈 그 가슴을 무엇으로 달랠 수 있단 말인가. 평소 쉽게 접근할 수 없는 그녀였지 않은가. 얼마 후 흐트러짐이 없이 자신을 추스르고 정숙한 모습을 회복하셨다. 그 다소곳함이 무척 돋보이고 아름다웠다.

어찌 보면 우리는 너나없이 서로가 많은 사랑의 빚을 지고 살아가고 있는 게 아닐까. 오늘의 우리가 있게 된 뒤안길에는 그만큼 보이지 않는 기도와 보살핌이 받쳐주고 있는 것이다. 그 사랑을 가지고, 필요로 하는 이웃에게 때 맞추어 나누는 것이 사랑의 빚에 보답하는 길이 아니겠는가.

(2004. 6. 17.)

또 다른 시작

무슨 일이나 시작이 있으면 끝이 있다. 일이 마무리되기까지는 희비가 엇갈리기도 하고 때로는 교착상태에 빠지기도 한다. 최선을 다한 것으로 자족해야 하는데, 언제나 마음 같지 않은 것이 우리네 삶인가싶다.

시무장로로서의 4년간의 사역이 연말의 '송구영신 예배'로 끝을 맺는다. 2001년 크리스마스 다음날, 나로서는 마지막인 당회가 중층 집회실에서 열렸다. 매월 참석했던 당회다. 그런데 그날은 당회원들과 부목사님들 35명의 표정이 숙연했다. 나도 상기된 기분을 감출 수가 없었다. 여자 장로 셋이 나란히 앉아 있었다.

가라앉은 분위기 때문이었는지 이수영 목사님이 "네 분의 여 장로가 계셔서 아주 좋습니다." 하고 말문을 열었다. 세 사람인데…. 목사님이 말을 이었다. "아! 여(呂)기락 장로님을 포함해서 말입니다."

웃음이 터져 나왔다. 삽시간에 분위기가 밝아졌다. 예배가 시작되었다. 찬송가 109장, 이수영 목사님의 히브리서 1장 1절에서 3절의 말씀, 오장은 장로님의 기도가 이어졌다. 지난 4년간의 나의 충성한 모습이 존경스러웠다는 절절한 기도가 가슴을 뭉클하게 하였다.

숭실대 총장이기도 한 어윤배 장로님이 투병중임에도 경과보고와 늘 기도해주신 당회원들에 대한 감사의 말씀을 했고, 이어서 나도 퇴임인사를 드리게 되었다. 하고 싶은 말은 많았지만 짧게 요약할 수밖에 없었다. 저녁 7시에 시작되는 당회는 자정을 넘기기 일쑤여서다.

돌이켜 보면 1997년 11월 16일, 새문안교회 초대 여(女)장로로 취임한 것이 엊그제 같은데…. 임기 동안 나와 함께해 주신 하나님께 먼저 감사드린다. 교회의 변화된 위상을 수용하면서 관심과 배려로 격려해 주신 목사님들, 장로님들에게 감사한다. 짧은 재임 중 김동익 목사님의 와병과 소천(1998. 4. 1.)을 잊을 수 없다. 가슴 에이는 충격과 상실감, 서울 노회장(老會葬)으로 장례를 치르면서 우리는 먼 훗날 다시 만날 것을 기약하였다. 운구 행렬은 새문안동산까지 이어지고 애통한 마음은 걷잡을 수가 없었다.

내가 장로 취임 후 처음으로 맡은 부서가 이미 1990년 권사 재임시 맡았던 친교부장이었다. 나는 1천 명이 넘는 조문객들을 정중히 모셔야 했다. 일을 치르고 나니 휴우, 저절로 긴 안도의 숨이 토해졌다. 담임 목사님이 가신 후 그 빈자리를 바라보며 목자 잃은 양떼들은 무려 2년 반을 기도하며 지새웠다. 시간이 멈춘 듯 그날이 그날 같은 지루하고 안타까운 나날이었다. 드디어 이수영 목사님의 담임 목사 청빙이 당회원 전원의 만장일치로 가결되었다. 그날의 감동 또한 잊을 수 없는 일로 남아있다. 해마다 여 장로가 선출되어 셋이 나란히 앉아 있으니 이 또한 감사한 마음 그지없다.

이런 저런 과도기적 소요를 감내하며 마음을 비우고 무릎 꿇게 하신 하나님께 거듭 감사를 드린다. 미흡했지만 교회를 섬기며 기쁜 마음으로 다스리는 직책을 맡아 봉사할 수 있었던 것은 하나님의 은혜였음을 깊이깊이 깨닫고 있다.

서울노회 장로고시를 대비한 문제집을 건네주며 격려해 주셨던 선배 장로님들, 서울노회 총대 자리를 선뜻 양보해 주셨던 장로님, 한ㆍ태 선교회(Korean-Thai Christian Mission Center) 중앙위원으로 천거해 주셨던 장로님, 늦은 밤 당회가 끝날 때마다 집에까지 바래다 주셨던 장로님들, 나는 많은 사랑의 빚을 지게 된 셈이다. 은퇴한 후에도 교회 항존직으로 힘 닿는 데까지 역할을 찾아 헌신하려 다짐한다. 이 길만이 하나님의 은혜와 나를 믿고 도와주신 여러분들의 사랑에 보답하는 길이 아닌가.

임기를 마쳤지만 하나님 앞에서는 주님 부르시는 그날까지 은퇴란 없다고 생각한다. 기도에 은퇴가 없는 것처럼 말씀 듣고 전하는 일에, 이웃을 섬기며 봉사하는 일에 어찌 은퇴가 따로 있으랴.

남편 임급주 장로의 뒤를 이어 여장로로 안수 받던 날의 감격을 평생 잊지 못하리라. 새문안교회 부부장로 1호, 시숙도 오라버니도 장로인 가문의 영광을 어찌 감사하지 않으랴.

이제 나의 발자취에 또 하나의 획이 그어졌다. 하나의 일을 끝맺는 것은 또 다른 일의 시작을 의미한다. "시원 섭섭하겠습니다." 인사를 건네 오는 분들에게 미소로 답했지만 다소나마 새로운 마음의 여유를 찾게 되었다는 느긋함이랄까. 긴장에서 풀려난 해방감 같은 심정을 어떻게 표현해야 할까.

지금 나는 소녀처럼 의욕에 부풀어 있다. 작년, 그러니까 2000년 3월 교회 교육 3부에서 시작한 기독교 문예창작반에서 글공부를 하게 되었다. 우리 교회 집사이며 소설가인 오인문 교수가 지도를 담당하고 있다. 까마득한 초등학교시절 내 시가 **뽑혀서** 교지에 실린 적이 있었다. 전쟁시대를 살아오며 문학 운운하는 것은 꿈도 꾸지 못하는 사치였다. 그저 하루하루의 일상들을 일기로 달랠 수밖에 없었으니…….

덧없이 흘러가버린 반세기 동안의 삶의 편린들을 글로 옮기고 싶다. 신앙과 문학의 일치점을 찾아 새로운 장르를 열어보고 싶다. 늦깎이 시작이지만 돌이킬 수 없는 길, 세월 탓에 펴보지 못한 꿈을 늦게나마 이루어 보련다.

(2001년을 보내면서.)

섭리(攝理)

강도 침입. 그런 일을 직접 겪어보지 않은 사람이 당사자의 심정을 제대로 이해할 수 있을까.

1985년 2월에 겪은 일이다. 외출했다가 돌아오니 웬 경찰차가 집 앞에 세워져 있었다. 황급히 들어가 보니 집안은 아수라장이 되어 있었다. 처음 보는 광경이라 아찔하여 쓰러질 뻔하였다. 연락을 받고 먼저 와있던 남편과 삼촌 내외가 대충 치워놓았다는 게 그 지경이었다. 금고 문이 부서지고 장롱 속의 이불, 옷들은 물론 문갑, 경대 등이 어지럽게 흩어져 있었다.

혼자 집을 지키고 있던 아주머니가 보험회사 수금원에게 돈을 건네주고 있을 때 갑자기 세 사람의 강도가 뛰어들어 칼로 위협하고 손발을 묶은 뒤 이불을 뒤집어씌웠다고 한다. 커튼을 치고 전화선도 빼고 하는 짓이 능란한 전과범의 소행 같았다. 금고를 부수는 데는 시간이 꽤 걸렸을 텐데 아무도 얼씬하지 않았다. 하긴 겨울인데다 단독주택이어서 옆집에서 무슨 일이 벌어져도 알 수가 없었을 것이다. 보험회사 수금원도 수금한 돈까지 털렸다고 했다. 두 아주머니가 무사한 것만으로도 천만 다행한 일이었다.

당시 서울 강남의 논현동 일대는 도둑떼들에게 수난을 많이 당하고 있었다. 앞집의 새댁은 결혼 패물을 감쪽같이 도적맞았고, 윗집에서는 식당에서 식사하고 있는 사이 안방에 도둑이 들었다. 심지어는 에어컨을 마치 수리공처럼 뜯어내고 침입하는 대담한 강도도 있었다. 이런 일련의 일들은 일단 부(富)의 편재에 따른 상대적 빈곤이 빚은 사회악의 하나라고 해두자.

나도 한때는 주얼리에 매혹되어 속물처럼 산 시절이 있었다. 피난시절 금붙이를 팔아 연명했던 사례를 핑계로, 자녀들을 위한 비축을 구실로 내 생일 때마다 보석을 사 모았다. 형편이 좋을 땐 값 비싼 보석을 사기도 했다. 뭇 여성들이 그리도 좋아하는 보석! 영롱한 빛! 그 희귀성! 고가성은 부귀의 상징처럼 마음을 휘어잡았다. 그 신비한 광채에 나도 모르게 깊이 빠져 있었다.

애들 돌반지에서부터 결혼반지, 유달리 내가 아꼈던 에메랄드 반지 등등. 그동안 공들여 사 모은 패물들이 몽땅 없어졌다. 사연과 추억이 담긴 귀물들이 자취도 없이 사라졌다. 그 허탈감, 억울함……. 쉽게 진정시킬 수가 없었다. 남편은 다시 사자고 위로했지만 값으로 따질 수 없는 25년간의 정성과 추억을 무엇으로 살 수 있단 말인가? 민생치안확립이니 정의사회구현이니 하는 말들이 한낱 구호에 불과한 것으로 느껴졌다.

강도가 침입했을 그 시간에 나는 '여성의 전화'(Women' Hot Line)에서 자원봉사자로 '매 맞는 여성들을 위한 상담'을 하고 있었다. 같은 시간에 큰아들은 교회 고등부 학생들을 인솔해 난지도 어린이들을 돌아보고 있었다. 작은아들은 교회학교 중등부 집회에 갔었다. 최소한 그런 시간대에는 어려운 일일랑 일어나지 말았어야 하지 않았을까……. 이런 나의 생각도 오만이었단 말인가?

얼마 후 나는 책 정리를 하며 아무렇게나 찔러 넣었던 고가의 패물 몇 개를 책꽂이 뒤에서 발견하였다. 잘 쓰지 않던 애기장 서랍에서도 장신구가 나왔다. 강도의 손이 미치지 않아 건지게 된 것들. 벅찬 감동에 가슴이 뭉클하였다. 순간 고난에도 목적이 있으며 은혜가 있다는 성경 속의 말이 소리 없는 함성으로 들려왔다. 어찌하여 절대자의 깊으신 섭리(攝理)를 나는 깡그리 잊고 있었단 말인가.

나는 잃어버린 패물에 대한 미련은 접기로 했다. 마음을 비웠다. 거듭 마음을 추스르니 그리 오랜 시간은 걸리지 않았다. 사 모으기도 안 하기로 마음먹었다. 반지를 끼고, 귀걸이 목걸이 다는 일도 피했다. 반짝이는 보석을 주렁주렁 매달고 다닐 때 나의 모습이 어떻게 비쳤을까? 가관? 조소 거리나 되지나 않았는지 모르겠다. 용모에 자신이 없어서? 돋보이게 하려고? 부를 과시하고 싶어서? 이 모든 것이 따지고 보면 일종의 속임수요, 거짓이며 허세가 아니던가.

세상 것을 다 배설물처럼 여기라는 가르침에 순종하기로 했다. 나의 주얼리에 대한 분에 넘친 애착심을 앗아가 버린 강도들에게 오히려 고마워해야 할까? 패물(佩物)이 폐물(廢物)로 변한 것이다. 이렇듯 나는 모든 고뇌와 물기 어린 상실감에서 헤어날 수 있었다.

사건 후 한 달 가까이 되어, 전과 7범을 포함한 떼강도 세 명이 잡혀서 현장 검증을 나왔다. 꽁꽁 묶인 그들의 몰골에 소름이 끼쳐서 숨어 버렸다. 강력계 형사가 패물은 찾지 못하고 저금통장은 압수하였다고 전해준다. 아줌마가 시경에 가서 조사를 받고 왔다. 그녀에게는 평생 잊지 못할 악몽 같은 순간이었을 것이다.

강도가 쉽게 넘어온 낮은 담 위에 '소 잃고 외양 간 고치는 격'으로 철망을 쳤다.

기독교에서 〈섭리〉라는 말은 창세기 22장(8-14)에서 아브라함이 100세에 얻은 외아들 이삭을 번제로 바치라는 야훼의 명령을 받은 사건과 관련되어 이해되고 있다. 모리아 산꼭대기까지 사흘 길을 걸어서 나무 위에 이삭을 올려놓고 막 번제로 드리려고 할 때 야훼는 이미 이삭 대신 어린양을 준비해 두었다는 '여호와 이레'에서 유래된 개념이라는 것이다. 세상 모든 일을 다스리는 신의 질서와 은혜라는 의미이다.

한자로 '끌어 잡을' 섭(攝)은 손수 변에 귀 이(耳)가 세 개인 글자이고, 리(理)는 '다스릴 리'이다. 절대자의 말씀에 귀를 기울이고, 귀에 담고, 마음 귀에 새겨서, 즉 세 번 듣고 나서 행하는 것이 세상 이치라고 나 나름대로 풀이하고 있다. 귀는 마음으로 가는 행로라고 한다. 믿음은 들음에서 난다고 가르치고 있지 않은가.

나는 〈섭리〉라는 낱말을 좋아한다. 삶의 어려운 고비마다 '여호와 이레'의 존엄하신 섭리가 나를 인도하여 주셨기에……

(1985. 2.)

시계

   나의 하루는 시계와 더불어 시작되고 끝이 난다. 눈금에 나누어진 계획대로 일찍 일어나고, 활동하고, 잠자리에 든다. 항상 사계를 본다. 대개 아침은 분, 초를 다툰다. 감성의 시계가 턱없이 속도를 낸다. 그러나 반대로 무엇인가 기다리게 되면 왜 그리 더디 가고 지루한지. 사람이 시계에 맞춰 산다기보다는 쫓기며 산다는 편이 옳을 것 같다. 무엇 때문에 그렇게 다람쥐 쳇바퀴 돌듯 해야 하는지? 시계만큼 사람을 웃고 울게 하는 기기도 없을 것이다.

   우리 집에는 곳곳에 시계가 있다. 이사할 때마다 선물로 받은 것들이다. 거실이나 방은 물론 주방 베란다 심지어 화장실에도 빠짐없이 있다. 하긴 샴푸 하나도 모자를 쓰고 20분이 지난 후 헹구라고 하니 시계 없이는 무얼 어떻게 할 도리가 없는 세상이다.

   언젠가, 여전도회 주일 헌신예배는 저녁 7시 예정이었다. 그러나 갑자기 눈발이 날렸다. 서둘러 논현동 집을 출발했지만 신세계백화점 앞에 이르렀을 때, 시계는 이미 7시를 넘기고 있었다. 답답한 심정이었다. 사회를 맡은 나는 발을 동동 구르며 어찌할 바를 몰랐다. 그러나 남편은 시계를 붙들어 놓을 수 없으니 할 수 없지 않느냐고 태평스레 위로했다. 가까스로 교회에 도착해보니 특강 맡은 모 여대 총장도 펑크를 낸 상태였다. 담임 목사가 대신하고 있었다. 이럴 땐 시계가 좀 멎어 주었으면 좋으련만······.

시계에는 뜨거운 심장과는 무관한 박자만이 존재한다. 감정도 없고 지치지도 않는다. 시계는 한계를 지닐 수밖에 없는 육체를 지닌 감정적 존재인 우리 인간을 존중하지 않는다.

얼마 전〈시계가 없는 나라〉란 책을 읽었다. 저자는 에반 티 프리처드. 미크맥 부족의 후손으로 알곤킨 문화센터의 설립자. 시간의 굴레에서 잠시 벗어나고자 하는 의도로 쓴 이 책에는 인위적이고 기계적인 시간을 버리고 자연의 시간을 따라 여유를 가지고 자유롭게 살아가는 미국 원주민의 생활 모습과 지혜가 담겨있다.

〈인간이 하늘과 땅 사이에서 균형을 잡고 걷듯이 자연적 시간과 영적인 두 영역의 시간 사이를 걷는다. 자연적 시간은 수평적이고 과거로부터 현재를 거쳐 미래로 나아가는 시간이다. 영적인 시간은 수직적이고 창조주의 마음에서 출발하여 그의 자손과 현대를 사는 우리를 거쳐 어머니이신 땅의 심장부로 나아가는 시간이다. 그것은 꿈이 향하는 길이며 우리의 존재를 유지하는 바로 현재시간이다. 우리 존재의 중심에, 그리고 시간과 공간의 수직성에 초점을 맞추면 외부에서 일어나는 사건의 흐름은 멈춘다. 물리적이고 기계적인 시간이 멈추고 미터법에 의해 측정된 공간이 사라지면 두려움이나 분노는 물론 증오와 고통까지도 함께 정지된다는 점이다. 이제 기계적 시간의 행진을 멈추고 수직적 시간에 자신을 맡겨 보자. 과거의 고통과 아직 찾아오지 않은 미래의 고통으로 스스로를 옭아매지 않는 한 자연의 시간 속에서 완전한 평화를 느낄 수 있을 것이다.〉

이렇게 끝맺고 있다.

사람은 자연의 일부로 자연의 시간에 낳아져 자연의 시간을 살다가 자연의 시간으로 묻히는 존재들이다. 기계적인 시간은 오늘도 눈금을 따라 쉬지 않고 우리를 압도해 오고 있다. 시간이란 영혼의 생명이라고 했던가, 나 나름으로 익혀온 순간순간의 명상이 나를 가다듬고 새로운 활력을 솟아나게 하고 있다. 인생의 여정을 따라 흘러가는 시간의 흔적들, 이산의 아픈 수렁을 넘나들던 그 새까만 긴 터널에서 나는 얼마나 몸부림 쳤었던지…. 애타게 그리던 향수도 체념과 망각에 갈무리하고, 나는 이스라엘 '통곡의 벽'에서 심혼을 다해 통일을 울부짖었었다.

핸드폰이 일반화되면서 손목시계는 거의 무용지물이 되었다. 그러나 나에게는 시계가 안정제 역할을 한다. 오늘도 예외 없이 시계를 차고 나들이를 했다. 시계 눈금에 나누어진 기계적인 시간에 매달리면서도 이를 초월한 영적인 시간을 다함 없이 누리고 싶다.

(2004. 7. 15.)

눈동자같이 지키시는 손길

"사월과 오월을 내게 주면 나머지 달은 모두 네게 주마."

스페인의 속담이다. 사월과 나는 인연이 깊다. 봄이 오는 계절에 우리 부부는 백년가약을 맺었다. 큰아들도 사월에 결혼했다. 군자란 꽃대가 다섯 개나 솟아, 대가 휘어지도록 주황색 위용을 뽐내고 있었다. 작은아들도 사월에 약혼했다. 화창하고 맑은 날이었다. 작은며느리도 사월생. 생명이 약동하는 계절, 부활의 달이어서 더욱 좋아한다. 누가 사월을 잔인한 달이라고 했던가. 나는 은혜와 축복의 달이라고 외치고 싶다.

그러나 1993년 4월 10일 토요일에 일어난 사건은 사월에 대한 나의 이런 감정에 찬물을 끼얹고도 남았다.

나흘간의 부흥 사경회가 열린 때였다. 1여전도 회장, 협의회 회장 등 중책을 감당하며 연일 바쁜 일정 속에 잠이 모자라도 한참 부족한 때라 누가 업어가도 모를 정도로 단잠에 빠져있는데 남편이 나를 흔들어 깨웠다. 눈도 뜨지 않고 내가 물었다.

"왜요, 어디 아파요?"

"눈 좀 떠봐, 숨이 콱 막혀서 그래."

남편이 진땀을 닦고 있었다. 자신을 괴롭히는 손에 가위눌려서 비몽사몽간에 가슴을 쳤더니 그 서슬에 악몽에서 깼어났다는 것이었다. 벽의 전자시계는 1시 50분을 가리키고 있었다.

밖에서 무슨 소리가 났다. 남편이 침실의 창을 열었다. 타는 냄새가 확 풍겨오면서 치솟는 불길이 시선에 잡혔다. 자리를 박차고 뜰로 나갔다. 옆집에 화재가 발생한 것이다. 지체할 수가 없었다. 우리 집과의 거리는 불과 2미터. 화재가 번지지 말아야지, 전전긍긍 초조하고 불안했다. 남편은 정원용 호스를 끌고 옆집으로 달려가며 화재신고를 부탁했다. 덜덜 떨리는 목소리로 119에 신고를 했다. 논현동 파출소와 이웃에게도 알렸다.

그이는 정원용 호스로 물을 뿌려댔지만 활활 타고 있는 불길 앞에 턱도 없었다. 불이 활활 타고 있는데 옆집에선 뭘 하는지 인기척도 없다. 외국 여행 중일까?

그 집 사람들은 집을 자주 비웠다. 주인 여자는 외제 승용차를 손수 몰고 다니는 멋쟁이였다. 50대 후반이나 되었을까. 예의도 바른 편이었다. 그런데 웬일인지 늘 수심기가 엿보였다. 남편은 가끔 볼 수 있었는데 짤막한 키에 배가 나온 대머리였다. 그 집과 우리는 1미터도 안 되는 높이의 담을 사이에 두고 집 뜰의 정취를 공유하며 살았다. 딸은 출가했고 아들은 미혼, 외손녀들이 뜰에서 노는 것을 오며 가며 볼 수 있었다. K교회(감리교) 교인이라 했다. 열쇠가 없을 때면 우리 집 뜰에서 담을 넘어가기도 했다. 그녀도 자주 집을 비웠지만 나도 파출부 아주머니가 홀로 집을 지키기 일쑤였다. 뜰에서 우연히 마주쳐서 주고받은 이야기가 그 집에 대해 내가 알고 있는 전부였다.

강도가 극성을 부릴 때 창문마다 철책을 해 달았다. 스스로 동물원에 갇혀서 사는 신세라고 하며 함께 웃기도 했다.

우리는 1982년 늦은 가을, 남편이 설계해서 지은 두 번째 집으로 이사를 했다. 하도 견고하게 지어서 독일인의 주택 같다고들 했다. 양지바르고 담이 얕아서 좋았다. 옆집도 이사 온 지 수년 만에 새로 지은 것이다. TV 드라마에 나올 몇몇 장면을 촬영한다고 동리가 떠들썩했던 집이다.

사이렌 소리가 밤의 정적을 깼다. 소방차가 도착한 것은 신고한 지 8분, 어찌나 고마운지. 불길은 30분 만에 쉽게 잡혔다. 다행이었다. 사이렌 소리에 놀란 주민이 웅성거리며 구경하고 있었다. 진화작업을 끝내고 집을 샅샅이 돌아보고 나온 소방대원이 알려준 사실은 너무나 충격적이었다.

"남편은 현관에서, 부인은 부엌에서 시신으로 발견되었습니다."

우리가 화재를 발견했던 그때 두 사람은 이미 숨진 뒤였다는 것이다. 순간 가슴이 철렁했다. 인기척이 없어 빈집인 줄만 알았는데, 이럴 수가. 창문마다 철책을 달았으니 빠져나올 수도 없었지 않은가. 무슨 아이러니란 말인가.

소방관이 연락처를 아느냐고 물었다. 깊은 내왕이 없어서 알 수 없다고 했다. 애잔한 마음을 금할 수가 없었다.

"유족들에게 위로와 평강을 내려주소서."

맑게 갠 밤하늘에 무수히 떠있는 별들이 차갑게 빛나고 있었다. "안되었다"는 말만 되뇌이며 힘없이 방으로 돌아왔다. 아무 일 없었던 것처럼 밤의 적막이 다시 찾아 들었다.

큰 소요가 지난 후여서 쉽게 잠이 오지 않았다. 새벽 3시 30분, 뒤늦게 연락 받고 온 가족들의 처절한 통곡 소리가 밤의 고요를 뚫고 슬프게 퍼져 나갔다. 가슴을 찌른다. 한번 가면 다시 오지 못하는 길, 이렇듯 비참한 부모의 죽음 앞에 얼마나 어이없고 서러우랴. 연민의 정을 금할 수 없었다.

남편을 잠에서 깨어나도록 강권하시는 성령의 역사가 아니었던들, 뜻하지 아니한 큰 재난을 우리도 만났을 터인데, 이를 모면하게 되었으니 얼마나 다행한 일인가. 삶의 어려운 고비마다 도우시는 은총이 놀랍고 오묘하다. 절대자의 사랑을 다시 한 번 확인하고 감읍했다. 지키시는 손길이 잔잔한 감동으로 마음에 와 닿는다.

다음날 파출소에서 찾아왔다. 증언이 필요하다고 했다. 화재를 발견하고 신고했을 뿐이라고 했다. 이듬해 5월 우리는 12년 가까이 살던 집을 처분하고 이사했다. 논현동의 그 일대는 4층 빌라가 들어섰다. 화재의 흔적은 사라졌지만……

눈동자같이 지키시는 손길은 나의 평생에 두고두고 기억되리라.

(1993. 4.)

하늘의 메아리

우리 두 아이들이 어렸을 적에 오스트리아의 '빈' 소년합창단의 내한 공연에 초대받은 일이 있었다. 세련된 매너에 갈고 닦은 미성의 화음은 알프스의 정기처럼 하늘의 메아리를 방불케 했다. 한 사람이 부르는 듯 환상적인 그 합창은 지금도 강렬한 인상으로 남아있다. 애들의 열광하는 모습을 지켜보며 우리 부부도 짧게만 느껴진 공연의 아쉬움을 달래야 했다. 그러나 '회상의 나래'는 먼 옛날로 달음질치고 있었다.

전쟁으로 인해 이 땅에는 많은 고아와 미망인이 생겨났다. 이 때, 미국인 선교사 밥 피얼스 목사는 한국교회 지도자들과 협력하여 변성기 이전의 고아들을 모아 합창단을 조직하였다. 그 소년 소녀들의 절묘한 하모니는 가는 곳마다 대 환영이었다. 선교에 큰 몫을 했을 뿐 아니라 실의에 빠진 피난민들에게 더 없는 위안을 주기도 했다. 마음을 파고드는 감동적인 무대는 지금도 잊을 수가 없다.

이번 '월드비전 2004 세계 어린이 합창제'는 UN의 아동권리협약에 따른, 지구촌 어린이들이 스스로 고통 받는 어린이를 돕기 위한 제전이다. '어린이가 안전한 세상을 꿈꾸며' 란 주제처럼 음악을 통해 세계 어린이들이 함께 모여 문화의 다양성을 익히고, 더불어 하나가 되는 세상을 만들어가자는 취지이다. 미국 일본 필리핀 호주 홍콩 등에서 온 정상급 합창단과 선명회 합창단을 비롯한 국내 15개 합창단이 펼치는 화려한 연주회다.

엿새 동안의 서울 공연이 폐막되던 날, 손녀들을 앞세우고 예술의 전당에 들어서니 풋풋한 물결이 일렁이고 있었다. 콘서트홀에는 부모를 따라 온 어린이들로 꽉 차 있고. 연주홀 2층에는 합창단원들이 가득 자리를 메우고 있었다.

오후 5시, 박수갈채 속에 연주가 시작되었다. 각 나라마다 고유 의상을 입고 두서너 곡의 노래를 불렀다. 연주가 끝날 때마다 어린이들의 박수 소리가 요란했다. 특히 필리핀 합창단은 23명의 혼성으로 예복부터 하늘색이었다. 영감에 넘치는 노래를 율동과 타악기로 절묘한 하모니를 이루며 우리를 감동케 했다. 손녀들은 숨을 죽인 채 관람하고 있었다. 마지막에 출연한 선명회 합창단은 단원 36명, 검정 스커트에 빨간 웃옷 차림이었다. 두 어린이가 나와서 수화를 하며 합창한 두 노래는 시편 23편이었다. 연주 솜씨는, 70년대 내한했던 '빈' 소년합창단 못지않게 강한 인상을 주었다.

마지막 연합합창은 윤학원 월드비전 음악 감독의 지휘와 과천시립청소년교향악단의 반주로 네 곡이 연주되었다. '우리 다시 만날 때까지' 에 이은 '아리랑' 은 콘서트홀이 떠나갈 듯 웅장했다. 하늘의 메아리가 청중의 가슴 깊이 새겨지는 순간이었다. 저들의 평화의 하모니가 온 누리에 널리 퍼져 그 꿈이 보호되고 실현되기를……

손녀들을 위한 나들이였지만 오히려 어른들이 더 즐긴 것 같았다. 손녀들도 흡족한 양 연신 방실거린다.

오래 전 우리 두 아들이 저희들 나이 때, '빈' 소년합창단의 연주를 들었을 때와 같은 감동을 받았을까? 우리 아들들은 스스럼없이 자연스럽게 교회 찬양대 봉사를 하게 되었고, 큰 아이는 지휘자가 바쁠 때는 대신 지휘봉을 들 정도로 콰이어에 열중했었다.

전쟁고아들로 출발한 선명회 합창단은 창단의 뜻이 어린이 사랑이었다. 전쟁의 아픔을 딛고 일어선 치유의 메시지가 담담히 흐르고 있다. 힘을 북돋워준 이들의 공은 물론 그들을 통해 섭리하신 절대자의 은혜가 절절하게 느껴졌다.

1960년 8월, 월드비전 창시자 피얼스 목사와 고 한경직 목사에 의해 선명회 어린이합창단이 창단되었다. 국내 연주뿐만이 아니라 미국 카네기홀, 캐나다의 로이톰슨홀, 오스트레일리아의 오페라하우스 등, 44년 동안 3,500여 회에 걸친 연주회를 통해 '천상의 메아리'로 명성을 떨치고 있다. 1978년 영국 BBC 방송이 주관하는 세계합창경연대회에서 동양권 국가로는 처음으로 최우수상을 수상하기도 하였다. 88올림픽 개막식 연주, 2002년 월드컵 유치 홍보를 위한 유럽 순회연주 등 평화의 전령사로 눈부신 활약을 해오고 있다. 1998년부터 '월드비전'은 한국 선명회의 새 이름이 되었다.

어려운 시절에 출발했던 합창단, 더 많은 어린이들이 참여하여 평화를 사랑하는 민족혼을 일깨워 주었으면……

(2004. 7.)

경로잔치

　우리 새문안교회 친교부에서는 해마다 5월 가정의 달이 오면 경로잔치를 연다. 70세 이상의 본 교회 어른들을 위로 격려하며 친교를 나누고, 못다 한 효심을 드리는 행사이다.

　영광과 오욕으로 점철된 80년대를 역사의 뒤안길로 접고 90년대를 여는 시점이다. 전통적인 우리의 가족 중심 제도를 회고하면서 잊혀져가는 효와 경로사상의 미덕을 떠올린다. 급변하는 세월 속에서도 미풍양속은 길이 보존 계승되어져야 한다는 의식이 우리 모두에게 있어야 하지 않을까. 행사를 위한 행사로, 겉치레의 잔치가 되어서는 결코 안 될 일이다.

　어느 누구도 원해서 늙는 사람은 없다. 어느 날이던가, 버스 안에서 한 젊은이가 "앉으세요" 하고 자리를 양보하는 말을 들었다. 설마 내게 한 말은 아니겠지, 하고 주위를 살폈으나 그런 말을 들을만한 상대가 보이지 않았다. 아! 드디어 나도 늙어가는구나. 그 사실에 놀라며 나는 어색하게 인사를 건네고 앉았다. 생각하면 늘어나는 흰 머리카락을 굳이 새치라고 변명하며 뽑기에 바빴고, 더 이상 그럴 수 없게 되었을 때 그냥 염색을 했었다. 더는 숨길 수도, 위장할 수도 없는 지경에 이르러서야 그대로 받아들여야지, 미완성의 삶을 어떻게 해야 하나, 성찰이 뒤따랐다. 이것이 이순(耳順)을 바라보는 나의 솔직한 심회다. 늙음이 남의 얘기가 아닌 나 자신의 문제로 새삼 부각된 것이다.

은퇴한 후 갑작스럽게 할 일 없는 사람으로 돌아가 눈에 띄게 늙어가는 모습들을 바라보면서 나는 정년퇴직이 없는 남편의 직업을 행복해하며 이런 생각을 했다. 인간은 전 생애에 걸쳐 한계와 싸우는 것이라고.

이북에 계실 어른들을 생각하면서 우리는 임진각을 자주 찾아 갔다. 까마득한 북쪽 하늘을 바라보며 사무치는 회한에 눈물을 적시곤 하였다. 아스라이 잊혀져가는 어른들에 대한 연민과 애통함, 더욱이 못다 한 효를 안타까워하지만 세월의 덧없음이여, 우리가 헤어질 그때의 어른들의 나이를 어느덧 넘어섰으니…, 남북 분단의 쓰라림은 지워질 수 없는 아픔으로 우리 가슴을 누르고 있다.

모실 수 있는 부모가 계신 축복 받은 분들이여! 부디 부모님을 잘 모시고 지성으로 섬기시라.

산다는 것은 곧 늙는다는 것이다. 이것은 어떤 연령에서도 진실이다. 어김없이 맞게 되는 늙음을 젊어서부터 생각하고 대비한다는 것은 봄에 가을의 결실을 기대하면서 씨를 뿌리는 농부의 지혜와 같다 할 것이다. 그것은 생의 결실과 죽음을 생각함으로써 나 자신을 객관화시켜서 더욱 값진 삶의 문제를 빈 마음으로 조명해 볼 수 있겠기 때문이다.

전문적인 지식이 있는 것도 아니지만 친교부를 맡은 책임을 다하는 뜻에서 나를 포함하여 늙음을 맞게 되는 분들을 위해 극히 상식적인 소견을 몇 자 적어 본다.

1. 계속 교육 : 평생교육을 통해서 변천하는 세대를 이해하고 가정과 사회에 필요한 지식을 습득 적용함으로써 여생의 건전한 자기성취를 이룰 수 있기를 바란다.

2. 역사의 산 증인 : 전통문화의 계승자로 많은 경험과 지식을 후대에게 보태주어야 할 책임이 있다. 저마다 자신의 생활을 가치 있고 즐겁고 존경 받을 만한 성실로 이끌어, 오고 오는 세대들에게 바람직한 노년을 바라보게 하는 일이다. 늙음의 의미와 노인의 가치를 스스로 익히게 해야 한다.

3. 사회와의 전적인 융화 : 모든 연령층은 저마다 서로를 필요로 하고 있다. 노인에게는 어린아이가 필요할 뿐 아니라 청·장년도 필요하다. 그 어느 편에서도 사랑을 받지 않으면 안 되는 존재들이다. 모든 접촉과 교류가 활발하게 유지될 수 있도록 서로 존중하고 사랑하며 신뢰해야 한다. 자연스럽게 리더의 역할이 양도, 계승되는 조화와 균형이 이루어져야 한다.

4. 여가를 활용해서 찾는 사회참여의 기회와 보람: 부양의식의 변화로 관심의 대상이 되지 못하고 폐품처럼 버려진 고독한 노인들을 그들 나름대로 역할을 주어 사회활동에 참여케 함으로써 스스로 살아갈 터전을 마련해 주자.

5. 노후의 건강과 안정된 생활의 보장 : 지난 20년간의 고도성장은 가족구조를 대가족에서 핵가족으로 변화시켰고, 의학의 발달로 노인인구의 증가를 가져왔다. 그러나 우리나라의 노인 복지정책은 경로효친의 전통에 기대어, 가정 내에서 그것을 해결하도록 하고 무의탁 노인만 국가에서 부양 보호하는 소극적인 정책을

펴고 있다. 이러한 현실을 감안해서 우리가 다같이 가족공동체적 책임을 절감하고 적극적인 사회보장제도를 확장 실시하는 일에 힘을 모아야 한다. 새문안교회에서도 사회복지시설을 계획하고 있으니 반갑고 감사한 일이다. 오늘의 사회를 건설하기 위해 노력해온 세대가 존경받으며 건강하고 안정된 밝은 사회에서 살아갈 수 있게 하는 것이 우리 모두의 책임이며 의무가 아닐까.

　부끄럽게 여겼던 주름투성이 얼굴이 보람 있게 돋보이는 그 날들을 기대해 본다.

(1990년 3,4월호 〈새문안〉지.)

새문안의 느티나무

새문안교회 정문을 들어서면 오른쪽에 우뚝 선 느티나무가 항상 우리를 반긴다. 1.5미터 가량 곧게 오르다 왼쪽으로 인사하듯 15도쯤 비스듬한 몸체가 튼실하다. 이리저리 곡선을 이룬 굵직한 줄기와 가지들이 교묘한 조화를 연출하고 있다. 수령이 무려 290년이나 된다니 놀라운 일이다. 높이가 16미터로 깜깜하고, 둘레도 어른의 세 아름이 넘는 거목이다. 이와 쌍벽을 이루던 또 하나의 느티나무가 10여 미터 앞에 나란히 있었으나 4년 전 교회 신관을 건축할 때 아깝게 희생되었다. 그래서 지금은 두 몫을 다한 교회의 수문장으로 고고하다. 재작년 가을, 대대적인 가지치기를 한 탓으로 앙상해진 자태가 아직은 춥고 애처롭기도 하다.

만남과 이별, 섬김과 나눔, 기쁨과 슬픔 등 희로애락을 우리와 함께해 온 느티나무여! 오늘 나는 너와 여러 얘기를 나누고 싶구나. 너도 잘 아는 김동익 목사님 생각이 난다.

1997년 9월 11일, 목사님은 한양대병원에서 암 진단을 받고 세브란스병원으로 옮겨 입원하러 떠나셨다. 쾌유를 비는 기도의 열기는 숱한 밤을 하얗게 지새우게 했었지. 수술 후 항암치료를 받앉지만 나날이 쇠퇴해져 가던 목사님, 기도의 열기는 통곡으로, 절규로 애절하게 끝나고 말았다. 1998년 4월 1일 오후 3시 30분. 4월 4일 서울노회 노회장(葬)으로 장례 예식이 끝나고, 17년간의 사역을 마치었다. 유해가 떠나던 날, 그 아픈 가슴을 내내 잊을 수가 없구나. 천명이 넘는 성도들의 오열을 느티나무, 너는 말없이 지켜보고 있었다. 벌써 7년이라는 세월이 흘렀구나.

특히 내가 새문안교회의 첫 여장로로 장립 받던 날, 불편한 몸을 목발에 의지하고 친히 집례해 주셔서 그때의 감동과 애잔함을 생각하면 사무치는 슬픔과 회한을 누를 수가 없구나.

한번은 느티나무 네가 병을 얻어 우리 발걸음을 멈추게 했다. 바로 주사를 꽂고 환부를 치료해서 다시 청춘이 되었다. 칙칙하여 짜증이 날 때면 풀잎바람이 살랑대고, 심심할 때면 새들이 와서 노래를 불러 주었지. 촐촐할 때면 한줄기 비가 와서 갈증을 채워주고, 밤이 되면 수많은 별들과 오순도순 이야기를 나누었지. 하늘과 땅의 정기를 고루 누리고 있으니 무병장수하는가 보다. 천년을 산다고 했으니……

태풍이 불고 벼락이 떨어지고 홍수가 범람해도 무수한 가지를 뻗치며 끄떡없이 지평을 넓혀 왔지 않은가. 뙤약볕이 쨍쨍 내리쬐는 여름이면 무성한 팔을 들어 오가는 사람 땀을 식혀 주었지. 뿌리를 깊이 내려 땅의 기를 빨아들이고 그 잎새로 하늘의 자양을 흡수하고 살고 있다.

역사를 거슬러 올라가면 1902년 고종 등극 40년을 기념하기 위해 이 자리에는 원각사(圓覺社)가 세워지고, 신극운동(新劇運動)의 요람이 되기도 했던 것을 너는 알고 있다. 전쟁과 국난의 질곡 속에서도 너 느티나무는 의연하게 그 자리를 지켜 주었다. 새문안교회와 함께한 나이테는 118년, 이곳을 드나드는 사람의 숫자는 가히 천문학적일 게다. 서정이 없는 삭막한 세상이라지만 수없이 많은 영혼들이 교회를 오가며 과연 너를 얼마나 의식하며 드나들었을까. 공기의 고마움을 모르고 사는 것처럼……. 갓난아기에서 어른에 이르기까지 숱한 사연을 안고, 모였다가 흩어지고 흩어졌다 다시 모이는 인생들을 너는 그저 말 없이 지켜보고 있었다.

긴 앞날에도 누가 알아주든 않든 구원(久遠)한 생명으로 그 자리를 지키라. 새문안의 수문장 느티나무여! 세월에 밀려 역사가 변하고 사람이 바뀌어도, 너를 뽑아버리지 않는 한 네 자리를 길이 지키라. 수목은 잎을 펼치고 꽃을 피우는 한, 언제나 청춘이 아니던가. 말 없는 역사의 증인이 되라. 사람이 그 소리를 듣지 못할 따름이니까.

새문안 지키며 수세기 풍미한 느티나무,
장수의 표상인가, 봉사의 화신인가.
창조자의 질서 따라 나이테 늘어가고
무성한 푸른 팔 들어 오가는 군상 반겨주누나.
인생의 한숨, 고뇌 감싸 안고
그늘 치고 뭇 영혼 달래주었다.
세상 굴레 얽매이지 않는 푸르름은 하늘 향하고
해가 가고 달이 가도 하나님 닮은 그 사랑 영원하리.

※느티나무는 우리나라에 자생하는 낙엽 활엽교목, 나무껍질은 회갈색 비늘조각에 싸이고, 잎은 어긋맞게 나고 긴 타원형, 가

장자리에는 톱니가 있으며 어린잎은 식용한다. 개화기는 4~5월, 결실기는 10월이다. 열매는 핵과(核果), 일그러진 구형(球形), 딱딱한 뒷면에 능선이 있다. 은행나무, 밤나무, 녹나무, 숙대나무, 회화나무 편백나무 등과 함께 수명이 길다.

(2005. 4. 1. 고 김동익 목사 기일에.)

여전도회의 어제를 돌아보며

나는 평양에서 출생하였다.

1950년, 6·25사변으로 피난을 내려와 대구에 정착하였다. 이산의 아픔과 고통을 모태신앙으로 극복할 수 있었던 것은 참으로 감사한 구원이었다.

1960년, 서울로 이사하여 새문안교회에 출석한 지 40년이 넘었다. 가정을 지키며 아이를 키우고, 안일한 신앙생활에 젖어, 마리아의 역할보다는 마르다의 역할에 전념하면서 자족하는 나날을 보냈다. 교회의 여러 활동에도 소극적이었다.

영락교회 친구와 함께 장로회신학대학에 부설된 '교회 여성 지도자 연구원'을 찾았다. 1980년 3월의 일이다. 주선애 교수가 교회 여성지도자 교육에 뜻을 두고 개설한 이 연구원은 2년 과정이었다. 수업은 매 월요일 오전 10시부터 오후 4시까지. 장신대 교수들과 교회 목사들로 구성된 강사진의 열강이 대단했다. 시험도 치르고, 논문도 내고, 일일수련, 인간관계 훈련 등의 프로그램이 시의(時宜) 적절했다.

그때 이수한, 김명진, 박병숙 권사들과 3기로 만나 함께 공부하였다. 졸업생은 33명. 연구원에서의 그 공부가 나에게는 크나큰 동기부여가 되었다. 저간(這間)의 이기적인 신앙을 통회하기에 이르렀고 소명의식이 트여 쓰임 받기를 간구하게 되었다.

1982년 12월 장년여전도회 총회에서 이수한 권사가 회장으로, 내가 회계로 선출되었다. 당시 회계는 여상(女商) 출신인 이용녀 권사가 10년간을 도맡아온, 누구도 맡기를 꺼려하는 직이었다. 회계장부를 인수하고 보니 막막하였다. 가계부나 정리하는 실력으론 어떻게 해야 할지 난감하였다. 고심 끝에 장승배기의 경리학원에서 두 달 동안 부기법, 회계법 등 강의를 열심히 들었다. 회계 감사는 이용실 장로로 그때의 자세한 가르침을 지금도 잊을 수 없다.

1987년 9월 27일, 새문안교회 창립 100주년을 맞아 다양한 기념행사가 진행되었다. 이수한 권사가 나더러 여성들도 역사에 남을 독자적인 행사를 추진해 보라고 권하며 재정지원까지 자청했다. 그 당시 여전도회는 4개였다. (1여회장 김수길, 2여회장 황경운, 3여회장 이정은, 4여회장 권순호) 여전도회협의회에 내 뜻을 전하고 바로 행사계획에 들어갔다. 100주년 기념행사 때뿐 아니라 해마다 교회 창립기념일을 전후해서 여성강사 초청의 세미나를 개최하기로 결의, 금년으로 15회째가 된다.

제목은 '새문안교회 창립 100주년 기념 여성 세미나'였고, "예수 그리스도는 어제나 오늘이나 영원토록 동일하시니라(히 13:8)"라는 표어 아래 주제는 '선교 2세기를 향한 여성의 신앙'으로 정했다. 새문안교회 여전도회 협의회 주최로 1987년 12월 8일(금) 10:00 ~ 16:00시에 새문안교회 본당에서 열린 이 세미나의 개회예배 강사는 장신대 이광순 교수, 패널토의 강사는 서울여대 정구영 학장(주제 '여성과 교육'), 여성교역자회 전국연합회 김화자 총무(주제 : 민주화와 신앙), 한국아동복지회 황화자 총무(주제 : 선교현장 활동에 관한 봉사)였다.

본당을 가득 메운 가운데 이 세미나는 성대하고 화려하게 개최되었다. 열띤 분위기 속에 질문하고 대답하고 토론하는, 기대 이상의 성황을 이루었다. 한 권사의 마음을 움직여서 새 사업을 가능케 해 주신 하나님의 은혜에 감사할 뿐이었다. 여성 성도들에게 비전을 심어주고 격려해 주신 이수한 권사의 귀한 헌신을 잊을 수가 없다. 그 후에도 그는 계속해서 후원을 아끼지 않고 있다.

84년 전 새문안교회에 여전도회가 조직된 이래 그 주된 사업은 개척교회를 지원하는 일이었다. 개척교회 설립 기금은 주로 바자회를 통해서 마련했다. 기금이 모아지면 교회를 개척하고 지원하는 전통이 지금껏 이어지고 있다.

1993년 내가 1여전도회와 협의회 회장을 겸직 봉사하고 있을 때 영암 성산교회(남성함 목사 시무)에서 건축 지원 청원이 있었다. 청원금액은 4,500만원(교회건물 54평, 사택 25평, 화장실). 여전도회협의회에 조성된 기금은 절반이 좀 넘는 2,500만원이 있었다. 2월 17일 현지 답사를 끝내고 바로 1여회장 황경운, 2여회장 김혜원, 3여회장 남양희, 4여회장 김경자 등이 협의, 당회의 승인을 받았다. 5월 27일 김진식 목사를 비롯하여 협의회 임원, 제직회 선교부 여러분이 참석하여 기공예배를 드렸다. 남녘 땅 끝, 전남 영암읍까지 오가는 데 12시간 걸리는 길을 피곤을 잊은 채 달려갔었다.

지원 헌금이 각 여전도회로 답지하였다. 벽돌 한 장, 시멘트 한 포대라도 감당하겠다고 성금을 보내왔다. 김홍련 권사는 내 집을 짓기 전에 하나님 전을 먼저 지어야 한다며 적금한 500만원을 몽땅 내놓았다. 명정자 권사는 건축헌금 외에 강대상 일체를 부담해 주었다. 연탄 한 장 쌀 한 톨을 아껴서 푼푼이 모은 쌈짓돈을, 자녀들이 건네 준 용돈을, 기꺼이 협력해 주었다. 여전도회 회원 모두가 혼연일체가 되어 지원을 아끼지 않았다. 총 지원금은 3,700여 만원.

드디어 10월 18일 김동익 목사 참석 아래 신축된 예배당에서 감격적인 봉헌예배를 드렸다. 드디어 해내었다는 성취감에 가슴이 뭉클하였다. 의자가 없어 가마니를 깔고 예배를 드려야 했다. 왜 의자를 생각 못했을까 하는 안타까운 마음이 들었다. 커튼과 방석까지 준비해갈 정도로 세밀하게 배려했었는데……. 돌아와서 다시 협의를 거쳐 장의자 20개 대금 400만원을 즉시 송금하였다. 사람을 통해서 역사하시는 하나님의 섭리와 여호와 이레의 감사 감격 속에 시간의 흐름을 잊은 채 봉사한 한 해였다.

(3남선교회 발행 〈새문안에서 땅 끝까지〉에 2001년 기고한 글.)

잊을 수 없는 사람

이야기는 아스라이 잊혀져 가는, 아니 잊고 싶어지는 암울했던 시절로 거슬러 올라갑니다. 1950년대 춥고 배고프고 어려웠던 피난시절, 대구는 나의 20대를 고스란히 불사른 제2의 고향이지요. 대구하면 다 아는 바 겨울은 유난히도 춥고 여름이면 그 견딜 수 없는 더위와 열대야 현상으로 밤잠을 설치는 고장입니다. 사람들은 완고하고 배타적인 기질이 강해서 외지에서 어쩔 수 없이 몰려든 실향민들은 발을 붙이기 힘든 분위기였습니다. 그러나 신앙적인 면에서는 어느 누구도 따를 수 없는 열렬한 곳이기도 했습니다. 노숙해가며 연명해야 했던 피난민들에게 종교계의 지도자들이 손수 나서서 활력을 불어넣어 주었습니다. 크고 작은 집회를 열어서 소망과 인내를 배우게 한 곳이었지요.

나도 그 피난민 중의 한 사람이었습니다. 6·25사변이 막바지에 이르렀을 때 후퇴하는 전열을 따라서 피난을 가야 했습니다. 일단 젊은이들만이라도 시골로 소개했다가 전세가 호전되면 집으로 돌아가리라 하고 집을 나섰습니다. 1950년 12월 1일, 살을 에는 추위였습니다. 전세는 불리해지고 웬걸, 후퇴를 거듭했습니다. 서울에서 밀려서 남으로, 남으로, 평양과의 거리는 점점 멀어져만 갔습니다. 12월 20일 대구에 도착하기까지 북녘 땅을 뒤돌아보며 떨어지지 않는 발걸음을 옮겨야 했습니다. 상상조차 할 수 없는 처절한 피난길이었습니다. 큰오라버니가 대구에 사셨기에 쉽게 정착이 되어갔으나 심신의 고통을 이기지 못해 쓰러졌습니다. 병원에 입원하는 신세가 되었습니다. 난생 처음으로 집을 떠나온 데다 설상가상으로 병도 중하여 암담한 절망의 나락에서 헤어날 수가 없었습니다.

"이럴 바엔 차라리 집에서 떠나오지 말아야 했어."

가슴을 치며 밤마다 베개를 적셨습니다. 모태신앙이라고 하지만 견디기 힘들었습니다.

여러 달 동안 외로운 투병생활이 계속되었습니다. 입원해 있던 병원은 기독병원이었습니다. 의사, 간호사, 원목과 전도사의 따뜻한 기도와 보살핌 속에 차차 회복이 되어갔습니다. 주일 새벽을 깨워주던 찬양은 마음의 큰 위로와 평안을 되찾아 주었습니다. 오빠가 가져다준 '천로역정'을 읽고 또 읽었습니다. 소망도 기쁨도 없이 방황하던 심령을 주님은 포근히 감싸안아 주셨습니다.

건강을 회복하고 학업을 계속하게 되었을 때 우리 교회에 부임해 오신 젊은 목사님, 강직하고 패기 넘치는 전형적인 경상도 분이셨습니다. 어렵던 전후시대, 열악한 환경 속에서 공부하는 우리들에게 "실망은 희망을 낳습니다. 실망은 우리를 희망으로 내쫓기 위한 하나님의 은혜입니다." 경상도 특유의 억양으로 가슴 속까지 쩌렁쩌렁 울려 주는 설교였습니다. 일본의 우찌무라 간죠 목사의 말을 자주 인용하였습니다. "감사는 은혜에 대한 마땅한 응답이며, 마땅한 응답이 감사이다. 만일 하나님이 인간을 저주

한다면 그것은 질병이나 죽음으로 저주하는 것이 아니라 감사하는 마음이 생기지 않는 메마른 마음을 통해서이다"라고 하셨습니다. 우리를 깊은 신앙의 경지에까지 이르게 하셨습니다. 격의 없이 한 심령 한 심령을 사랑해 주셨습니다. 마음을 열고 어떤 상담에도 기꺼이 응해 주셨고 이끌어 주셨습니다. 한편, 훈련과 연단은 매섭고 지독하였습니다. 예리하게 찌르고 눈물로 무릎 꿇게 했습니다. 우리는 목사님을 존경하며 따랐습니다. 말씀에 순종하였습니다. 교회에도 빠지지 않고 열심히 나갔습니다.

어느 주일 저녁 찬양예배 시간이었습니다.

"이 찬송 부른 후에 황경운 자매 기도해 주십시오."

뜻밖에도 목사님은 나를 지명해서 기도를 시켰습니다. 가슴은 쾅쾅 떨려왔습니다. 찬송가도 부르는 둥 마는 둥 가까스로 진정시키고 기도를 드렸습니다. 처음 해보는 대중기도였습니다. 실수라도 하지 않았나, 부끄러워 얼굴을 들 수가 없었습니다. 그 후 몇 달 동안은 대표기도가 끝나기를 기다렸다가 뒷자리에 슬며시 비집고 앉아서 예배를 드렸습니다. 그러나 마음은 괴로웠습니다. 경건한 예배시간에 기도시킬 것이 두려워 꾀를 부리다니, 졸렬한 꾸밈새를 뉘우치게 되었습니다. 제시간에 예배를 드리자 작심했습니다. 용케 알아보신 목사님은 나에게 기도를 시키셨습니다. 나의 기도훈련은 이렇게 이어졌습니다. 원망 어린 투로 항의(?)해 보았습니다. 떨지 않고 기도하는 법을 가르쳐 주셨습니다. 목사님 자신도 신학생 시절부터 뒷산에 오르셔서 큰 소리로 설교 연습을 수없이 하셨더랍니다. 훈련과 연습이 필요하다고 했습니다. 일단, 단 위에 올라서서 나에게 향하는 시선을 의식하면 떨리고 아찔해진다고 했습니다. 돌덩이로 여기라고 했지요. 예나 지금이

나 대중 앞에 서서 기도를 드릴 때면 떨리기는 마찬가지이지만 그
때 목사님의 가르침과 연단을 언제나 감사하면서 용기와 힘을 얻
곤 합니다.

어려웠던 시절 한국을 자주 찾아온 빌리 그레함 목사, 계성학교
뜰에서 군용 천막을 치고 집회를 자주 열어주었지요. 빠짐없이
참석해서 위로와 희망을 얻었습니다. 해마다 열리는 부활절 새벽
집회는 신명학교 교정이 차고 넘쳤습니다. 천막 교실에서 상영해
주던 종교영화를 보며, 나 같은 죄인 위하여 십자가에 달리시는
예수님 모습을 보며 한없이 눈물을 흘렸습니다. 성탄절 전날 교인
집을 돌며 날이 새도록 목청껏 크리스마스 캐럴을 부르던 시절이
그리워집니다. 이렇게 우리의 신앙생활을 보살펴 주시던 고마운
목사님, 지금 미국에서 목회하고 계실 목사님을 떠올려 봅니다.

어려웠던 그 시절 우리들에게 심겨진 복음의 씨가 결실이 되어
지금 각 교회에 흩어져서 유능한 봉사자로 사역을 감당하고 있습
니다. 그때의 뜨거웠던 열기와 연단이 전쟁의 아픔과 서러움을
딛고 우리의 믿음을 영글게 해 주었습니다. 결코 잊을 수 없는 윤
철주 목사님.

(1953.)

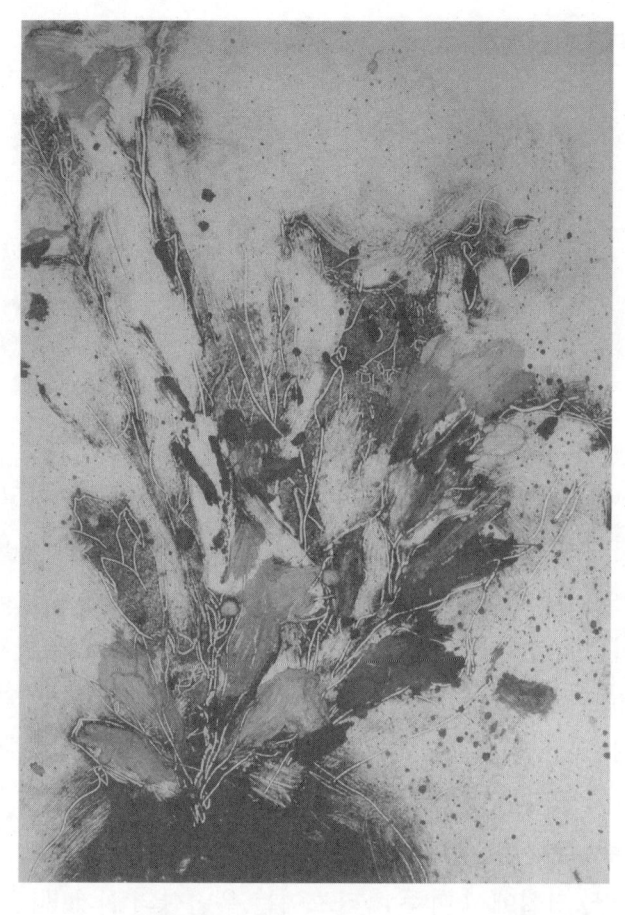

문학의 향기

우면산

이른 새벽부터 산을 오르는 사람들이 하얗게 줄을 잇고 있다. 어제 내린 비로 촉촉해진 흙을 밟으며 나는 모처럼 산에 올랐다. 우면산이란 소가 졸고 있는, 또는 잠들어 있는 모습이라 해서 붙여진 이름이다. 서울 서초구와 과천시 하동의 경계에 위치한 해발 293m, 접근하기 쉬운 산이다. 약수터가 많고 대성사와 산 북쪽 편에 1987년 개관한 '예술의 전당'이 자리 잡고 있다. 도심에 이런 산이 있다는 것이 얼마나 다행인지 모른다.

단독주택에서만 살다가 이곳 아파트로 이사를 온 것도 산이 좋아서였다. 거실에서 마주 바라보이는 우면산의 사계(四季). 새싹이 나고 꽃이 피고 아지랑이 피어오르는 봄, 연두의 산등성이가 짙푸른 녹음으로 바뀌는 여름, 울긋불긋 단풍이 우는 가을, 앙상한 나목에 눈꽃이 피는 겨울의 절경은 그대로 비발디의 '사계'라 할까. 그림 같은 풍경화로 연출된 그 경관을 어찌 다 필설로 표현할 수 있으랴.

내가 즐겨 오르는 범바위 약수터는 가파르긴 해도 600m 정도의 가까운 거리다. 남부순환도로를 가로질러 약수터 길로 접어들면 초입부터 하늘을 찌를 듯 울창한 잣나무 숲이 선뜻 나를 반겨준다. '미래목 군락'으로 지정되어 있는, 나의 단골 등산로이다. 2~3분 오르다 보면 질주하는 차의 소음이 산자락에 묻혀 사라져버린다. 상큼한 숲에 묻힌 가파른 길을 오르다 보면 울퉁불퉁한 돌에 발길이 채이기 일쑤다. 천천히 걸어가도 숨이 차고 땀이 솟아 나온다. 심호흡을 하며 폐부에까지 맑은 공기를 들이마신다. 중간에 벤치에 앉는다. 둥근 나무숲을 메운 싱그러운 향기가 상쾌하다. 무거운 정적이 세상의 잡념을 잊게 한다. 생각이 번잡할 때 나는 모든 일 제쳐두고 곧잘 산을 찾는다. 8년 간 익혀온 산길이다. 어머니의 품같이 삶의 고뇌를 잔잔히 어루만져준다.

등산길 양쪽, 야트막한 통나무 울타리 안에는 해묵은 낙엽의 쿠션 위에 갓 돋아난 풀들이 파랗게 하늘거린다. 벌목되어진 고목들이 군데군데 모아져 쌓여있다. 6년 전에 곧고 실한 잣나무들에 칠했던 노란 표시가 아직도 선명한데 어느새 훌쩍 자라버렸다. 그 나무 아래 보안등이 서게 되었으니……. 밤나무, 떡갈나무, 졸참나무, 상수리나무, 느티나무, 물박달나무, 아까시나무 등 수십 종의 나무가 저마다의 자태를 자랑하며 빽빽하게 에워싸고 있다. 까치가 적막을 깨고 나래를 친다. 족제비가 울타리 넘어 올라간다. 군데군데 수령이 꽤 되어 보이는 밤나무들이 의젓하다. 밤은 뉘 차지가 되었는지 빈 밤송이만 수북수북 쌓여있다. 도토리를 까먹고 있는 다람쥐들이 귀엽다. 까치도 다람쥐도 사람을 두려워하지 않는다. 천천히 가파른 돌길을 더 오르면 6각의 정자가 있다. 여기서 왼쪽 오솔길을 타면 범바위 약수터다.

하늘이 탁 트인 곳에 배드민턴 네트가 쳐져있다. 운동기구와 벤치가 즐비하게 널려있다. 전에 보지 못하던 평상 두 개가 편안히 놓여있다. 우면산에 쓰러진 나무를 이용해서 만들어진 의자가 여러 개 있었다. 야생화가 앙증스레 여기저기 피어있다. 우면산에는 계곡마다 옹달샘이 있어, 약수터가 여기 말고도 여덟 군데나 된다. 그러나 물통을 지고 들고 나르던 긴 행렬은 이제 사라졌다. 수질이 오염되어 식수로는 부적합 판결이 내려졌기 때문이다. 이를 증명이나 해주듯 '쓰레기 버리지 말기' '동물 동반 입산 금지' '물 끓여 마시기' 등등의 플래카드가 나부끼고 있다. 안타까운 일이다. 15층짜리 고급빌라가 순환도로에 인접해 올라가고, 길 너머에도 아파트가 재건축된다. 우리 거실의 풍경화 시계(視界)도 좁아지겠지. 우울한 현실이다. 그래도 많은 사람들이 함께 살아야 하니 그럴수록 아껴야 할 자연이 아닌가. 이를 위해 담당 요원들이 오늘도 땀 흘려 수고하고 있다.

한여름의 푸르름은 이제 스산한 바람에 밀려 사그라지고 있다. 노랗게 물들기 시작하는 잎들을 바라보며 자연의 신비를 읽는다. 싹이 움트고, 연두·초록·개화를 거쳐, 무성한 녹음을 이루고, 타는 가뭄과 거센 비바람을 뿌리로 견디고, 마침내 황금열매를 구가하는 초목들. 그 연륜 속에 묵묵히 자신을 감추고 때를 기다려 회귀하는 그 순리를 뉘라서 막을 수 있으랴. 자연은 위대한 스승이다. 말 없는 가르침으로 사람들을 일깨운다.

많은 등산객이 오르고 또 내려간다. 나도 삽상(颯爽)한 공기 속에서 몸과 마음의 호사를 한껏 누리고 발길을 돌린다. 내가 산을 오를 때 정자에서 한판을 벌이고 있었던 남정네들은 아직도 끝날 기미가 보이지 않는다. 함성과 웃음소리가 호쾌한 여운을 남긴다. 싱글벙글 구경하는 이, 등을 지고 누워있는 이, 정자는 초만원이다. 산은 오르는 사람들의 차지, 서로를 친근하게 묶어 주는 마력을 지녔나 보다. 저들의 웃음소리를 뒤로하며 나도 즐거워한다.

앞서 내려가던 부부가 발을 멈추어 섰다. 나도 주춤했다. 꿩이 놀라 후드득 한 마리는 왼쪽으로, 다른 한 마리는 오른쪽으로 날아간다.

자연과 '더불어' 공존하는 아름다움이여!

(2002. 9. 30.)

단풍을 보며

단풍의 계절이다. 갖가지 빛깔로 물든 단풍은 나무보다 더 큰 생명의 모태를 영접하는 몸치장이라고 찬양하는 이도 있다. 나는 한 잎 두 잎 흩날리는 은행잎이나 단풍잎 등을 정성스레 닦아 책갈피에 꽂는다. 가을이면 내가 빼놓을 수 없는 서정이다.

계절은 정연하게 꽃을 피우고 열매를 익히고, 스스로 옷을 갈아입는다. 맡은 일을 끝내고 곱게 갈 채비를 한다. 그 겸허한 순종을 나는 좋아한다. 버버리코트의 깃을 올리고 호주머니에 두 손을 넣은 채 광화문 은행나무 길을 느릿느릿 거닐며 교회를 드나든다.

올해의 단풍은 유독 아름답다. 늦서리 맞은 단풍 빛깔이 꽃보다 아름답고 화사하다. 얼마 전까지만 해도 미화원들은 낙엽을 싹싹 쓸어버리더니 이제는 한참 그대로 둔다. 가로수 길, 골목 길 등의 낙엽을 우정 밟으며 걷는 그 정취……

오래 전, 런던에 갔을 때 낙엽이 수북한 보도를 거닐며 노스탤지어에 흠뻑 젖었던 일이 생각난다. 캐나다에는 두 번 다녀왔지만 단풍 구경은 못했다. 팬케이크와 메이플시럽의 절묘한 맛이 아침 식탁을 즐겁게 해주었었지. 캐나다는 단풍나무가 크게 대접 받는 나라다. 설탕단풍나무는 길이가 무려 사십여 미터의 거목으로 목재로는 물론 거기서 나는 시럽도 국부(國富)에 크게 기여한 터라 국기에 그 잎을 새길 정도니 말이다.

전에 살았던 논현동 집 뜰에도 단풍나무가 두 그루 있었다. 하나는 밋밋하고 우람했지만 다른 하나는 발레리나를 연상케 했다. 머리 몸체, 팔, 다리, 짧은 치마 등 전정(剪定)이 절묘했다. 정원사의 기발한 안목이었다. 단풍나무 열매는 길이가 일 센티미터 정도 되는데 두 개의 타원형 날개가 붙어있어 프로펠러처럼 빙글빙글 돌면서 떨어졌다. 용케 주위에 새싹을 틔워 제법 실하게 자라서 이웃에게 나눠주기도 했다. 박병숙 권사의 농장에서 얻어온 담쟁이도 긴 담을 단단히 에워싸고 위풍이 당당했었지. 울긋불긋 단풍이 들 때면 나에게 안방 창가를 사뭇 지키게 했다. 그 무렵 겨울을 재촉하는 비는 왜 그리도 매정한지. 자고 나면 낙엽을 수북이 쌓아 두기 일쑤였다. 아쉬운 대로 가을걷이, 겨울채비에 바빴었다. 나무들을 짚으로 싸고 고깔을 씌우는 작업도 큰 행사였다. 그렇게 13년 동안이나 정들었던 집을 떠나온 지도 10년이 넘었다. 넓지 않은 뜰이었지만 모과 감 등의 결실을 따며 농부의 기쁨도 맛보았다.

가을은 또한 축복 받는 계절이다. 이른 비, 늦은 비를 기다리며 땀 흘려 수고한 결실이 있기 때문이다. 그것이 어찌 농사에만 국한되랴. 우리네 인생살이도 기쁨으로 단을 거두기도 하고 그렇지 못할 때도 있다. 누구에게나 열매는 있다. 심은 대로 거둔다는 진리가 항상 우리를 숙연하게 하고 있지 않은가. 과욕으로 혹은 시행착오로 쓴 잔을 마시게 되었다면 낙엽에게 그 겸손을 배우자. 떨어져가는 나뭇잎은 영원하지 않은 인간의 생명을 새삼스럽게 깨우쳐주고 있다. 불행도 불만도 없이 제갈 길 굴러가는 자세가 얼마나 아름다운가.

어제의 그리움과 아쉬움을 접을 수 있는 사색의 계절이다. 정직하고 숨김 없는 자연의 순리를 따라 새로운 무지개 꿈으로 미래를 엮어 나가자.

달력이 한 장 외로이 남았다. 나뭇잎이 떨어져 나간 앙상한 나무 같다. 무엇인가 나도 상실감 같은 것을 느낀다. 늦기 전에 가는 해를 마무리 짓고 오는 해를 맞아야지.

미지의 갈망 위에 단풍처럼 빨간 정열을 수놓아 보았으면.

(2004. 12. 7.)

건망증

주일 오전 11시 30분에 시작되는 새문안교회 3부 예배시간이었다. 장로님의 대표기도에 따라 나도 기도를 드리고 있었다. 그러다가 가정을 위한 기도 대목에서 나는 소스라치게 놀랐다. 가슴이 마구 방망이질했다. 예배시간이었지만 더 이상 앉아 있을 수가 없었다.

이른 새벽 가스레인지 위에 양지머리를 앉히고 온 냄비에 생각이 미친 것이다. 교회 올 때 그 불을 분명 끄고 나왔어야 하는데 내가 그걸 껐던가, 안 끈 채 그냥 나왔던가…….

그게 알딸딸해진 나는 마음 속으로 자신을 달랬다.

틀림없이 껐을 거야, 내가 누구인데 그걸 안 끄고 나왔겠어?

그렇게 희망사항을 굳히려고 했으나 그 옛날 큰일을 저질렀던 게 떠올라 마음은 더욱 불안해졌다.

바로 그 냄비에 얽힌, 그냥 웃어넘길 수 없는 사건이었다. 1986년 12월, 대물림하며 쓸 거라고 독일제 냄비 세트를 삼촌네와 함께 구입했었다. 큰 냄비에 사골을 고다가 잘 시간이 되어 가스레인지를 끄고 잠이 들었다. 다음날 아침, 깨어 보니 집안에 연기가 자옥했다. 질식할 것 같았다. 고약한 냄새까지 진동했다. 쿨룩거리며 식구들은 문 열기에 바빴다. 나는 얼른 부엌으로 달려갔다. 냄비가 뻘겋게 달아올라 검은 연기를 풀풀 내뿜고 있었다. 달려가 스위치부터 껐다.

어쩌다 이런 일이? 쥐구멍에라도 들어가고픈, 비참한 심정이었다. 대물림할 냄비가 바로 결딴난 것 아닌가. 부들부들 떨렸다. 잔뜩 주눅이 든 채 냄비를 닦기 시작했다. 검정이 벗겨지자 속은 말짱했다.

비싼 값을 해 주는구나……. 식구들에게 그래도 체면이 좀 섰다. 며칠 동안 양파를 넣어 냄새 제거작업을 했지만 구석구석에 밴 그것은 쉽게 가시지 않았다. 마찬가지로 구겨진 마음의 주름 역시 건망증 탓으로 쉽게 돌려버릴 수는 없었다.

나는 급히 택시를 탔다. 주일이라 차가 잘 빠져서 15분 만에 집에 도착했다. 가스레인지는 그 옛날처럼 켜져 있었다. 황급히 냄비 뚜껑을 열어젖혔다. 잘박잘박 거의 졸아드는 참이었다. 5중 바닥의 냄비 덕을 톡톡히 본 셈이다.

건망증은 왜 일어나는 것일까. 건망증은 뇌 세포 현상이라 한다. 사람의 뇌 세포는 약 160억 개나 되는데 서너 살 때부터 발달하기 시작해서 여섯 살이 되면 완성이 되고, 서른이 넘으면 감퇴하기 시작해서 점차 기억력이 깜박 깜박 해진다고 했다. 어쩔 수 없는 생리현상이지만 당혹스럽기 이를 데 없는 일이다.

내 주위에 건망증에 시달리는 친구들이 늘어간다. 웬만큼 나이가 들었으니 그러려니 하면서도 나는 그것을 남의 일로만 여겨왔다. 매사 빈틈 없다는 평으로 통하던 내가 친구들을 2시간이나 기다리게 하는 일이 생겼다. 다섯이 모이는데 날짜와 시간, 장소가 자주 바뀌어 한 항을 잊어버린 것이다. 처음 실수이긴 하지만 아무래도 꺼림칙하다. 메모까지 해 두었던 일인데……

어느 날인가 은행에 가야 하는데 통장 세 개가 몽땅 없어졌다. 통장에 발이 달렸나, 귀신이 곡할 노릇이군. 신경이 곤두서서 일이 손에 잡히지 않았다.

"나도 별 수 없는 걸."

짜증이 치밀었지만 며칠을 두고 진땀만 뺐다. 분실신고를 할 수밖에 없다는 체념이 왔다. 체념이 살이 된 여러 달 후, 뜬금없이, 당시 손님도 오고 경황이 없어 통장을 보관함에 넣지 못하고 성경 주석 책 속에 찔러 넣은 생각이 떠올랐다. 잃었던 보석을 찾은 기분이었지만 한편으론 긴 한숨이 토해졌다.

오늘 아침에도 변이 생겼다. 내 핸드백 속에 있어야 할 수첩이 없어진 것이다. 아침이면 꼭 살피는 수첩, 모든 메모가 거기 담겨 있어 어찌할 바를 몰랐다. 이 방 저 방 다 다니며 법석을 떨었다. 남편은 교회 갈 채비를 하고 기다리고 있었다. 먼저 가랄밖에. 행여 아줌마가 버리지나 않았나 해서 쓰레기 하치장으로 내려갔다. 남편도 뒤따라 내려왔지만 "이 해도 며칠 안 남았으니 체념하자" 마음을 달래며 코트를 입었다.

"여보! 여기 있어, 이거지?"

남편이 소리쳤다. 회색 수첩! E메일 주소를 적는다고 컴퓨터 키보드 옆에 놓아두었던 것을 깜빡한 것이다. 교회로 향하는 발걸음이 날아갈 듯 가벼웠다.

대체로 전화번호, 이름, 약속 같은 것을 쉽게 잊어버리지만 이를 건망증이라 생각하지 말라는 주장이 있다. 뇌 세포는 감퇴하는데 처리해야 할 정보가 많아서 뇌를 혹사시키지 못하도록 그것을 차단하는 수단으로, 단기적인 기억장애나 한참 뒤에 생각나게 하는 등의 현상이 나타난다는 것이다. 일회적이거나 노화에 따른 자연스런 기억력 감퇴일 뿐 병은 아니라고 한다.

나는 건망증을 실수로 치부하고 싶다. 늙음을 받아들이고 싶지 않는 오기여도 좋다. 누구나 원해서 늙는 사람은 없을 것이다. 세월의 무게만큼 인생 여정에서 겪은 애환이 폐부에 사무쳐도 설운 줄도 모르고 달려온 삶이 아니었던가. 잠시 잠깐의 망각도 축복으로 돌리고 싶다. 잊는다는 것도 실은 편리하고 고마울 때가 더 많았으니 말이다.

일에 대한 의욕을 잃지 않는 한, 규칙적인 운동과 식사, 충분한 수면, 머리를 쓰는 다양한 취미생활, 그리고 필요할 때마다 메모를 잊지 않는 습관 등, 되도록 복잡한 생각일랑 접고 아이들처럼 단순하게 살아가는 것이 건망증을 극복하는 길이 아닌가 한다.

(2004. 12. 26.)

엇갈린 희비

전화 벨소리가 아침을 깨운다. 이른 시간에 누구? 급한 전화일까? 그이가 건네주는 수화기의 목소리.

"내다."

LA에 살고 있는 친구다.

반가웠다. 나와 동갑내기, 순 대구 토박이, 짤막한 키에 정이 넘치는 아이. 딸 셋을 둔 엄마다. 두 딸은 이미 결혼을 하였고, 62년생, 호랑이띠인 가운데 딸애는 뉴욕에서 화가로 활동하고 있다. 미혼이던 그 애가 드디어 결혼을 하게 되었다고 한다. 반가워서 "잘 되었다. 축하해" 몇 번이나 되뇌었다.

우리는 사실 얼마나 그 애의 결혼을 고대했는지 모른다. 파란 눈이어서 반대를 했지만 엄마가 가고 없을 때를 생각하며 어쩔 수 없이 허락을 하였다고 한다. 건축가인 청년은 기독교인, 그래서 허락도 쉽게 내렸다 한다. 내 친구 그녀도 장로이다. 결혼식에 꼭 갈 수 있기를……

친구 이정원(李貞媛)과 나는 반 세기가 넘는 지기, 서로 자존심이 강해서 처음 사귈 때 무척 힘들었던 사이이다. 그만큼 속속들이 모든 걸 잘 알고 지내는 친구이다. 팔 남매의 넷째 딸, "완아 완 아-이"로 불렸다. '정원'의 '원'이 '완'으로 바뀐 애칭이었다. 홀 어머니가 무척 사랑하는 딸이었다. 그녀는 나보다 앞서 결혼을 했다. '배불뚝이'로 내 결혼식에 참석했었다. 신혼여행을 떠나려 는데 꺼이꺼이 통곡을 해서 당황했었다. 그녀가 첫딸을 낳을 때 호된 진통을 앓았다 한다. 얼마나 힘들었으면 그녀 어머니에게 "엄마! 경운이 시집가지 말라고 해" 하고 말했단다.

젊은 남동생이 간암으로 사경을 헤맬 때, 어머니 노환에 대한 간병이 소홀해진 것을 못내 아파한 그녀였다. 나도 덩달아 마음 이 아렸다. 결국 줄 상(喪)을 당했다. 그녀의 애곡(哀哭)하는 소리 가 메아리 되어 가슴에 번져 왔다.

1976년 그녀는 미국 LA로 이민을 갔다. 일본과 동남아 등지를 내왕하며 사업을 한 남편은 이목구비가 수려한 멋쟁이였다. 어느 날 올망졸망한 딸 셋을 앞세우고 한국을 훌훌 떠나버렸다. 그들 을 배웅하며 나는 가슴으로 꺼이꺼이 울었다. 언제 다시 만날 거 나. 신혼여행 떠나는 나를 붙들고 울었던 그녀처럼.

내 친구는 1995년, 남편을 저 세상으로 먼저 떠나보냈다. 내가 LA 큰아들 집에 가 있을 때였다. 앓고 있다는 소식을 듣고 문병 하려 했지만 여의치 못해 지금껏 한으로 남아 있다. 일본을 자주 내왕할 때 우리 둘째아들 장난감을 잔뜩 사다 준 너그러운 분이 었는데…….

둘째딸 강은주는 어릴 때부터 영특했다. 언니에게 눌리고 동생 에게 밀리는 샌드위치였지만 항상 명랑하고 솔직했다. 양보도 잘 했다. 동생이 먼저 결혼하는 것까지도. 마음 상해 울면서도 달래 주면 금세 쌩긋거렸다. 내가 논현동에 살 때 세 딸이 번갈아 우리 집을 다녀간 일이 있었다. 한국 민속촌, 유원지 등을 다니며 사진을 흠뻑 찍는 기쁨을 나누었다. 까무잡잡한 언니나 동생처럼 눈에 띈 미모는 아니지만 살결이 희고 고왔다. 내가 없는 사이에 집을 떠나며 남긴 메모는 딸이 없는 내게 유다른 정감을 느끼게 했다.

한번은 경상도 특유의 억양으로 "무슨 그림을 좋아하십니껴" 하고 물었다. 나는 꽃이라 했다. 얼마 후 친구 편에 그림을 보내왔다. 하나는 남편을 위한 새 그림, 다른 하나는 나를 위한 꽃 그림. 예쁘게 표구를 해서 거실에 걸었다. 다른 그림들은 분위기 따라 더러 바꾸기도 했지만 그 그림은 그대로 자리를 지키고 있다.

며칠 전 또 전화가 왔다. "내다." 탁 가라앉은 친구의 목소리였다. 대구에 사는 셋째언니가 의식불명이라 했다. 희비가 엇갈리는 세상이다. 그 언니는 아들 넷을 다 성혼시키고 홀로 살고 있었다. 새벽기도 간다고 나서다 쓰러졌다는 것이다. 아들들의 아침 문안 전화를 받지 않았지만 아이들은 그저 교회 갔으려니 했다. 저녁에도 연락이 안 되어 달려갔을 때는 이미 전신이 마비된 상태였다. 그때부터 괴로운 투병생활이 시작된 것이다. 작년에 친구는 소식을 듣자마자 달려왔었다. 그녀 자신도 썩 건강하지 못한 터라, 간병에 지쳐서 갈 때는 나도 만나지 않고 허겁지겁 떠나버렸다. 어머니를 모시고 살던 목사 아들 내외가 교회행사로 며칠간 집을 비운 사이 양로시설에 가 있었다는데, 가볍게 넘어진 것이 의식을 잃고 말았다고, 그녀는 울고 있었다. 나도 위로할 말을 잊고 있었다. 잠시 침묵이 흘렀다. 이윽고 말문을 열고 둘째딸의 결혼일자를 알려준다. 10월 18일 토요일 오후 3시, LA. 미국인 교회.

늦깎이 신부이지만 짝을 찾은 그녀, 한국인이 아니면 어떤가,

이 열린 세상에…….

"은주야! 정말 축하한다. 행복하여라."

혼잣말로 가만히 손을 모은다. 벽에 걸린 그 그림에 그녀 얼굴이 오버랩되어 다가왔다. "결혼식에 꼭 참석할게." 웨딩드레스를 입은 그녀를 상상하며 마음은 벌써 로스앤젤레스로 달려가고 있었다.

(2003. 6. 9.)

옥탑방(屋塔房)

숨 가쁘게 달려온 삶, 어느새 은퇴라는 말에 손사래를 쳤다. 나는 앞으로 무엇을 더 할 수 있을까? 무게를 실을 수 있는 일이 무엇일까? 세월의 무게 앞에 존재의 무게가 점점 가벼워짐을 절감한다. 꼬리를 무는 상념으로 잠을 설칠 때가 많아진다. 즈믄해를 맞을 때만 해도 전혀 무심했는데…….

행운의 손짓은 2000년에 접어들면서 찾아왔다. 새문안교회 교육3부에 '기독교 문예창작교실'이 개설된 것이다. 문학소녀의 꿈을 달래며 평소 일기를 써왔던 나는 귀가 솔깃해졌다. 홍보가 잘 되지 않아서인지 모인 사람이 기껏 10명 정도였다. 그래도 나는 빠지지 않았다. 지도를 담당해 주신 분은 본 교회 집사인 소설가 오인문교수, 무보수로 봉사하신다. 여름과 겨울에는 방학도 있다.

마음을 다잡고 보니 좀 급해졌다. 글쓰기에 연연했던 나는 성이 차지 않아 같은 해 5월 27일 가까운 문화센터의 수필창작반의 문을 두드렸다. 거기도 수강생이 10명 안팎이었다. 2002년 11월 '한국문인'지(誌)를 통해 등단하기까지 교회와 문화센터를 오가며 습작에 열중했다. 무슨 일이든 시작을 하면 끝을 보아야 직성이 풀리는 나는 거의 이 일에 빠져있었다. 그러나 2003년 5월 20일 문화센터 사정으로 강좌가 폐강되었다.

갈 길이 막막하였다. 그때 뜻밖에 같은 반 멤버였던 K 문우가 그녀 집 옥탑 방을 기꺼이 문화교실로 내어주었다. 2003년 6월 3일, 〈문학의 향기〉란 간판을 내걸고 속강이 되었다. 좌장은 그대로 C 선생님. 테이블과 의자, 약간의 비품들이 갖추어졌다. 청소, 환기, 실온조절 등 K 문우의 세심한 배려로 주 1회 워크숍이 이루어졌다. 비가 오나 눈이 오나 쉴 줄 모르는 회동은 현재까지 계속되고 있다. 우리는 하나같이 수필 연찬에 폭 빠지게 되었다. 그럭저럭 3년이 되어온다. 청일점인 우리 좌장은 그래서 사뭇 꽃밭에 묻힌 셈이다. 안색이 밝아지고 음성도 더 맑아진 것 같다.

우리의 워크숍은 느긋한 면이 있다. 문학은 말할 것도 없지만, 때로는 체험적 인생을 논하고 철학도 건드려 보고 역사, 종교, 시사, 웰빙에 이르기까지 다양하다. 문학을 사랑하고 수필을 쓴다는 공통분모가 지남철이 되어 우리를 꽁꽁 얽어놓고 있다. 그런 향기가 물신 풍기는 옥탑방이다.

자리에 앉게 되면 우리는 모두 문학소녀로 둔갑한다. 까르르 까르르 웃음꽃이 피어난다. 한편에선 이야기를 하고 있는데도 더러는 재잘재잘, 사담도 터지고 웃음도 터진다. 오죽했으면 벌금을 물리자는 말까지 나왔을까. 그러나 그것은 오히려 박장대소로 이어지는 화목의 삽도가 된다.

워크숍이 끝나면 식당을 찾아 회식을 즐긴다. 허심탄회하게 못다 한 이야기들이 보완된다.

멤버 중에 등단이나, 출판기념회 등의 모임이 있을 때는 물론 그 밖의 경조사가 있을 때면 빠지지 않고 몰려가서 정을 나눈다.

어쩌다 해외 나들이라도 하고 오면 알뜰한 정성으로 현지의 풍정을 한 아름씩 안겨주기도 한다.

잠시 나에게는 위기가 있었다. 무릎 통증으로 계단 오르내리는 것을 삼가라는 의사의 지시가 떨어졌기 때문이다. 방배동 집에서 논현동의 옥탑방을 가려면 전철 7호선을 타야 한다. 다행히 노약자를 위한 시설이 있어 수월했다. 문제는 지하철에서 내려서 에스컬레이터를 타기까지의 계단과 옥탑방에 이르는 4층까지의 계단이었다. 100개가 훨씬 넘는 계단은 오르내리기엔 아무래도 무리였다. 우울했다. 예서 포기해야 하는 것이 아닌가고. 그러나 조심에 조심을 다하다 보니 한결 나아져 한시름 놓았다.

좌장을 비롯한 회원들의 문학사랑은 유별나다. 그 열기에 어우러져 나름대로 글 쓰기에 심혈을 기울이고 있다. 10명 중 일곱은 벌써 수필집을 낸 바 있다.

좋은 글을 세상에 내어놓음으로써 조금이라도 위안거리가 되고 사회가 밝아지고 정화될 수만 있다면 그런 보람이 어디 있을까만 그게 어디 쉬운 일인가. 만인의 마음에 감동과 공감을 줄 수 있는 글이 열의만으로 가능한 일인가. 문학은 가슴의 언어라고 했다. 가슴으로 쓰고 가슴으로 읽히는 글들을 세상은 원하고 있다. 그것이 곧 글 쓰는 이들의 의무요 책임이 아니던가.

늦깎이 글쓰기지만 돌이킬 수 없는 내 길이다. 쉬지 않고 달려가리라. 무엇인가 나도 기여할 수 있다는 기대가 행복하기만하다.

오늘도 나는 젊음을 찾아 집을 나섰다. 앞뒤 창으로 남산 바람과 북악산 바람이 시도 때도 없이 교류하는 문학소녀들의 아지트인 옥탑방을 향해 부지런히 발길을 재촉한다.

(2006. 2.)

사라지는 육교

방배동 집에서 교회로 가는 코스는 늘 정겹다. 낯익은 건물들, 크고 작은 도로들, 그 사이사이를 꾸미고 있는 수목들, 잔잔히 흐르는 한강의 정취가 손 안에 있는 듯 선명하다. 슬플 때나 즐거울 때나 늘 함께하던 거리, 또 하나의 고향집이다.

주일은 새벽부터 내내 바쁘다. 성직을 은퇴한 뒤론 스스로 주재할 일이 없는데도 항상 그래왔듯 팽팽한 긴장의 짜릿함 속에 시간 가는 줄을 모른다. 일본어, 중국어, 성경반에서 공부를 마치고 3부 예배를 드린다. 교회의 대표 성가대의 찬양이 천사들의 찬양인 양 은혜가 넘친다. 성찬예식, 여성사 편찬위원회, 여전도회 월례회 등 참석해야 할 모임이 줄을 잇는다.

우리 부부는 주일이면 각자 행동이다. 나보다 집을 늦게 나서도 되는 그이는 언제나 느긋하다. 그러나 나는 늦어도 7시 반이면 집을 나와야 한다. 시간에 쫓기는 주일은 거의 택시를 이용한다. 맑은 공기를 가르며 내닫는 기분은 날아갈 듯 상쾌하다. 교통은 대체로 원활하다. 광화문에 있는 교회까지 20분이면 족하다. 교보 앞 지하차도를 돌아 나와 신문로의 첫번째 육교를 지나면 새문안교회가 있다. 주중에도 교회 가는 일이 허다하다. 급한 일이 아니면 주로 대중교통수단을 이용한다. 그땐 1시간 가까이 걸린다.

한번은 주일 아침에 택시를 탔는데 신호등이 줄줄이 파란빛이라 논스톱으로 교회까지 갈 수 있었다. 기사도 그게 신통한지 말했다.

"좋은 일을 많이 하셨나 봐요. 이런 경우가 쉽지 않은데요."

택시는 교보 앞 지하차도를 나오자 서대문 쪽으로 향했다.

"첫번째 육교를 지나서 바로 세워주세요."

늘 하던대로 그렇게 말했다. 그러자 기사가 의아스런 기색으로 물었다.

"육교는 더 가야 있지 않아요? 저기요."

그가 가리키는 곳을 보니 두 번째 육교다. 첫번째 육교가 감쪽같이 사라져버린 것이다.

"어! 없어졌네."

그러고 보니 보도공사를 하느라 교회 앞이 매우 혼잡하다. 육교가 있던 자리에는 신호등이 새워지고, 횡단보도 표지가 그어져 있다. 교회 정문과 막바로 뚫렸다. 나도 모르게 환호성이 터져 나왔다.

"아, 편리해졌구나, 이런 혜택이……."

눈이 오나 비가 오나 오르내리던 육교 계단들. 때로는 발을 헛디뎌 아찔할 때도 있었고, 좌판을 벌린 장사들과 걸인들의 구걸 행위로 붐비기도 했었는데…….

얼마 전에 시민의 진정으로 광화문 지하도 앞에 건널목이 생겼다. 많은 시민들이 갈채를 보내며 환영했다. 그로부터 이 육교를 이용하는 보행인이 줄었다. 무용지물이 되어 철거된 것이다. 이어서 150m 전방의 또 다른 육교도 철거되었다. 눈에 거슬리던 조형물로 무겁던 거리가 산뜻해졌다.

내겐 불편한 육교가 또 하나 있다. 명동과 백병원 사이의 육교가 바로 그것이다. 동기생이 운영하는 음식점 '평래옥'이 바로 백병원에 인접해 있는데, 그곳에서 우리는 매달 평양 서문고녀 동기회를 열고 있다. 그때마다 건너지 않을 수 없는 육교, 삼일고가차도 밑에 위치한 그 육교는 유달리 높고 길다. 엉금엉금 오르고 내린다. 질주하는 차량의 진동에, 후끈한 열기에 무서움이 인다. '발을 헛디디면……' 하는 우려를 어쩌지 못했다. 두렵다. 궂은 날에는 우정 택시를 타야 했다. 얼마 전 거기에도 횡단보도가 생겼다. 보행자들의 표정이 밝아졌다. 친구 만나러 가는 발걸음이 한결 가벼워졌다. 그 육교도 언젠가는 사라질 것이다.

한국을 방문한 어느 외국인의 말이 생각난다.

"지하도나 육교는 보행자들의 인권을 유린하는 교통질서다. 차들의 편의를 위해 사람이 지하도나 육교를 오르내리는 불편을 감수해야 된단 말이냐. 사람보다 차가 우선이냐. 왜 아무도 말을 못하고 지내느냐?"

아무래도 우리 민족은 고발정신에 익숙하지 못한 것 같다. 미국의 교통질서는 제보자들의 고발이 큰 몫을 한다고 했다.

우리의 육교문화는 1960년대로 거슬러 올라간다. 차량의 원활한 소통과 보행인의 안전을 위해 건널목을 없애고 지하도나 육교가 세워지기 시작했다. 도시 미관은 고려할 겨를도 없이 교통 사각지대에는 으레 육교가 세워졌다. 특히 학교가 있는 곳에는.

6백년의 역사와 더불어 현대도시로서의 구조와 시설에 제대로 눈을 떴더라면 어디 내놓아도 손색없는 서울이 되었을 터인데, 안타까운 일이다. 도시의 주인공은 시민이다. 그런데도 관리들의 행정편의적인 발상이 인간소외의 문제까지 제기되게 한 것 아닌가.

보행자를 위한 보행도로의 설치는 중요한 과제이다. 우선, 주차장으로 잠식된 보행도로를 원상으로 복원하는 일이 시급하다. 길을 걷다 보면 이맛살을 찌푸리게 하는 일들이 한두 가지가 아니다. 아무 데나 물건들을 벌려놓고 앉아있는 잡상인, 불결한 쓰레기더미, 주차장이 없는 건물 앞에는 차들이 아예 보행도로를 꽉 메우고 있다. 보행자는 이리저리 그 사이사이를 빠져나가야 한다. 공중도덕의 실종을 그대로 보여주고 있다.

우리 현실은 천연자원의 보호, 삶의 질 향상, 도시 안전의 증진 등 쾌적한 환경의 유지를 위한 숱한 도전에 직면하고 있다. 시민과 자치단체가 조직적인 실천방안을 모색해 나가야 하지 않을까. 교통행정은 탁상공론이나 무분별한 외국 모방에 그쳐서는 안 될 일이다.

서울은 과연 문화시민의 도시인가. 시민이 누릴 권리를 위해 끊임없이 부조리를 고발하고 건의하고 합심해서 시정해야 할 것이다. 편리하고 안전한, 깨끗하고 산뜻한, 걷고 싶은 거리로 만들어 나가야 할 것이다. 그것이 문화시민의 의무요, 책임이 아니겠는가.

(2003. 7. 6.)

발레의 리듬을 타고

　현란한 조명 아래 발레리나들이 헨델의 '할렐루야' 곡에 맞춰 하늘하늘 춤을 춘다. 부활 승천하는 예수를 바라보며 기쁨과 경배로 찬양과 영광을 돌리는 무희들의 동작이 천사와 다를 바가 없다. 이화여대 강당을 가득 메운 관객이 환성을 지르며 박수갈채로 화답, 막이 내려도 감동에 겨워 자리를 뜰 줄을 모른다.

　예수 탄생에서 부활 승천하기까지의 모든 행적이 아홉 장면에 담겨 연출되었다. 탄생의 기쁜 소식, 행하신 치유와 기적의 역사, 간음한 여인, 제자들, 배척자들의 모의, 빌라도의 재판 등 주제에 따라 춤이 이어졌다. 채찍에 맞고 가시면류관을 쓰고 십자가에 못 박히는 장면이 연출되자 주체할 수 없는 감회에 젖었다. 60여 명이 벌이는 발레의 춤사위는 고통과 비애, 갈등을 해소하고, 숭고한 사랑과 부활승천의 환희가 절정을 이룬다. 파도 같은 전율이 전신을 휘감았다.

　2002년 12월, 이화 새벽기도회에서 그 씨가 뿌려져, 2003년 '메시아 예수'를 처음으로 무대에 올렸다. 국내를 비롯해서 미국 뉴욕과 보스턴 등 6개 도시 순회공연도 마친 바 있다. 1886년(고종23) 미국 감리교 선교사 M. F. 스크랜턴 여사에 의해 이화에 부어준 사랑과 은혜를 나눌 수 있다는 열기로 총동창회가 주최한 공연이었다. 공연의 수익금은 전액이 선교 헌금으로 드려진다고 한다.

안무를 맡은 신은경 교수는 나의 55년 지기의 큰딸이다. 무용에 천부적인 소질을 타고난 재원. 목사 사모이기도 한 그녀는 신앙이 돈독하다. 성서를 주제로 한 작품, 클래식 발레, 현대창작 발레 등 많은 작품의 안무를 발표한 바 있는 그녀는 '발레로 만나는 메시아 예수'의 안무로 2004년 제18회 기독교 문화대상을 수상하기도 했다.

발레에 대해 문외한인 우리 부부는 손녀들을 위한 크리스마스 선물로 '호두까기인형' 공연을 관람하기로 했다. '예술의 전당' 오페라하우스 넓은 홀에는 어른과 아이들로 꽉 들어차 있었다. 희승, 희주 두 자매는 분위기에 휩싸여 대형 크리스마스트리 앞에서 사진을 찍고, 악단이 연주하는 캐럴에 취해 다른 아이들과 어울려 이리저리 뛰며 즐거워했다.

러시아의 차이코프스키가 작곡한 발레음악을 프티파가 2막 3장으로 각색하여 1892년 상트페테르부르크의 마린스키극장에서 초연한 이래 1934년 영국 로열발레단이 이 곡에 의한 발레 '호두까기인형'을 상영한 뒤 유럽에서 꾸준히 계속되어 크리스마스 무렵에는 아이들을 위한 연중행사의 하나로 삼고 있다. 우리나라에서는 1948년, 서울발레단에 의해 초연되었다.

고난도 춤 테크닉, 토슈즈를 신고 자유자재로 회전하며 사뿐사뿐 춤을 추는 발레리나들의 황홀한 춤과 기교가 놀랍다. 크리스마스라는 낭만적인 밤에 일어나는 즐겁고 화려한 꿈의 무대, 발레라는 환상적 이미지와 절묘한 조화를 이루고 있다. 어두운 그림자는 전연 없다. 밝고 명랑한 분위기가 동화적인 세계를 섬세하게 유도해 가는 수법이 세련되고 멋스럽다. 출구로 향해 나가는 아이들의 밝은 표정이 매우 행복해 보였다.

"재미있었니?" 고개만 끄덕이던 희승, 희주 두 손녀들도 "네에" 하고 대답한다. 정말 좋았나보다.

이렇게 해서 2004년은 발레의 리듬을 타고, 화사하고 밝은 꿈을 안고 사뿐사뿐 경쾌하게 해를 넘기게 되었다.

날씨는 무척이나 차가웠다. 여세를 몰아 세종문화회관의 '루미나리에' 현장으로 달렸다. 우리의 어두운 현실과는 대조적인 화려한 구조물을 대하는 순간 의구심이 일었다. 그러나 찌푸려있는 서울 시민에게 희망과 사랑, 그리고 나눔의 빛을 선사한다는 취지가 기분을 상쾌하게 해주었다. 세종문화회관에서부터 덕수궁 분수대까지 고전과 현대를 가미한 구조물에 색색의 전구로 채색하여 환상적인 예술 공간을 창조해낸 것이다. 여기저기 터져 나오는 감탄사가 기분을 들뜨게 한다. 아이들과 사진을 찍었다. 16세기 후반 르네상스시대에 이탈리아에서 시작된 축제예술로서 만들어진 빛의 건축물이 그 기원이라 했다. 수만 개의 전구에서 나오는 불빛과 디지털 카메라, 휴대폰 카메라 플래시로 대낮처럼 환했다. 이 행사에 350만 명의 인파가 몰렸으며 6천여만 원의 성금과 물품이 모아졌다고 하니 어둠을 몰아내고 〈밝은 새날 빛으로〉라는 모토가 눈이 부시도록 밝았다.

(2004. 12. 28.)

수지침

사람은 사실 낳자마자 죽음을 시작하고 있는 것이 아닐까. 나그네 같은 인생길의 생로병사는 필연적인 운명이요, 출생도 죽음도 자의에 의한 몫이 아니다. 그 길고 짧음도 창조주의 뜻이다. 시편 기자는 읊었다.

"우리의 연수가 칠십이요, 강건하면 팔십이라도 그 연수의 자랑은 수고와 슬픔뿐이요, 신속히 가니 우리가 날아가나이다."(시 90:10)

60 고개를 넘은 것이 엊그제 같은데 70을 넘고 80을 바라보게 되었다.

WHO가 밝힌 건강의 정의는 단순히 신체가 허약하지 않은 것만을 뜻하는 것이 아니다. 정신적, 사회적 안정도 두루 포함된 개념이다. 인류는 무병장수의 꿈을 실현시키기 위해 부단한 노력을 기울이고 있다. 의술의 발달과 생활여건, 영양상태가 향상되어 수명을 120살까지도 바라보게 된 세상이다.

신문과 함께 배달된 광고지에서 '고려수지침 요법 강좌' 소식을 접했다. 나는 1992년 5월, H백화점 문화센터에 그 수강을 등

록했다. 주 1회 오전 10시부터 90분 수업. 수강생들은 30~40대 주부들이 주류를 이루고 있었다. 겉으로 보기엔 모두 건강한데도 수강하는 자세가 진지하고 열의에 차 있었다. 지방에서 오는 수강생도 더러 있었다. 원했던 강좌여서인지 날로 신기하고 매력이 더해졌다.

고려수지침술은 1971~75년 Y씨에 의해 창시된 것으로, 순전히 손 부위에 약한 자극을 주는 민간요법이다. 손은 인체의 축소판이어서 거기 345개의 치료점이 있다. 14기맥을 이용해서 장부 기능을 조절함으로써 인체에 자연치유능력을 증진시키는 것이 그 핵심이라고 한다. 간편한 방법으로 질병 예방에도 높은 효과를 보고 있다. 상응이론, 14개 기맥론, 요혈론, 운기체질, 음양맥 진론 등의 이론을 정립하고 그에 따르는 치료기구들을 개발해낸 것이다. 이와 같은 이론과 기구들은 많은 질병을 치료할 수 있게 되었고, 난치병도 호전되는 쾌거를 보였다. 30여 년이란 짧은 역사지만 500여만 명이 이를 이용하는 대세가 됐다는 것이다. 국내뿐만 아니라 일본 미국 캐나다 남미 유럽 등 세계적으로도 보급이 되어 각광을 받고 있다. 각 지회와 연수원, 문화센터, 일반대학의 평생교육원 등에서 강의가 활발하며 자원봉사 시술이 확산되고 있다. 2000년 4월 25일, 대법원에서 "대가성이 없는 수지침 시술은 위법이 아니다."라는 판결이 나와 더욱 연구 개발에 박차를 가하게 되었다.

나는 조카가 내과전문의여서 아플 때마다 그의 진료를 받았다. 이순(耳順)을 넘어서니 손발이 저리고 눈도 침침하며 혈압도 불안정해졌다. 빤짝 효과의 약이 좋아졌다. 그러나 약효가 더딘 장복의 약은 체질적으로 맞지 않았다. 특히 감기약이 민감했다. 거부반응이 나타나고 소화불량이 생겨 속이 쓰리고 아팠다. 병원에서는 약을 바꾸어가며 내게 맞는 약으로 다스렸다. 외식이나 내키지 않는 식사를 할 때는 꼭 탈이 났다. 처음에는 신경성 위장장애라 했다. 위경련이 일어나서 병원으로 달려가자 미란성 위염으로 진행되었다는 진단이었다. 위궤양은 비교적 잘 낫고 재발도 잦았다. 역겨운 내시경검사와 장 촬영을 자주 했다. 헬리코박터 피로리란 세균성 질환으로 독한 항생제를 먹어야 했다. 15일 동안 복용했다. 재발은 하지 않을 것이라고 했다. 그러나 약의 후유증에서 회복되기까지 오랜 시간이 걸렸다. 그 이후로 부작용이 두려워 감기약 뿐만 아니라 모든 약을 먹지 못하는 체질이 되어버렸다.

수지침 요법은 이런 나의 형편과 묘한 인연이 되었다. 침은 빛보다 빠른 기를 소통시키고 조절하여 득기(得氣)를 시킨다고 한다. 손에는 뇌처럼 교감신경이 복잡하게 분포되어 있어 침과 뜸으로 손을 자극함으로써 뇌의 기능을 회복시키며, 기초 건강을 위해서는 수족을 따뜻하게 하는 뜸이 좋다고 했다.

나는 약을 끊고 수지침 치료에 매달렸다. 뜸을 떠서 기초체력을 높여나갔다. 평인지맥으로 맥을 조절하면서 좌 양실증, 우 신실증(오치처방) 침 요법을 병행했다. 바쁠 때는 침 대신 전자빔 치료를 했다. 상응부위 사혈, 손과 발끝 사혈도 필요에 따라 했다. 이온수지반지도 이용했다. 나는 상응이론에 홀딱 빠져버렸다. 발목이 늘 시려서 그 냉기가 배로 올라오면 배가 차가워졌는데 이온발 지압판을 밟으면 혈행이 좋아지고 위장도 편해졌다. 취침 전에는 기모혈을 중심으로 아프거나 예방을 위한 상응부위에 서암봉으로 도배를 하고 잔다. 지금도 계속 이어지는 과정이다.

집안일을 돕고 있는 도우미(우리는 '아주머니'라고 부른다)가 어느 날 무릎이 아프다고 했다. 상응 부위에 다침을 했다. 나를 믿고 내어 맡기는 그녀에게 실습이 아닌 시술을 했다. 며칠 동안 최선을 다해 정성껏 침을 놓아주었다. 신기하게 치료가 되었다. 이웃에게도 시술할 수 있다는 희열과 함께 자신감이 생겼다. 며느리에게도 권해서 배우게 했다. 꾸준하게 배우며 치료한다는 것이 쉽지 않았다. 바쁜 일과에 시간 내기도 어려웠지만 한번 시작하면 두 세 시간이 걸렸다. 게다가 식구들의 냉담한 반응도 신경이 쓰였다. 처음에는 아예 믿으려 하지도 않았다. 건강한 사람에겐 따끔거리는 것, 유침하고 30분 이상을 기다려야 하는 번거로움, 쑥 냄새 등이 질색이었으니까.

나는 정규 코스를 마치고 정회원이 되어 2년 반 동안을 줄곧 익혀나갔다. 바쁘기도 했지만 더 새로운 것이 없는 것 같고, 건강이 호전되어서 수강을 중단했다. 그러나 자가(自家) 치료는 계속했다. 생활의 한 부분이 되어버린 것이다.

어느 날 우연히 고려수지침학회의 P학술위원을 만났다. 옛날 문화센터에서 가르쳤던 분이다. 나는 그분 지회의 응용반에서 깊이 있는 공부를 계속하게 되었다. 3년간 쉬는 사이 부항, 전자빔, 테이핑요법, 자석요법 등이 개발되었다. 수강하면서 복부와 등 부항 치료로 콜레스테롤 치를 정상으로 회복시킬 수 있었다. 자석베개와 자석안대로 숙면과 함께 두통, 눈 코의 염증 해소, 머리 수지침 시술도 좋은 효과를 보고 있다. 그녀의 끊임없는 연구와 풍부한 임상 노하우가 나를 흥분시키고 자극했다. 다른 대체의학과의 연계, 새로운 건강보조식품, 호르몬 요법 등 풍부한 정보와 처방을 제시해 주는 그녀에게 저절로 머리가 수그러졌다. 주 1회의 수강이 언제나 기다려지는 일과가 되어버렸다.

작은올케가 왼쪽 팔목에 연골이 솟아올라 손가락이 저리다고 했다. 그러나 두 아들이 의사여서 강권하지 않았다. 그녀가 원하기에 자석을 환부에 붙여주었다. 허리 통증에는 자석벨트를 권했다. 결과가 좋아서 가까운 지회에서 부부가 함께 배우는 일까지 생겼다

태국에 선교여행 갔을 때 일이다.

일행 중의 권사가 구토설사로 괴로워하고 있었다. 즉시 손과 발에 사혈하고 상응부위에 서암봉을 붙여 주었다. 기도하는 마음으로 시술을 했다. 감기에 걸린 안수집사에겐 양손 상응부위 6군데를 사혈하고 목에 자석을 붙여 주었다. 이틀간 치료했더니 깨끗이 나았다. 믿거나 말거나가 아니라 믿어줄 때 시술이 가능한 것 같았다, 무슨 일에나 신뢰하고 의지하는 믿음이 힘인 것이다.

한번은 또 교회 본관 계단을 오르며 다리가 아파 쩔쩔매는 권사를 만났다. 다리를 삐었다고 한다. 내가 붙이고 있던 자석을 떼어서 무릎 부위에 붙여 주었다. 얼마 되지 않아 효과가 나타났다. 조기 발견이 중요하다는 것을 실감했다. 근간에 있었던 봉사 사례이다.

나는 수지침요법을 배우게 된 것을 감사한다. 물론 이러한 대체의학이나 의술이 모두 과학적으로 검증된 것은 아니어서 민간의술이 때로는 부작용이나 사회적 문제로 떠오른 적도 있음을 나도 뉴스를 통해 접했다. 의사자격증을 획득하기까지의 힘든 공부와 수련, 그리고 엄격한 자격시험 등을 거친 게 아니므로 맹신(盲信)은 마땅히 경계해야 하리라. 또 민간의료에 매달리느라 치료 시기를 놓쳐 병이 더 악화된 경우가 왜 없겠는가. 나 같은 경우는 가

까이에 이런 현대의학의 전문가들이 있어 그런 염려는 안 해도 좋게 해주니 이런 대체의술의 혜택도 받게 되는 게 아닌가 싶어 더욱 감사한다. 건강 관리가 어느 정도 가능해졌다는 사실이 기쁘고 대견한 것이다.

늙음은 누구나 맞는 피할 수 없는 것, 아무리 건강해도 85세이면 인체는 망가지게 되어있다 한다. 노화라는 질병에 걸려 살고 있다. 힘겨운 도전이다. 질병과의 고독한 수련이 어떤 형태로, 언제까지 계속될지 알 길이 없지 않은가.

인생의 고뇌가 여기에 있다. 길든 짧든 순리를 따라서 인생을 휴가 보내듯 즐겁게 살아갈 수는 없는 것일까?

노화(老化)라는 육체의 병은 피할 길이 없다 해도 그것으로 마음의 병까지 앓을 필요는 없을 것이다. 이 수지침술로 내 몸에 나타난 치료의 반응에 어쩌면 소녀처럼 호들갑스럽다 할 정도로 내가 감격(?)을 하는 것도 사실은 작은 일 앞에서도 감사하며 즐겁게 살아가는 태도가 더욱 중요하다는 사실을 깨달았기 때문일지도 모른다. 건강하게 사는 비결은 마음먹기 나름이 아닐까.

(2000. 12.)

우리를 슬프게 하는 것들

계명대학 동창들의 월례 모임이 폭설로 거듭 연기되다가 2월에 들어서야 풀렸다. 논현동과 강남의 중간쯤 되는 지점에서 점심을 나누며 회포를 풀었다. 석 달만의 일이다. 그냥 헤어지기가 아쉬워 영화라도 한 편 보기로 했는데 그것이 바로 〈실미도〉였다.

6·25 전쟁을 뼈아프게 체험했던 나는 전쟁영화라면 늘 눈을 감는 편이었다. 그런데 장장 2시간 15분에 걸친 전쟁영화를 숨죽여 감상했으니 이변이라면 이변이다. 민족 분단의 비극이 그 배경인 탓일 것이다.

1968년 1월 21일, 김신조 등 남파간첩 31명이 서울에 침투한 사건을 우리는 다 기억하고 있다. 당시 나는 누상동에서 느닷없는 총성을 듣고 또 전쟁이 일어나나 싶어 얼마나 당황했는지 모른다. 아마도 이 사건이 계기가 되어 우리도 북파 공작대를 실미도에서 훈련시키지 않았나 싶다.

그 북파 공작대원들이 본래의 뜻을 이루지 못하게 되자 폭동을 일으켜 서울에 잠입한 사실을 영화화한 것이 〈실미도〉다. 1999년 발행된 백동호의 동명 소설이 그 바탕이었다. 이 영화는 사실적 재현에 중점을 둔 것이겠으나 워낙 숨겨진 사건이어서 그에 대한 이견이 분분했다. "전체 맥락은 논픽션이고 부분적으로 픽션이 가미되었다"고 강우석 감독은 밝히고 있다. 〈실미도〉는 원작자 백동호의 증언과 MBC 다큐멘터리 '이제는 말 할 수 있다'와 684부대 창설 때부터 이를 지켜본 한 초급지휘관이 1993년 '신동아'지에 기고한 내용, 그리고 당시 소대장 김방일의 증언 등을 토대로 제작된 것이라 한다.

31명의 684 북파 공작대원들 중에는 사형수나 범죄자들 외에 민간인도 12명 끼어있다. 목적을 이루면 새로운 인생을 누릴 수 있다는 희망에 3년 4개월의 지옥 같은 훈련을 마다하지 않는다. 그들은 체포되면 죽는다는 교육을 시도 때도 없이 받으며 조국 통일에 기꺼이 목숨을 바칠 각오를 다지고 있다. 그러나 북파 기회는 단 한 번도 주어지지 않은 채 무용지물로 처단될 운명임을 알게 되었을 때, 그들의 비통함은 극에 달한다. 1971년 8월 23일, 실미도를 탈출한 684부대원들은 인천에서 버스를 탈취, 청와대로 진격한다. 군경과 교전 끝에 수류탄 자폭으로 처절한 최후를 맞는다. 이럴 수가!? 허무하게 산화한 젊은 생명들, 그들을 그렇게 만든 것이 누구며 그 책임은 어디에 있단 말인가. 나는 무기수 선교에 열중했던 때가 떠올려져 금방 눈물이 비 오듯 했다.

영화 〈태극기를 휘날리며〉를 감상한 것은 그 이틀 뒤다. 살아남기 위한 몸부림, 꼬리에 꼬리를 잇는 피난 행렬, 그 속엔 우리도 있었다는, 착잡한 지난날이 스쳐 지나갔다. 유엔군이 평양에 입성하게 되어 우리는 소개(疎開)지에서 집으로 돌아왔다. 그러나 그것은 잠시였다. 중공군이 밀물처럼 몰려와 다시 피난을 떠나야 했다. 전세의 불안과 이념의 갈등 속에 얼마나 시달렸던가. 54년 전의 아픈 영상이 클로즈업 될 때마다 나는 눈을 감고 귀를 막고 망연해졌다.

평온한 일상에서 전쟁터로 내몰린 두 형제, 포탄과 총알이 빗발치는 극한상황 속에서도 목숨을 건 끈끈한 형제애는 바로 초월자의 그것이었다. 이념의 총탄을 막아낼 수 있었으니……. 가슴 찡한 전율이 흐느낌으로 이어졌다.

역사를 거슬러 보면 제2차 세계대전 당시 이 땅의 수많은 젊은 이들이 명분 없는 전쟁의 희생물이 되었다. 내 남편도 1943년 3월, 일제가 강요한 징병제 제1기생으로 끌려갔다. 일본 지바현의 6669공병부대에서 광복을 맞아 귀환했다. 그의 생존은 새벽마다 무사귀환을 기도했던 어머니의 덕이었다고 이따금 아이들에게 되뇐다.

6·25사변 때 그의 형도 같이 피난길에 올랐는데 해주에서 "부모 처자식을 두고 차마 더는 못 가겠다"며 발길을 돌렸다 한다.

그 형의 큰아들, 당시 17세의 장손이 뜻밖에 거제도 포로수용소에 있었다. 집안의 임 목사가 미 군목에게 들었다며 알려주었다. 남편은 그 선을 통해 우리 주소를 그에게 알려주었다. 1953년 6월 18일, 이승만 대통령이 과감하게 반공포로를 석방하게 되어 장손이 숙부를 찾아온 감격을 안게 되었다. 그 조카는 지금 목사가 되어 있다.

계속되는 전쟁의 회오리가 한없이 우리를 슬프게 하고 있다. 제2차 세계대전의 종언으로 광복을 맞았으나 남북 분단의 비운은 다시 6·25전쟁을 겪어야했고, 월남전에도 끼어야했고, 이라크전에 파병을 서둘고 있다. 명분 없는 전쟁에 줄곧 젊은이들이 희생되어야 하는 약소국가의 처지가 새록새록 우리를 슬프게 하고 있다.

시대적인 좌절과 부조리를 이 두 영화는 적나라하게 보여주고 있다.

인류평화를 내세우고, 공조체제 운운 하지만 세계는 강대국들이 좌지우지하는 세력 판도다. 자국의 이익만을 위해 혈안이 된 혼돈스런 현실이 우리를 슬프게 한다.

인류 최초의 살인은 카인에 의해서였다. 질투가 그 원인이다. 반목과 증오, 미움과 시기, 이 모든 악의 씨앗은 마침내 원수가 되고 복수라는 악순환이 계속되면 국가 간의 전쟁으로까지 확대되는 것 아닌가. 그 지배욕구가 우리를 슬프게 한다.

영화가 시사해주는 바를 우리는 깊이 되새겨야 한다. 분단의 상처로 자위하기에는 의분이 너무 크다. 전쟁시대를 살아온 우리는 전후세대들에게 역사의 바른 증인들이 되어야 한다. 역사적 과오를 최소화하는 밑거름이 되어야 한다. 정의와 평화를 앞세운 모든 허위에 당당해야 한다. 그럼에도 불구하고 말처럼 잘 되지 않는 그 구조적인 모순이 우리를 한없이 슬프게 한다.

(2004. 2.)

추억의 청주 나들이

타래문학회 세미나가 청주시 문화회관에서 열렸다. 청주시는 잊을 수 없는 추억이 서린 곳이다. 그 고장을 잠시나마 다시 밟고 싶어 다른 일정을 다 뒤로 미루고 나는 일행이 되었다.

17년 전 자주 오갔던 가로수 길은 예나 다름이 없다. 하늘을 가린 채 가로수가 맞닿은 길은, 공기마저 상큼하다. 아늑한 정취에 한없이 달리고 싶었던 그 길. 한때의 과오로 그늘에 갇힌 소년들에게 꿈과 용기를 일깨워주고자 달려갔었다.

1978년 개원한 소년원에는 12세에서 20세 미만의 원생들이 수용되어 있었다. 장신대에 재학 중인 이재환 전도사가 만면에 웃음을 띠고 우리를 맞아주었다. 그는 소년원 안의 소망교회에서 봉사하고 있는, 다부진 체구의 소유자다.

"나도 이 소년원 출신입니다." 하고 서슴없이 전력을 털어놓는 소탈함이 친근감을 더해 주었다.

나지막한 간이건물의 큰 홀에는 원생들이 가득 모여 우리 일행을 기다리고 있었다. 마루에 앉아서 함께 예배를 드렸다. 찬양과 기도에 이어 전도사의 '말씀 증거'가 있었다. 시종 장난만 치는 저들을 뒤에서 지켜보며 참으로 난감한 생각이 들었다. 경계의 눈초리가 역력했다. 무엇인가를 살피며 불안해하는 가여운 아이들, 저들이 왜 여기에 와 있단 말인가. 균형 잃은 가정에서, 사회적 냉대와 폭력 등에 얼마나 시달렸으면 어린 나이에 그 지경에 이르렀을까. 어쩌면 부조리한 이 사회와 가정들이 저들을 그런 범죄의 구렁텅이로 몰아넣은 것은 아닌지 마음이 아파 왔다. 경직된 저들을 감싸 안을 때의 싸늘했던 감촉, 반사적으로 나는 소스라쳤다. 행사를 끝낸 첫날은 착잡한 중압감을 안고 돌아왔다.

'2여전도회'에서는 계속 저들의 생일을 챙겨 따뜻한 정성을 보내곤 했다. 여름 겨울의 성경학교 행사와 봄 가을의 체육대회 행사 때는 그때마다 저들에게 나누어줄 선물과 먹거리들을 가득 싣고 가로수 길에 소명의식을 불태웠다. 저들과 한데 어울려 소통의 잔치를 벌이며 의욕을 부풀리곤 했다.

무심했던 눈망울이 조금씩 변해갔다. 웃음 지으며 다가오는 아이들이 있었다. 안겨오는 감촉도 나긋나긋해졌다.

"극히 소수지만 회심한 원생을 볼 때면 진주를 발견하는 느낌입니다."

전도사의 말이었다. 그러나 대부분의 아이들은 겹겹의 산이라 했다. 무슨 날에나 위문품을 들고 불쑥 찾아가는 선심으로 저들의 마음을 돌릴 수는 없을 것 같았다. 누구를 통해서건 역사하는 몫은 절대자의 것임이 확실했다.

한번은 검정고시를 위해 밤새워 공부하는 저들에게 간식을 보내며 간곡한 합심기도를 드렸다. 응시자가 100명이었는데 93명이 합격하는 결과를 가져왔다. 탄성을 지르며 감격해했었다. 저들로부터 감사의 편지가 날아왔다. 편지를 읽으며 흐뭇해했던 일들을 잊을 수가 없다. 나는 새문안교회에서 발간하는 월간 '새문안' 지 88년 5월호에 저들의 편지를 게재하며 관심을 호소했다. 저들에게 필요한 것은 따뜻한 관심과 보살핌뿐이라고. 우리 아이들로 받아들이고 아픔을 나누며 용서하고 보듬을 때 그들의 영혼 깊숙이 심겨지는 사랑의 씨앗은 닫힌 마음을 열고 새롭게 태어나는 결실을 맺게 되리라고.

그때의 아이들은 지금 어떻게 되었을까. 성인이 되어 이 사회에서 한 몫을 하고 있을 터인데……. 한정된 공간에서 교도를 받으며 살아가야 하는 저들은 정녕 구제받을 수 없는 존재들일까.

소년원 출신 학생들에 대한 부당한 편견을 버려야한다. 떳떳하게 성장할 수 있도록 바로잡아 주고 길을 열어 주는 것이 어른들이 할 일이다. 무엇보다 저들에게는 자신감을 심어 주어야 한다.

지금도 소망교회에서는 200여 명의 어린 수인들이 매주 예배를 드리고 있다. 10여 명의 봉사자들이 저들의 생일잔치, 여름 겨울 성경학교를 계속하고 있다. 이재환 전도사는 17년이 지난 지금도 화, 수, 토, 일요일에 그곳에서 신앙 상담을 한다고 한다.

한참 생각에 잠겨있는데 청주시에 도착했다. 예나 다름없이 깨끗하다. 넓혀진 도로와 고층 아파트, 새로운 건물들이 발전상을 말해주는 듯했다. 청주문화원장의 초청으로 이루어진 문학 세미나는 문학평론가 김우종 교수의 '문학 속의 진실 찾기' 강좌로 시작되었다. 문학은 진실한 데서 비로소 그 가치와 생명이 있는 것이다. 감성에 전달되는 희로애락(喜怒哀樂)을 언어나 말을 빌려 상상의 힘으로 감동을 나타내는 것. 나의 이야기 우리 이야기에 인생을 담아 문학적 감각, 기법을 공유하며 독자로부터 절대 물러나는 일은 없어야 한다. 논리적 사고의 훈련과 문학의 사회참여 등도 관심을 기울일 때라고 역설했다. 화두에 피력한 김우종 교수의 신상 고백은 같은 시대를 살았던 어두운 일면으로 문득 애수에 잠기게 했다. 이어 두 편의 수필과 두 편의 시가 낭송되었다.

오후에는 문화유적지 탐방이 있었다.

청주고(古)인쇄박물관에는 우리 민족이 세계에서 가장 먼저 창안한 금속활자 인쇄본인 직지(直指)가 전시되어 있다. 2001년 제5차 유네스코 세계기록유산 국제자문회의에서 현존하는 세계 최고(最古)의 금속활자본으로 공식 인증되었다고 한다. 박물관 규모가 매우 컸으며 인쇄의 기원부터 조선시대에 이르기까지 인쇄발달사를 시대별, 주제별로 전시하고 있었다. 사실이지 나는 청주시가 세계 최고(最古) 금속활자 인쇄본인 직지(直指)를 탄생시킨 고장이라는 것을 오늘에야 알게 되었다.

상당산성에 올랐다. 시내가 한눈에 들어왔다. 삼국시대 백제의 상당현(上黨縣)에서 유래된 이름, 둘레가 4.2km, 높이는 3~4m 면적이 54,700평의 거대한 석축산성. 조선 중 후기의 대표적 석성이다. 동 서 남의 3문은 문루를 갖춘 원형 그대로 남아있다. 잘 가꾸어진 숲과 나무들이 옛 풍취를 자랑하며 많은 인파를 붐비게 한다. 청주시내와 가까워서 시민들의 쉼터 구실을 하고 있다. 청주시는 또한 학생이 시 전체 인구의 36%를 차지하고 있는 교육의 도시이다.

17년 만에 이루어진 두 번째 청주 나들이는 조상들의 얼이 담겨 있는 문화유적지를 돌아보며 저들의 지혜와 슬기를 다시 한 번 되새기는 감명을 안고 돌아왔다. 청주문학기행이 또 하나의 추억으로 남게 되었다.

(2004. 10. 21.)

바람 따라 구름 따라

소영이의 국제결혼

해마다 결혼시즌이 되면 어느 집에나 청첩장이 쇄도한다. 어찌 결혼시즌 뿐이랴. 이름도 알 길 없는 청첩장을 받을 때도 있다. 방명록과 교회 요람을 뒤적인다. 가능하면 꼭 참석해서 축하한다. 지난 10월의 경우 주말마다 결혼식에 참석했었다. 겹칠 때면 그이와 나는 갈라서 참석하고 아니면 축의금만 인편에 전할 때도 생긴다. 어느 때부터인가 청첩장을 고지서라 일컬어 오지 않았던가. 유달리 정이 두터운 민족인지라 인륜의 대사를 같이 기뻐하고 축하해야 한다는 미풍양속이 물질문명에 휩쓸려 사치와 낭비와 퇴락의 길로 치닫고 있는 현실을 안타까워한다. 부모에게 극히 의존적인 자녀들도 문제이지만 장성시켜 혼례를 치러내기까지의 부모의 노고와 부담이 엄청나다. 건전한 소비문화, 결혼문화가 절실한 때가 되었다고 여겨진다.

요즘엔 국제결혼도 차츰 늘어나고 있는 추세다. 내 사랑하는 소영이도 미국 신랑을 만나 그곳에서 국제결혼을 했다.

소영이 외할머니는 나의 바로 위의 언니인데 북쪽에 계신다. 생사도 알 수 없다. 소영이의 친모인 내 조카가 2살 때 아버지에게 안겨 피난길에 오른 것이 그만 다시 만날 수 없는 처지가 되어 버린 것이다. 그 아버지는 재혼하여 5남매를 더 두었다. 우리는 조카를 친딸처럼 보살펴 주었다. 그녀가 첫딸을 낳았을 때 소영(昭玲)이란 이름을 지어주었었다. 1973년 4월 19일, 생후 16개월의 소영이는 부모를 따라 미국 이민 길에 올랐다. 태권도 7단인 소영이 아버지는 태권도장 경영의 꿈을 안고 미국에 건너갔던 것이다.

그 조카로부터 멀리 미국에서 전화가 걸려왔다. 그녀는 내 목소리를 듣자마자 이성을 잃고 흐느꼈다.

"소영이가요. 소영이가 글쎄 미국 청년과 사귀고 있대요. 이걸 어쩌면 좋아요?"

그 말에 한순간 나도 경악했다. 그러나 시카고에 살고 있는 나의 친구 삼남매의 얘기를 들려주며 그녀를 위로했다. 국제결혼해서 오히려 더 잘 산다고, 미국에서는 흔한 일이 아니냐고. 당장 결혼할 것도 아니니 여러 모로 겪어 본 후에 결정하자고 그녀를 달랠 수밖에 없었다.

그 미국 청년의 이름은 제임스 토마스 비숍(Bishop). 펜실베이니아 주립대 출신, 영국계 미국인, 35세, 호텔 레저담당 디렉터로 일하고 있고, 기독교 가정의 2남 1녀 중의 차남, 소영이가 처음 입사하는 날부터 직장 선배로 호의를 보이며 다가온 남자. 소영이는 메사추세츠의 사립대학에서 심리학을 공부하다 3학년 때 비즈니스 경영학을 전공하고 맨해튼의 휘시즌 호텔에서 매니저로 근무하고 있다. 그녀의 나이 29세.

그로부터 몇 달 후 남편과 나는 미국의 아들집을 방문할 기회가 있어 제임스를 만나보았다. 알맞은 키에 차림새도 수수하고 단정하였다. 동양적인 인상이 친근감을 더했다. 소영의 여동생인 진영(珍玲)과 엄마는 그의 좋은 점만을 보려고 노력하는 중인데 아버지는 아직 아무 반응이 없다고 했다.

아버지의 결혼 허락을 받아내기까지 9개월여의 세월이 흘렀다. 마음이 너그럽고 효심이 지극한 소영이는 무던히 참고 번뇌를 삭혀야했다. 사랑은 더 뜨거워지는데 국제결혼은 있을 수 없는 일이라고 온 집안이 귀가 따갑도록 일러왔기에 거역할 수가 없었다. 하루는 비장한 각오로 아버지를 대면하게 되었다고 했다.

"아버지의 허락이 없으면 결혼을 안 할 수도 있습니다. 그렇지만 우리는 사랑하고 있습니다."

딸의 간절한 호소에 결국 아버지도 수락하기에 이르렀다고 했다. 자식 이기는 부모가 없다고 했던가. 두 사람의 사랑이 일구어낸 결실이었다. 우리 부부는 결혼식 때 외삼촌과 함께 미국으로 건너갔다.

8월 31일 오후 3시, 웨딩 리허설이 있었다. 소영이 가족이 나가는 뉴욕 순복음교회 김남수 목사께서 야외의 예식장소, 진행순서 등을 협의 점검했다. 칵테일파티 장소, 피로연 장소도 돌아보았다. 신랑측의 만찬 초대가 있어 양가의 상견례도 이루어졌다. 언어와 국적은 다르지만 피차 친숙한 교감이 이루어지는 자리였다. 2001년 9월 1일 토요일 소영이가 결혼하던 날, 맑게 갠 하늘에는 뭉게구름이 한가로웠다. 바람도 상쾌하였다. 잘 다듬어진 넓은 호텔 뜰의 잔디가 오후의 햇살에 눈부셨다. 5시, 우드크리프 레이크 힐튼호텔 뜰에서 이소영 양과 제임스 비숍 군의 결혼식이 거행되었다. 먼저 신부측의 사진 촬영. 드레스를 입은 소영이 모습이 어찌나 아름다운지 눈을 뗄 수가 없었다. 외할머니를 빼어 닮은 그녀, 나는 잠시 언니 생각에 잠겼다. 얼마나 기뻐하실

까? 뒤이어 늠름한 신랑측의 사진 촬영이 있은 후 칵테일룸에서 음식을 나누며 담소하였다.

넓은 뜰에는 하객들을 맞을 의자가 준비되어 있었다. 꽃으로 장식된 정자에는 강대상과 마이크가 설치되어 있다. 초대된 하객들은 100여 명, 현악삼중주의 연주에 따라 86세의 친할머니가 입장, 뒤이어 우리 부부가 들어갔다. 6시 정각, 김남수 목사의 혼례 개식 선언, 신랑 모친이 신랑의 형과 나란히 들어오고 신부 모친이 외삼촌과 입장하였다. 남녀 들러리를 앞세우고 연미복 차림의 말쑥한 신랑이 들어왔다. 박수가 터져 나왔다. 드디어 아버지의 손을 잡고 신부 입장, 다소곳이 아빠의 에스코트를 받으며 입장하는 소영이를 모두 일어서서 박수로 환영했다. 신랑이 얼른 나와 신부를 맞는다. 나란히 주례 앞에 선 신랑 신부의 모습에 영화의 한 장면을 보는 것 같은 착각이 들어 황홀했다. 하나님께서 예정하셔서 영원한 배필로 짝지어주신 이들 두 사람, 백년해로하며 행복하게 살아가기를 빌었다. 주례는 우리말과 영어로 집례했다. 예식이 끝난 후 양가가 함께 기념촬영을 했다.

7시, 모두들 피로연장으로 모였다. 삼삼오오 환담하는 모습은 동서양이 다를 바가 없었다. 밝은 표정으로 이름표 뒤에 적힌 번호대로 식탁에 앉았다. 식탁에는 메뉴가 리본으로 장식 되어있고 유리잔 접시 스푼 나이프 포크 등이 가지런히 놓여 있었다. 하객들을 위해 마련한 향수비누가 아름답게 포장되어 우리를 반겼다. 홀 중앙에 신랑 신부가 앉고 양옆에 신랑 신부측 하객이 앉았다. 가운데 큰 홀은 춤을 추는 공간이다. 조명과 음악이 축제 분위기를 만들어 주었다. 마이크를 잡은 사회자의 솜씨가 능란하였다. 식사가 들어오기 시작했다. 다 같이 일어서서 먼저 신랑신부의 결혼을 축하하는 건배를 들었다.

사회자가 베스트 맨 남자 들러리를 소개했다. 환영의 박수 속에 그는 마이크를 잡았다. 제임스와는 대학 동창이고 룸메이트로 절친한 사이임을 밝혔다. 소영이가 근무지를 포시즌 호텔로 옮겨오면서부터 제임스는 사랑에 빠져 3년을 보냈다고 했다. 결혼 날짜를 소영이에게 일임했는데 9월 1일이 하필이면 펜실베이니아 주의 큰 스포츠행사가 예정된 날이어서 열렬한 스포츠광인 제임스가 놓칠 리가 없는데 아무 말 안하고 양보한 것을 볼 때 얼마나 그녀를 존중하고 사랑하고 있는지 알 수 있었다고 했다. 스포츠에 능하고 농구팀을 구성해서 원정경기도 자주 한다고 했다.

감미로운 음악과 함께 신랑신부가 미끄러지듯 홀에 나가 스텝을 밟기 시작하였다. 하객 모두가 넋을 잃고 지켜보았다. 한 바퀴 돌고 나니 신랑의 하객들이 누가 먼저랄 것 없이 춤을 추기 시작했다. 신부 하객들은 음악이 끝날 때까지 지켜보고만 있었다. 저들도 미국 이민 1.5 내지 2세들인데 역시 문화의 차이 같은 게 느껴지기도 했다. 다음 음악이 흘러 나왔다. 파트너를 바꾸어가며 즐겁게 돌아가는 모습을 지켜보며 '체인징 파트너'란 옛 애창곡이 연상되었다. 세 번째 곡이 이어졌을 때 신부측 하객들도 홀에 나와서 돌기 시작하였다. 빠른 템포의 음악, 조용한 음악 등에 발을 맞추어 흥을 돋우었다. 아이들까지도 합세하였다. 신랑측에서 기차 달리기 춤을 시작하였다. 우리 하객들도 나와서 합류, 사돈끼리 나란히 달리기도 하였다.

장모와 사위의 춤을 멀리 바라보며 장모 사랑 사위 사랑인데 그 사랑으로 능히 국적을 극복한 것으로 믿어졌다. 신랑 신부를 축하하며 축배를 들고 신나게 춤을 추며 돌아가는 축하연이 계속 이어졌다.

홍에 겨운 하객들의 박수 속에 웨딩케이크 커팅이 있었다. 복숭아 샤벳과 케이크가 나왔다. 주위가 조용해지더니 신부와 아버지의 춤이 모든 하객들을 숙연하게 해주었다. 담담하게 절절한 마음 달래며 미소를 띠고 돌아가는 부녀, 아버지의 눈에는 금방 이슬이 맺혔다. 유독 정이 많은 딸도 눈물을 삼키고 있었다. 마음과 마음의 울림이 하객들 마음속까지 번져와 눈시울이 뜨거워졌다. 신랑과 신랑 어머니의 춤이 이어졌다. 역시 마음을 움직여주는 순간이었다.

밤 11시 끝막음 시간이 되었다. 장장 6시간 동안 모든 하객들이 자리를 뜨지 않고 기쁨을 함께 나누며 축하해주는 모습을 지켜보며 흐뭇하기 이를 데가 없었다.

결혼식의 모든 준비는 당사자들이 도맡아 했다는 사실을 알고 감탄하였다. 결혼비용은 본인들이 반 분담하기로 했다한다. 가까운 친지들만 초대하고 참석 여부를 분명하게 알려왔다고. 친인척과 친구들은 웨딩 샤워를 통해서 살림장만을 돕고, 부모 친지들은 혼례에 참석해서 축하해주면 된다는 것이다. 나중에 알게 된 일이지만 부모는 새 차를 장만하는 데 도움을 주었다고 들었다.

나는 이번 결혼식에 참여하고 우리의 결혼문화를 돌아보았다. 축의금만을 전달하고 총총히 사라지는 하객, 잔치 음식만을 들고 곧장 돌아가는 하객, 청첩장의 남발도 문제이지만 물질위주의 사고가 변질시킨 그 쓸쓸한 현장이 다시금 진지한 축하의 마당으로 되살아나야 한다는 생각을 했다.

(2001. 9.)

단풍(Rockland)

그렇게 창창하던 하늘에 먹구름이 깔리더니 비가 내린다. 나는 미국 뉴저지의 조카 집에서 단풍 구경을 가자는 친구를 기다리며 마음이 어두워진다. 이런 비가 캘리포니아에도 내려 주었으면…….

캘리포니아에 살고 있는 지인(知人)의 안부가 걱정되었다. 그곳은 산불 소동으로 최신 장비를 동원했지만 바람을 탄 거센 불길 앞에 속수무책으로 숲 속의 고급주택 1만 1천여 채와 80만 에이커의 땅이 불길에 휩싸였다는 보도다. 그러나 주민들의 망연자실한 모습이나 비통해하는 모습은 크게 보도되지 않는다. 자제하는 것인지, 보험제도가 완벽해서인지 매스컴의 초점은 우리와 좀 다르다. 신속하면서도 의연하다. 그 친구네는 맞은편 산이 불더미에 싸여 다행히 바람을 타고 검은 재가 날아올 뿐이라 했다.

TV 보도에 열중해 있는데 친구가 왔다. 그녀는 미국에 거주한 지 50년이 되어 온다. 뉴욕을 방문할 때마다 기꺼이 가이드 노릇을 한다. 가랑비가 내리는데도 단풍 구경을 나섰다. 가도가도 끝이 보이지 않는 대평원을 한 시간쯤 달려서 록랜드(Rockland)에 들어섰다. 높고 낮은 바위산이 한국의 풍치와 너무 닮은꼴이다. 비어 마운틴(Bear Mt.)으로 차를 몰았다. 우리 일행 외에는 인적이 없다. 타워로 올라가는 길에 금지구역이란 팻말이 나와 있다. 낙엽수가 주종인 이곳 수목들은 땅이 넓고 기름진 탓인지 모두 크고 우람하다. 쓰러진 나무에서도 새 가지가 솟고, 바위 틈을 뚫고 뻗은 가지가 생명의 신비를 노래한다. 하나님이 키우시는 자연, 인간이 그토록 추구하는 예술도 자연의 모방에 지나지 않는 듯 계절 따라 변모하는 산천초목은 아름다움의 극치요, 예술의 요람, 창조의 순리 따라 낙엽 지는 단풍이 계절을 앞서가고 있다. 산재해 있는 호수와 어우러진 환한 단풍이 끝이 보이지 않는다. 울긋불긋 융단처럼 곱다. 한국처럼 색색의 단풍들과 상록수들이 아기자기하게 조화를 이룬 정경은 찾을 수 없다. 아득히 보이는 허드슨 강의 물줄기가 유난히 햇빛에 반짝인다.

운동장 같은 넓은 잔디 위에 하얀 오리들이 떼 지어 쉬고 있다. 거위만한 우량 오리들이다. 산이 있고, 울창한 숲이 있고, 군데군데 호수가 흐르고, 피크닉 스케이팅장 스키장 숙박시설 등이 두루두루 갖춰져 있다. 뉴욕 근교에 이런 천혜의 자원이 있다는 것은 미상불 큰 축복이다.

비 그치기를 기다리느라 인(Inn)에 들러보았다. 막대를 든 곰 두 마리가 양쪽에서 우리를 반긴다. 동상이지만 실물 같았다. 2층 홀에 올라가 보았다. 식탁과 의자가 가지런히 놓이고 통나무 의자와 큰 벽난로가 중심에 버틴 넓은 홀과 식당이다. 통나무 의자에 앉아 보았다. 서부극에 나오는 총잡이들이 금방 들이닥칠 것 같은 착각이 들었다.

앞 화단에는 봉숭아, 달리아, 분꽃, 나팔꽃, 백일홍, 들국화 등이 심겨져있다. 어찌나 반갑던지 고향에 온 느낌마저 들었다. "울 밑에선 봉선화야, 네 모양이 처량하다……" 읊조리며 모종하리란 친구를 도와 씨를 받았다.

빗소리가 차차 커지더니 공기가 차가워졌다. 사진도 찍지 못한 채 내일 다시 오기로 하고 산을 내려왔다. 한국 식당 '홍보석'에 도착하기까지 비가 억수로 쏟아졌다. 한국 신문과 목사의 설교와 찬양 테이프가 우리를 반긴다. 이튿날, 다시 산에 올랐다. 단풍을 따라 산과 호수를 누비며 놓칠세라 셔터를 눌렀다. 듬뿍 햇살을 받은 단풍이 더 없이 아름답다. 내 생애에 이렇게 많은 단풍을 즐기기는 처음이다. 어제 내린 비로 단풍잎이 무척 떨어졌다. 스산하다. 져야 하는 순리를 누가 막으랴. 인생도 다 그렇거늘…….

이곳 사람들은 아주 친절하게 길을 가르쳐 준다. 친구가 한번 가 본 적이 있다는 레스토랑을 묻고 물어 가면 또 같은 길이 나오고, 같은 길을 세 번이나 돌고서야 그곳을 찾아냈다. 산을 몽땅 구입해서 지은 일본식 식당이다. 산꼭대기에 있어 밑에서는 보이지 않았다. 신사(神社)풍의 대문, 뜰의 조경, 사무라이 동상 등 전형적인 일본 음식점이다. 입구에 들어서니 정장한 두 신사가 안내를 한다. 굽어보는 단풍이 사진처럼 한눈에 전개된다. 탄성이 절로 나온다. 기모노 차림의 여인이 메뉴를 가져왔다. 그녀는 한국인이었다. 동포를 만난 따스함이 스며왔다. 생선초밥과 스시정식을 주문했다. 가져온 음식에 단풍잎 장식이 계절의 멋을 느끼게 했다. 이번 미국 체류 중에 맛본 외식 중에서는 최고의 맛이었다. 스시 속의 아보카도의 맛이 절묘했다. 우리는 접시를 거의 다 비운 포식을 했다. 출구에는 이곳을 방문한 귀빈들의 사진과 사인 북이 전시되어 있다.

친구는 노년을 보람 있게 보내고 있다. 실버 선교 봉사에 열을 올리고 있는 그녀의 모습이 진홍 단풍처럼 아름답다. 지난번에는 '과테말라'를 방문하고 돌아왔단다. 중국선교 계획이 있으니 한국에 들를 수도 있을 것이란다. 그녀가 한국에 오면 내가 좋아하는 은행나무 단풍을 듬뿍 안겨 주리라. 빛으로 세상을 비추겠다는 염원이 담긴 광화문, 136 그루의 은행나무가 연출하는 황금빛 물결, 그 운치를 만끽하게 하리라. 노란 은행잎을 밟으며 바닥에 전해오는 따뜻하고 폭신한 감촉도 느끼게 하리라. 한국에서 만날 기쁨을 생각하면서 친구의 손을 잡고 그녀가 안내하는 또 다른 낙엽의 명소로 발길을 옮겼다.

(2003. 11.)

푸른 눈의 증손녀 수연(Olivia)

그녀를 2년 만에 만났다. 생후 6개월 때의 Olivia는 첫눈에 서양 아가였다. 토실한 핑크빛 살결이 눈부셨다. 무엇이든 자세히 바라보는 호기심 많은 아가였다. 얼마나 자랐을까. 수철이는 순산했는지, 누구를 닮았는지, 아버지의 병환 등 케네디공항에 마중 나온 소영이 부부를 얼싸 안으며 나는 이것저것 묻기에 바빴다. 40분을 달려 집에 도착하자 수연이가 달려 나와 안긴다.

"수연아! 많이 컸구나."

두 살 반, 노랑머리 포니테일의 그녀는 잘 시간이 지났는데도 깨어 있었다.

"증조할머니, 증조파파 안녕하세요."

그녀 할머니가 증조할머니 증조할아버지라고 일러주었는데 할아버지 발음이 잘 안되니까 즉석에서 증조파파라 부른다. 영특하게 머리를 돌리는 그녀. 제임스(James)가 2층 진영이 방으로 짐을 올려놓았다. N. J를 방문할 때마다 안방 차지를 했는데 한사코 진영이 방을 고집했다. 실은 조카사위가 얼마 전에 폐암 수술을 받았다. 그 소식을 접하고 달려온 길이다.

짐을 풀고 수연(Olivia)이와 수철(Quinn)에게 마련해간 한복을 건넸다. 꽃신까지 신고 좋아서 종알종알 한다. 찰찰 끌면서 걷는 모습이 앙증맞다. 요게 지난 4월에 남동생을 거느리게 되다니…….

2층 새집으로 이사 온 지가 얼마 되지 않았다. 아래위층, 지하가 똑같은 구조이다. 2층에는 조카 부부, 아래층에는 딸 소영이네가, 지하는 세를 주었다. 양지바른 쾌적한 주택이다.

맨해튼의 포시즌호텔 매니저인 소영이는 아침 일찍 출근한다. 다른 호텔의 디렉터인 남편은 출장을 가는 것 외에는 집에서 비즈니스를 한다. 그 방은 완전히 독립된 사무실이다. Olivia 방은 장난감 천국이다. 방을 가득 메운 장난감, 그 하나하나에 정성과 사랑이 묻어난다. 집안 구석구석 소영이네 집은 온통 아기동산이다.

Olivia는 동생을 보고 난 후, 한국인이 경영하는 유아원(Day Care Center)에 보내졌다. 아직 기저귀를 면하지 못했는데 말이다. 베이비시터가 두 아이를 돌볼 수 없기 때문이기도 하지만 어렸을 때부터 한국어를 익혀주기 위한 제임스 부부의 갸륵한 발상이었다. 열의가 대단했다. 아이가 둘이 되어 아빠의 사무실을 옮겨야 되었는데 수연이를 유아원에 보내는 것으로 일거양득의 결과를 얻었다 한다. 아침 8시면 베이비시터가 온다. 오전 9시 15분에 아빠가 수연이를 유아원에 데려다 주고 오후 4시에 데려온다. 주 5일간, 매일 6시간 반을 유아원에서 보내는 셈이다. 한국말을 매일 배워온다. James가 오히려 Olivia에게 한국어를 배우게 된다고 한다. 세계 어디를 가나 일하는 엄마의 육아와 교육이 큰 문제이다.

수철(Quinn Bishop)이를 보려 다음 날 아침 아랫집으로 내려갔다. 아빠를 빼어 닮은 수철이는 7개월째, 말쑥하게 옷을 갈아입고 수유도 끝나고 기분 좋은 상태인데 잘 웃지 않는다. 안아주니 입을 삐죽거리며 낯가림을 한다. 그런데 증조할아버지에게는 잘 안겨있다. 애들은 철저하게 남자 편, Olivia도 아빠, 할아버지, 증조파파가 좋단다. 여자들이 밀리는 세이다.

하루는 Olivia가 눈병이 나서 유아원을 쉬게 되었다. 아래층에 내려가서 모처럼 눈 높이를 맞추고 어울렸다. Olivia는 춤을 추며 신나게 실력 발휘를 했다. '학교 종' '아기 곰' '나비야'를 책장을 뒤져가며 곧잘 부른다. '에델바이스'와 '트윙클 리틀 스타'는 선창을 하며 권해도 안 부른다. 음정과 발음이 정확하다. 피아노를 치는 엄마와 익혀 온 솜씨라고 베이비시터가 일러준다. 이북에 계실 나의 언니(올리비아의 증조할머니)도 춤 잘 추고 노래에도 뛰어났었는데……. 애잔한 추억이 스쳐 지나간다. 한참 재롱을 피우던 Olivia는 우리가 나오려니 그만 울음을 터트린다.

Olivia의 넓은 이마와 두상은 엄마를, 미간이 넓은 것은 엄마 아빠를 닮았다. 깨끗하고 초롱한 눈망울에 하늘의 기가 흐른다. 동서양의 신비스런 조화가 매혹적으로 다가와 혼을 흔들어댄다. 창조자의 절묘한 걸작? 무엇이라 표현할 길이 없다. 그런 대목들을 부지런히 필름에 담았다. V자를 그리며 혀끝을 살짝 내밀고 미소 짓는 Olivia에게 나는 완전히 사로잡혔다. 요렇게 예쁠 수가. 천사 같은 아가들에게서 어른들은 웃음을 얻고 희망에 부푼다. 생명이 있는 곳에 희망이 있고, 희망이 있는 곳에 생명이 있다던가. 분명 아이들은 우리들의 희망이다. 투병중인 할아버지가 수연이와 수철이에게 위로와 평안, 힘과 소망을 얻고 건강을 빨리 되찾았으면…….

한번은 Olivia가 유아원에서 돌아오자마자 "오늘 때리지 않았어." 하고 나에게 말했다. 칭찬이 듣고 싶었었나 보다. 순진무구한 몸짓에 웃음이 피어난다. 20여 명의 아이들이 의사소통이 잘 안 되니까 더러 때리기도 한단다. 집으로 보내오는 통신란에는 그런 사연들이 새까맣다. 차차 적응이 되면 사이좋게 지내게 되겠지.

아침에 일어나면 내 방으로 달려와 웃으며 서있다. 들어오라는 허락이 나기까지 기다린다. 화장대 앞에 나란히 앉는다. 머리 빗고 화장하는 대로 Olivia도 해 달랜다. 분 바르고 연지 찍고 눈썹 그리고 입술연지도 바르고, 종일 수연이랑 놀고 싶어진다. 아, 귀여운 것!

나는 아들 집에 와서도 컴퓨터 영상으로 Olivia를 매일 만나고 있다.

4박 5일의 짧은 만남, 울고 보채는 수연이를 달래며 공항으로 발길을 돌렸다. 언제일지 알 수 없지만 진영이 결혼식 때는 수연이 수철이를 다시 만날 수 있을 터인데……. 소영이 부부는 아이를 많이 낳기를 원한다. 셋째가 태어났을 수도 있지 않을까. Olivia는 워싱턴에 있는 진영이모를 무척 따른다. 진영이는 언니네 행복한 모습을 지켜보면서, 결혼적령기가 지났는데도 느긋하다. 언젠가는 결혼을 결심하겠지. 어떤 증손이 태어날지 지금부터 궁금해진다.

기쁨 주고 사랑 주고 힘을 실어주기 위해 떠난 여행이 Olivia를 통해서 새로운 글로벌리즘을 깨우치게 되었다. 아, 열려진 세상!

(2005. 12.)

애슈빌의 추억

11월 18일, 초겨울이지만 이곳 북(北) 캐롤리나의 수도인 랄리 (Raleigh)는 무척 따뜻했다. 오전 9시 30분, 아들네와 함께 1박 2일의 여정으로 애슈빌을 향했다. 애슈빌은 랄리에서 서쪽으로 248마일 떨어진 군소재지다. 인구는 7만 천여 명(2001년 집계). 프렌치브로드 강과 스와나노아 강이 합류하는 곳이기도 하다. 샬럿 서쪽 약 160킬로미터 지점. 블루리지 산맥과 그레이트 스모키 산맥 사이의 해발 7백미터의 고원도시이다. 상업과 제조업의 중심지이자 산악휴양지로도 유명하다.

드넓은 들판의 가로수가 대부분 나목이다. 상록수들도 덩달아 푸른빛이 바래있다. 산이 없는 단조로운 평원이 끝 간 데 없이 펼쳐진다. 세모꼴 지붕의 단층집들이 드문드문 흩어져있다. 큰 건물들도 고층이 별로 없다. 차가 빽빽이 찬 주차장을 지나면서 그것이 공공기관으로 짐작되었다. 한참을 달리니 동네가 나온다. 인가가 드문 시골길은 대체로 2차선. 3~4차선의 도시 길은 도시답게 차들의 내왕이 빈번하다. 어디를 가나 사람 구경을 할 수 없다. 그저 차가 달릴 뿐이다. 관광철이 지나서일까, 버스나 대형차는 손으로 꼽을 정도이다. 우리 차만 댕그라니 달릴 때도 있었다. '바글바글 문화권'에 익숙한 우리가 아닌가. 이국땅에서 느끼는 허허로움이 섬뜩하기도 했다. 아들과 며느리가 번갈아 운전대를 잡았다. 휴게소에 들러보아도 점원들뿐이다. 하도 지루해서 고가차도(高架車道)를 세기 시작했다. 애슈빌(Asheville) 까지 80여 개, 남북으로 도시를 이어주고 있다. 목적지가 가까워지자 높은 산이 시야를 가린다. 산이 많은 우리나라를 연상하게 한다. 산을 바라보며 고갯마루를 넘어서면 또 다른 산이 다가온다. 넘고 넘어, 4시간 반을 달려서 애슈빌에 도착했다. 거대한 쇼핑몰과 위락시설이 눈길을 끈다. 지형에 따라 형성된 시가는 언덕길이 많다. 이곳에서 서쪽으로 50마일 지점에 국립공원이 있다고 한다.

우선 시내를 돌아보았다. 산정에서 휘몰아치는 매서운 바람에 바짝 움츠러들었다. 폐부까지 스미는 추위에 구경이고 뭐고 호텔에 가서 쉬고 싶었다. 그러나 이왕 나섰으니 어쩌랴. 한산해 보이는 시내도 한참을 돌고 돌아 겨우 주차를 했다. 시내 보도에는 금속으로 새겨진 기념물들이 여기저기 장식되어있다. 벽면에 크게 붙여진 금속 사진들에는 기여도를 선양하는 글귀가 선명하게 새겨져있다. 특이한 시청 건물이 눈길을 끈다. 시청에서 올려다 보이는 언덕에 'VANCE'라 새겨진 석탑이 있다, 1827년경, 많은 아메리칸 인디언과 여행객들이 이곳 교차로를 빈번히 오고갔다 한다. 특히 테네시에서부터 마차나 덮개 달린 사륜차에 칠면조, 돼지, 소 등을 싣고 진흙도로를 통해 광장을 가로질러 남쪽시장으로 모여들었다고 한다. 석탑 언저리에는 어미 칠면조와 그 새끼, 어미 돼지와 그 새끼 두 쌍의 동상이 그때를 기린 듯 발자국까지 섬세하게 새겨져있다. 새끼들이 살아 움직이는 것처럼 앙증스러워 우리 부부는 돼지 동상 앞에서, 아들 내외는 칠면조 동상 앞에서 포즈를 취했다. 40대로 보이는 한 여인이 미소를 지으며 사진을 찍어 주겠다고 나섰다. 석탑 앞에서 우리 넷이 나란히 하나 찍었다. 어디서 왔느냐며 인사말을 묻기에 웃으며 가르쳐 주었더니 "안녕히 가세요" 제법 정확한 발음으로 화답했다.

다음 블록에 나아가니 3미터 높이의 다리미 동상이 우뚝하다. 세워진 손잡이 곁에서 며느리와 나란히 서서 찰칵 했다. 이 지역 세탁소에서 쓰이던 다리미를 본떠서 80여 년 전 여기에 아이론 빌딩이 세워졌다고 한다.

미국 여행길에서는 어디서나 동양인을 자주 만나게 되는데 어찌된 셈인지 여기서는 우리들뿐이었다. 쓸쓸한 심정이 되어 걷고 있는데 뒤에서 누가 "안녕하세요" 하고 인사를 건넨다. 깜짝 놀라 뒤돌아보니 미국 청년이다.

"어떻게 한국말을?" 내 물음에 그가 대답했다. "우리 할머니가 한국 사람이에요."

뒷모습이 자기 할머니와 똑같아서 달려왔다는 것이다. 작업하던 손이라 악수를 청하지 못한다며 좋은 여행 하시라는 인사를 잊지 않는다.

다양한 인종들이, 다양한 관계 속에서 살아가는 세상이라지만, 이역만리에서 한국계 3세를 만나게 되다니! 바람결처럼 스쳐간 그 청년이, 추위에 떨며 의기소침했던 우리 마음에 활기를 주었다. 은행잎이 수북한 가로수 길을 걸으며 광화문 길을 떠올렸다. 마음먹기에 따라 세상이 넓어졌다 좁아졌다 하지만 언젠가는 거대한 하나가 되지 않을까싶다.

호화스런 크리스마스트리에 이끌려 큰 건물 안 상가에 들어갔다. 아들이 셔터를 누르기 시작한다. 어느새 50대로 보이는 키가 큰 멋쟁이 여인이 또 사진을 찍어 주겠다고 다가왔다. 연이은 감동에 추위도 가시고 온몸이 따스해졌다.

호텔에 짐을 풀고 저녁 7시에 있을 빌트모아 에스테이트 관광을 위해 이른 저녁을 들어야 했다. 러브스터 하우스를 찾아갔다. 넓은 식당은 초만원, 시내 사람들이 다 모여든 것 같다. 한참을 기다렸다. 왁자지껄 떠드는 통에 입맛까지 도망한 기분이었다. 비싼 바닷가재 요리지만 휴게소에서 먹었던 며느리 솜씨의 우리 음식 맛과 어찌 비교할 수 있으랴. 웨이트리스의 사근사근한 접대는 우리도 배울 바란 생각이 들었다.

호텔식당에 놓고 나와 잃어버릴 뻔했던 스카프를 웨이터의 재빠른 친절로 다시 목에 두르며 따뜻한 추억을 안고 다음 행선지로 향했다.

(2005. 12.)

빌트모어 에스테이트 관광

11월 18일 저녁 7시, 1인당 50달러나 되는 빌트모어 에스테이트(Biltmore Estate) 관광길에 올랐다. 캄캄한 길을 굽이굽이 돌아 주차장에 도착하니 많은 사람들이 벌써 와서 차례를 기다리고 있었다. 대형 리무진에 편승하여 또 한참을 달렸다. 정원에 켜진 촛불들이 관광객을 반긴다. 촛불로 밝혀진 저택을 관광할 참이다.

집안 가득한 크리스마스트리가 연말의 분위기를 한껏 북돋워 주고 있다. 신부의 집전으로 크리스마스 캐럴을 부르는 아이들이 더없이 청순해 보였다. 군데군데 가이드가 서서 길을 안내하며 정연하게 이동했다. 조용히 움직인다. 앞서거니 뒤서거니 해도 부딪치는 일이 거의 없다. 부딪치는 일을 문화민족은 결례로 여긴단다. 미국 여행을 하며 터득한 에티켓이다.

조지 반데르빌트(George W. Vanderbilt. 1862~1914)의 빌트모어하우스. 빌트(Bilt)는 더취(Dutch)의 마을 이름에서 따오고 모어(More)는 '열다' 의 뜻인 영국의 고어(古語)로 원만하게 구르는 땅을 의미한다. 르네상스 건축양식의 4층집으로 미국에서 가장 큰 사저라 한다.

조지는 8 남매의 막내로 조용하고 총명한 아이였다. 부친의 영향을 많이 받아 미술작품과 책 수집을 좋아했다. 10 살 때부터 유럽, 아시아, 아프리카 등 세계 여러 나라를 여행했다. 가업에는 별다른 관심이 없었던 듯 1888 년 그의 나이 26 살 때 어머니와 노스캐롤라이나(North Carolina)의 산야를 돌아보고 그곳을 휴양지로 정했다 한다. 광물질이 풍부한 원천에 맑은 공기, 쾌적한 기후 등이 마음에 들었던 것이다. 당대의 이름 높은 건축가와 조경 설계사에 의해 장장 6 년 만에 준공을 본 저택이다. 12 만 5 천 에이커(1 acre 는 약 1,224 평)의 땅에 250 개의 방, 33 개의 가족 침실, 43 개의 목욕실, 65 개의 벽난로, 10 만 에이커의 임야, 250 에이커의 농장, 목장과 공원, 5 개의 유원지 등 위락시설을 완벽하게 두루 갖춘 집이다.

화살표를 따라서 방을 하나하나 돌아보았다. 거대한 규모의 수많은 미술품, 가구와 비품, 장식품들은 영국, 이태리, 프랑스, 아세아 등지를 여행하며 수집한 희대의 걸작들이다. 세계문명의 진수를 소장하기까지 얼마나 많은 연구와 정성을 쏟았을까. 막강한 부가 뒷받침되었다 해도 작품 하나 하나를 인수하기까지의 숨겨진 야기들도 무성했을 것이다. 인간이 누릴 수 있는 최고의 부와 호사, 위엄과 아름다움의 극치를 경의에 찬 눈으로 바라보았다. 특히 도서관에 소장되어 있는 어마어마한 장서들! 사다리까지 비치되어 있었다. 상상을 뛰어넘는 세계 최대의 저택을 선망어린 눈길로 바라보고들 있지만 그것은 화중지병(畵中之餅), 눈요기라도 할 수 있다는 사실이 행운이랄까. 호텔에 돌아온 우리들은 그저 꿈에서 깨어난 듯 말은 안 했어도 초라한 상대적 박탈감에 만감이 교차되었다.

부를 쌓기까지의 그 성공의 비결이랄까, 궁금한 것이 한두 가지가 아니었다.

1650년경, 잔 알슨 반데르빌트(Jan Aertsen Vanderbilt)는 네덜란드에서 이민, 스태튼 아일랜드(뉴욕만 안의 섬)에서 평범한 농부로 살았다. 한 세기 반이 지난 후, 콜네리우스 반데르빌트(Cornelius Vanderbilt 1794~1877)가 16살 때 어머니에게서 100달러를 빌려 뉴욕 만에 나룻배를 띄우게 되면서 소장파 실업가로 변신하였다. 나룻배에서 시작하여 100척의 증기선으로 미국 중부와 유럽 등지를 항해하며 부를 쌓았다. 50년 후 함장(Commodore)의 칭호를 받은 그는 철도사업에 투자하면서 두번째 행운을 거머쥐게 되었다. 박애주의자로 알려진 그는 지금의 반덴르빌트대학(Vanderbilt university)에 백만 달러를 기증했다. 그는 부인과의 사이에 13명의 자녀와 37명의 손자 손녀, 27명의 증손을 거느린 가장으로, 당대의 최고 갑부로, 실업가로 명성을 떨쳤다.

그의 장남 윌리엄 헨리(William Henry 1821~1885)가 가업을 인수, 그 자산을 배로 늘려나갔다. 1883년 메트로폴리탄 오페라 하우스(Metropolitan Opera House)에, 컬럼비아대학 의과대학에 기금을 희사했다. 그도 역시 수집가로 알려져 200점의 그림을 소장, 1881년에 지어진 맨해튼의 58개의 사저에 전시되었다. 최신 편의시설로 전화, 냉장고, 유럽풍의 가구, 스테인드글라스의 창, 태피스트리 등 고루 갖추고 살았다. 또 유리지붕의 뜰에서 그의 말들이 계절에 노출되지 않고 운동할 수 있게도 하였다. 그는 8자녀를 두었다. 그의 막내아들이 조지 반데르빌트(George Vanderbilt)이다.

빌트모어 하우스(Biltmore House)는 1895년 크리스마스 이브에 처음으로 개방되었다. 그로부터 한 세기가 넘도록 관광객의 발길이 그치지 않고 있다. 조지 반데르빌트는 어머니의 유산으로 물려받은 저택을 의욕적으로 운영해 나갔다. 그도 박애주의자였다.

다음 날은 포도주 공장과 농장을 돌아보았다. 광범위한 규모에 다시 한번 놀랐다. 포도주 시음장에서는 맛을 보며 구매하려는 고객이 가득했다. 농경시대의 자급자족의 표징이 여기저기 남아 있었다.

거대한 기업을 이끌어나가는 조지 반데르빌트의 신념은 자급자족하는 땅, 비장품의 영구보존, 그리고 개인기업의 육성이다. 1,500명의 용인을 거느리고 후대들에게 그 비전을 고스란히 전승시키려고 리모델링을 계속하고 있다. 연 90만 명의 관광객이 다녀간다고 한다.

조지 반데르빌트(George W. Vanderbilt), 그는 1898년 6월에 결혼, 유럽 신혼여행에서 돌아와 이곳에서 살았다. 1914년 3월 급성맹장염으로 52세에 아깝게 생을 마쳤다. 지금은 외동딸의 두 아들이 대를 이어오고 있다.

이번 여행길에서 나는 우리나라도 규모는 작지만 문화유산이 전국적으로 많이 산재되어 있는 것으로 알고 있다. 이들이 가꾸어져 길이길이 보존하고 대대로 전승해 나간다면 자긍심과 함께 국부(國富)가 되고 민족의 자랑이 되지 않을까.

어디 내놓아도 손색이 없는 우리 것을 귀중하게 여기는 그날들을 기대해 본다.

(2005. 12.)

수요회 꽃꽂이

꽃꽂이 선생의 막내아들, 명문 옥스퍼드대학 출신 박사, 늦깎이 총각이 결혼하는 날이다. 수요회 회원은 모두 옷단장을 곱게 하고 기쁜 마음으로 혼례에 참여했다. 남산 기슭에 위치한 야외예식장, 맑은 하늘의 따사로운 햇빛이 눈에 부셨다. 나무숲이 울창한 5월의 신록은 사랑으로 맺어지는 신랑 신부처럼 풋풋하고 신선했다. 모처럼 보는 고전적 궁중혼례식이 매우 멋스러웠다.

우리가 수요회를 조직한 것은 1977년 초가을이었다. 2년을 함께 꽃꽂이를 하다 보니 누가 먼저랄 것 없이 마음이 모아졌다. 어느새 26년의 연륜이 쌓였다.

우리는 처음 아이들 유치원의 학(學)자모로 만났다. 기다리는 시간이 아깝고 지루해서 수요일마다 인근에서 꽃꽂이를 배우기 시작한 것이다. 아이들도 다 유치원과 꽃꽂이로 가까운 사이가 된 것이다. 꽃이 좋아서 시작한 공부가 때마침 불어온 봄을 타고 열기를 더해갔다. 무슨 일이든 시작하면 끝을 내야 직성이 풀리는 나는 한동안 꽃꽂이에 심취하였다. 꽃은 하늘이 내린 선물이라고 했던가. 저마다 다른 모양으로, 빛깔로, 향으로 우리의 눈과

정신을 사로잡는다. 방긋이 웃음 짓는 꽃을 만지고 있노라면 황홀해진다. 오래 보전하려고 물에 얼음을 띄우고, 약을 쓰고, 뿌리를 태우기도 한다. 꽃이 지닌 생명감을 살리고, 우리 내면의 정서를 불어넣어 아름다운 조화를 창출해 나가는 예술 행위가 꽃꽂이인 것이다.

꽃꽂이 기초이론에서 시작하여 중요한 3주지 등 여러 이론 공부도 하였다. 제1주지는 진(眞)으로 진리는 모든 것을 인도하는 요소요, 제2주지 용(容)은 폭이 크고 너그러움을 표현하며, 제3주지는 인(仁)으로 진과 용의 마지막 조화를 찾는다. 끝을 연결해 보면 입체적인 부등변 3각형, 높이와 폭과 부피가 전체적인 균형과 조화로 안정된 삼각 구성이 만들어진다.

꽃 몇 송이와 화기, 침봉만 있으면 얼마든지 바라는 분위기를 만들 수 있다. 우리 정서와 미감을 살려서 작품을 만들게 되기까지는 5년여의 수련을 쌓은 후였다. 집안에 꽃이 있다는 것이 언제나 행복했다. 1급 사범을 따고 아호도 얻었다. 지헌 (芝軒)! 작품 전시회를 열고 사계(斯界)에 이른바 데뷔도 했다. 생산적인 입장에 서게 되는가 했더니 뜻밖에 또 다른 수학의 길이 이어졌다.

1990년 1월, 우리는 하와이 여행을 다녀왔다. 일행은 11명, 6박 7일의 여정. 지상낙원 같은 자연 속에서 집을 떠나온 해방감에 기지개를 크게 펴고 자유를 만끽하였다. 한편 그 자유를 타고 속상하고, 지루하고, 후회스런 사연들이 표출되었다.

여행을 다녀 보아야 사람의 됨됨이를 알 수 있다고 했던가. 우리는 15년을 넘게 만나왔던 사이지만 서로 모르는 게 너무 많았다. 감춰진 품성, 재주 취미 등도 그렇고, 가치관 종교관 등도 다양했다. 놀라움과 실망, 설렘과 안도의 교차가 문득 모임이 끝나는 게 아닐까 씁쓸한 기분을 자아내기도 했다. 여행에서 돌아온 후, 우리의 만남은 깊이를 더해갔다. 우의도 다져졌다. 서로를 위한 배려와 인정이 날로 무르익어 갔다. 참으로 보람된 나들이가 된 것이다.

수요회원의 프로필을 남기고 싶다.

꽃꽂이 선생 K. 고급공무원의 아내로, 무용과 출신인 그녀는 꽃꽂이의 귀재다. 제자들의 성화에 못이겨 지금껏 가위를 놓지 못하고 있다. 깨끗하고 솔직한 성격이 돋보이는 크리스천, 남편을 청렴하게 내조하며 바쁘게 산 맹렬 여성. 친교시간에는 꽃처럼 아름다운 몸매로 춤을 춘다. 2남 2녀의 어머니.

사범학교 출신의 곱디고운 여인 C. 1981년 남편과 사별. 그러나 사뭇 야멸찬 웃음을 잃지 않고 있다. 마음이 따스하고 미쁜 여인, 예의범절이 몸에 배어있다. 성공한 자녀들의 효를 듬뿍 받고 있다. 2남 2녀.

세 아들의 어머니 K. 개성이 강하고 활달하고 사교적이다. 기지가 툭툭 튄다. 의욕이 넘치는 화끈한 성격. 그러나 교통사고로 다친 둘째아들의 아픔을 가슴에 안고 산다. 3남.

현모양처형의 H. 그녀는 불가능을 모르고 산다. 딸 셋을 낳고 이어 아들을 낳았다. 수술을 여러 번 받을 정도로 약하면서도 매우 강하다. 경상도 특유의 악센트가 정겹다. 마음이 어질고 곧다. 3녀 1남.

인중이 매력적인 P. 당당하고 낙천적인 성격이 좋다. 크리스천으로 자녀들의 뒷바라지에 정성이 지극하다. 얼마 전의 교통사고 후유증으로 아직껏 치료를 받고 있지만 늘 밝은 웃음이 떠나지 않는다. 2남 2녀.

빼어난 미모에 빈틈없는 살림꾼 C. 너무 예뻐서 조물주가 시기를 하였나? 층층시하의 시집살이에 미국에 사는 친정 부모도 섬겨야 하는 힘겨운 나날을 바쁘게 산다. 그런 가운데서도 삼풍백화점이 붕괴되었을 때 현장에서 수고하는 이들에게 떡을 해다 나누어 주기도 한 온정의 주인공이다. 전직 대통령과 이웃하고 살면서 그 경호원들에게도 차 대접을 하는, 안팎이 똑같이 예쁜 독실한 불교도. 시 쓰기가 몸에 배어있다. 1남 2녀.

고급 공무원의 아내 K. 깨끗하게, 검소하게 사는 본을 보이고 있다. 늘씬한 몸매에 음식솜씨가 뛰어나서 우리를 즐겁게 한다. 직선적이면서도 지혜로운 현모양처 형이다. 역시 크리스천. 구수한 전라도의 말씨로 이따금 우리를 박장대소케 한다. 우리는 모두 그 아들의 고시합격을 기다리고 있다. 1남 2녀.

미국 이민과 기타 사정 등으로 도중하차한 회원을 빼면 현재 정회원이 8명이다. 아직까지도 우리는 자신의 이름보다 아이들 이름으로 통한다. 때로는 시들먹하다가도 애경사 때는 훈훈한 축의가 못다 한 얘기처럼 쏟아진다. 다투어 꽃이 되어 모인다.

수요회는 각양각색의 꽃들의 모임이다. 저마다 자신을 위해, 우리를 위해, 좋은 점, 예쁜 곳은 사뭇 돋보이는 조화로운 꽃꽂이로 남고 싶다. 서로를 존중하고, 주는 사랑의 본이 되어 희로애락을 한마음으로 부추겨야 하지 않겠는가.

꽃은 그 고운 자태로 우리의 정신세계를 맑게 한다. 꽃꽂이에 동화되어진 우리의 정서는 끝없이 새로운 미와 창작의 세계를 추구한다. 꽃꽂이의 지혜가 우리 삶 속에서도 아름다운 균형과 조화를 이루어 나가리라.

꽃이 좋아서, 꽃이 연이 되어, 꽃처럼 고운 만남으로 엮어진 수요회. 서로 서로 어우러지는 꽃이 되어 피어나리. 평생회원들에게 축복이 넘치기를!

(2003. 3.)

초여름 나들이

아카시아 꽃무리가 하얗게 뒤덮인 산야는 계절의 전령이던가. 바람결에 밀려오는 달콤한 향이 온몸을 감싼다. 흐드러지게 핀 꽃 사이로 꿀 농사에 바쁜 벌들이 부지런히 헤매고 다닌다. 좋은 계절, 수요회는 미루어 오던 '옥천' 행을 단행했다. C회원의 별장이 있는 곳이다. 나는 이번이 초행이다. 아침 8시 45분발 무궁화호 기차를 타고 보니 금방 수학여행 같은 들뜬 기분이 된다. 정성스레 준비해온 잣죽과 흑임자죽으로 아침 요기를 했다.

이런저런 이야기꽃을 피우다 보니 창 밖 풍경은 아랑곳하지 않은 채 2시간 하고도 10분이 지나 '옥천역' 이었다. 역은 아담하고 정갈했다. 역사를 메운 꽃들이 친근감을 더해 주었다. 지방자치제가 실시된 후 고장마다 그 특색을 잘 살리고 있는 것 같다.

마중 나온 밴으로 안내된 곳은 우리의 가락이 은은하게 배인 한정식 집이었다. 130년 전, 백두산의 나무로 지어졌다는 94평의 옛 한옥. 400평 대지, 넓은 뜰 구석구석마다 고풍스러움이 엿보인다. 잘 가꾸어진 수목과 화초들, 흐르는 물줄기가 시원하다. 개조된 화장실이 안방처럼 깨끗하다. 조선시대는 고을 사또가, 일정시대에는 정부 고관이, 공화당 시절에는 옥천 군수가 살았다고 한다. 주택 좌측으로 50m 거리에 공화당 당의장의 자택이, 우측으로는 시인 정지용의 생가와 고 육영수 여사의 생가가 있다고 한다.

대문 앞에서부터 한복 차림의 아가씨들이 반겨 맞았다. 뜰을 지나 토방에 올라 검은빛 대청마루를 지나 왼쪽 방으로 안내되었다. 드리워진 수 병풍과 방석이 아늑하다. 맛깔스런 산해진미가 허기진 배를 채워 주었다. 금강산도 식후경이라 했던가.

봉고차를 타고 별장으로 향했다. 무주 구천동 동계올림픽을 대비해서 넓혀진 도로가 시원하고 깨끗하다. 한가로운 전원마을 옥천 시내를 달렸다. 장찬지를 왼쪽으로 끼고 굽이굽이 돌아 한 30분을 달렸을까. C회원 별장에 당도했다. 관리가 잘 되어있다. 잔잔한 회색 돌이 깔린 길 양 옆에는 초롱꽃, 아기똥풀, 붓꽃, 수선화 등 봄철의 야생화가 꽃망울을 터뜨리고 있다. 왼쪽에는 높이 뻗어 있는 열두 그루의 금송(金松)이 우아한 자태를 자랑하고 있다.

금송만도 총 67그루, 소나무 마로니에 리키다 단풍 진달래 아카시나무, 울타리를 둘러싼 탱자나무 등 빽빽이 들어선 나무 사이로 ㄷ자형의 집 세 채가 보였다. 처음 지어진 듯 가운데 흙벽 집 마루에 카누가 길게 놓여있고, 양 옆에 두 건물이 있다. 인가가 드문 한적한 곳. 피서철이나 주말을 이용해서 쉬어갈 수 있는 훌륭한 휴양처이다. 30명 가까운 학생들을 초청한 적이 있다고 한다.

뜰을 거닐며 장찬지의 맑은 물과 댐을 둘러싼 아름다운 경관을 만끽하였다. 바람에 날려 오는 아카시 향을 마시며 나는 자연 속으로 깊이깊이 빠져드는 느낌이었다. 장찬지의 수심이 30여 미터, 담수량이 1위, 붕어 빙어낚시를 즐기는 인파가 주말마다 북적이고.

회사 고위직에 있는 C회원의 남편은 동양란 가꾸기의 명수, 뿌리내리기에서부터 꽃피우기까지 아이를 다독거리듯 애인 돌보듯 속삭이며 정성을 다한다고 한다. 수목 다루는 일에도 일가견이 있어서 그 댁 뜰과 2층 옥상은 작은 식물원이다. 모든 나무와 화초들이 최상의 컨디션으로 싱싱하고 화사하다.

별장 가꾸는 정성도 대단하다. 몸소 익힌 솜씨로 웬만한 일은 척척 처리한다. 자연은 가꾸는 대로 대응하고 배신이 없다고 했던가. 인간이 자연과 친해질 수만 있다면, 아니 일체(一體)가 될 수만 있다면 산하(山河), 초목(草木), 석토(石土), 일월성신(日月星辰) 등은 알고 싶은 여러 비밀들을 하나 하나 보여줄 것이라 했다. 그 부부는 이미 그 비밀을 터득하고, 그토록 사랑하고 아끼고 같이 호흡하며 한마음이 되어있는 듯하다.

시간에 쫓겨서 정지용의 생가를 찾지 못한 게 아쉬웠다.

나는 고향이 그리울 때마다 정지용 시 〈향수〉 노래를 불러 마음을 달래곤 했다. 구절마다 넘쳐 흐르는 목가적인 서정이 가슴을 촉촉이 적셔주었다. 박인수 교수와 이동원 가수의 앙상블에 그냥 눈이 감기기도 했다.

넓은 벌 동쪽 끝으로 옛이야기 지즐대는 실개천이 휘돌아 나가고
얼룩백이 황소가 해설피 금빛 게으른 울음을 우는 곳
그곳이 차마 꿈엔들 잊힐 리야

정지용은 옥천이 낳은 현대시의 거성이다. 감각적인 이미지와 신선한 언어로 무욕(無慾)의 순수를 노래한 그는 현대시의 비조라 했다. 생각하면 그의 생가 가까이 와 있다는 것만으로도 흐뭇

한 일이다.

　별장에서 환담을 나눌 때 뻐꾸기 소리가 들렸다. 벽에 걸린 시계 소리였다. 산의 정취에 취하여 그 소리를 진짜 소리로 착각하였다. 묘한 기분이었다. 쉬기도 하고, 호숫가를 거닐기도 하며, 잠시나마 잡다한 일상의 시름을 잊을 수 있었다. 하룻밤을 묵고 갔으면 더욱 숨통이 트일 것 같았다.

　어느덧 초여름 나들이가 저물어갔다. 떠날 채비를 서둘렀다. 왔던 길 되돌아, 장찬지 맑은 물에 여정을 묻고 옥천역에 도착했다. 다슬기해장국을 꼭 들고 가란다. 쌉싸래하고 구수한 토속의 맛.

　서울역엔 뜻밖에 남편이 마중 나와 있었다. 전에 없던 일이다.

(2003. 5. 21. 수요일.)

관향(貫鄕)을 찾아서

연초부터 공부를 시작한 새문안교회 중국어 성경 반의 하계 수련회를 안동에서 갖기로 했다. 안내는 그곳 출신인 김대원 집사가 맡았다. 안동을 가본 적은 없지만 어머니의 관향이 안동이어서 친근감이 느껴지던 곳인데, 이 '어머니의 관향'을 방문하게 된 것이다. 그 우연이 내 가슴을 설레게 했다. "우연은 신(神)의 뜻이다. 일의 4분의 3은 우연의 신에 의해 행해진다."는 말이 있다. 나로서는 반갑고 은혜로운 일이었고, 남편도 바쁜 일정 뒤로 미루고 같이 가기로 했다.

일제시대에 창시개명(創氏改名)을 강요당한 시절이 있었다. 그때 나는 어머니가 안동 김씨라는 것과 나의 관향이 창원이라는 것을 알았고, 뒷날 내가 결혼을 하게 되면서는 당시 신랑 임씨의 관향이 나주(羅州)라는 것을 알았다. 한참 후인 1976년 가을, 장손인 시숙의 장남, 임경학 목사가 남산 국립도서관에서 임씨 옛 족보를 찾아내었다. 남하한 온 문중이 통일이 되어서 고향 친지나 만난 듯 환성을 올리며 기뻐했다. 남편은 시조 휘 림 팔급(諱林八及) 할아버지의 37대 손이다.

어느새 우리도 조상 앞으로 돌아갈 나이가 가까워졌음인가, 이산의 아픔이 한이 되었음인가 관향에 대한 관심이 솔깃해진 것을 숨길 수가 없었다.

낮게 드리운 하늘, 장맛비가 시도 때도 없이 내리고 있는 가운데 우리는 안동에 도착했다. 오후 1시 30분. 월영교(月映橋) 앞에 차가 섰다. 비는 이슬비로 바뀌어 있었다. 물안개가 피어오르는 낙동강, 그를 굽이굽이 감싸 안은 의연한 산세, 울타리 같은 긴 제방, 밝은 달이 그 강물에 어리어 월영교라 했을까. 촉촉한 나무다리를 걸었다. 가슴에 묻어버린 어머니의 영상이 자꾸 아른거렸다. 나란히 걷고 있는 남편은 무슨 생각을 하고 있을까. 아마 북녘 땅에 두고 온 부모형제를 그리겠지. 새삼 단절의 아픔이 사무쳤다.

도산서원을 돌아보고 있는데 비가 또 억수같이 쏟아진다. 나도 모르게 마음속으로 가만히 아뢰어지는 언어가 있었다.

"오마니! 노년에 접어든 셋째딸 경운이가 사위와 함께 안동에 왔습니다. 큰절 받으세요."

쌓이고 쌓인 50여 년의 한을 씻어 내리기라도 하듯 장대비가 사정없이 후려쳤다. 맞고 또 맞았다. 몸도 마음도 흠뻑 젖었다. 옷과 운동화가 천근만근인데 오히려 시원하고 홀가분했다. 비에 젖은 것인지, 눈물에 절은 것인지……

나의 외가는 평남 강서군 성암면 태안리 414번지. 외할아버지 김락봉(金樂鳳), 외할머니 조선화(趙善嬅) 사이의 차녀, 김지영(金芝英)이 나의 어머니다. 어머니는 외할아버지를 닮아서 키가 작았고 아버지도 작은 편이었는데, 나는 외할머니를 닮아서 훌쩍 크다고 들었다. 외가는 비교적 개화된 집안이어서 어머니는 성경학교 출신이다. 평양 토박이인 우리 형제는 방학 때면 외가에 가는 것이 낙이었다. 어른들이 타계하신 후 외사촌 언니네 식구들이 모두 평양으로 이주해 가깝게 살았다. 이게 내가 알고 있는 외가쪽 이야기다.

김 집사의 안내로 지례(知禮) 예술촌에서 일행이 묵게 되었다. VIP방에 들었다. 별채 샤워장의 불빛만 희미할 뿐, 사위는 암흑 속에 묻혔다. 빗소리 대신 개구리 합창 소리가 기승이다. 모처럼 들어보는 고향의 푸른 울음이다. 자리를 펴고 누웠다. 쉽게 잠이 오지 않는다. 날벌레 때문에 전등을 켤 수도 없다. 이런 저런 생각에 시달리다 겨우 잠이 든 새벽녘, 번개와 천둥 소리에 소스라쳤다. 이내 동창이 밝아왔다. 앞 미닫이를 활짝 열었다. 내리는 빗속에 수목들이 풋풋하다. 냄새도 싱그럽다. 저만치 아래쪽 강물이 황토색이다. 그이는 빗물로 세수를 하며 웃는다.

김대원 집사, 김원길 교수는 의성(義城) 김씨다. 생가의 건물이 문화유적으로 보존되어 있었다. 김 집사의 말에 의하면 안동 김씨 종가도 안동에 있다고 한다.

안동에서 서쪽 16Km 지점에 위치한 풍산읍은 뒤로는 해발 888m의 학가산과 천등산이 둘러있고, 앞에는 낙동강을 끼고 드넓은 평야가 펼쳐져 있다. 자연환경이 아름답고 생활여건이 좋은 풍산읍은 골골마다 동족부락이 형성되어 5백~6백 년 동안 세거해 오면서 고유의 문화를 형성하며 수많은 유적을 남겼고 수많은 인재를 배출하여 명문 벌족의 명성이 이어지고 있다. 특히 풍산읍에 소재한 소산(素山) 마을은 안동을 본관으로 하는 두 안동 김씨 문중의 세거지이다. 삼구정(三龜亭)은 정자 옆에 세 개의 돌이 거북같이 놓여 있고 거북은 본래 영물로 장수하는 동물이라, 김씨 문중의 다섯 효자 아들이 어버이의 장수를 염원하여 지은 것이라 했다. 안동 김씨 일문의 정신적 지주이자 마음의 고향으로 알려져 있다. 그러나 일행에서 빠져나가 찾아갈 형편은 못되었다. 허허로움에 마음이 시려왔지만 다음 과제로 접어둘 수밖에……. 언젠가 꼭 찾아갈 것이다.

안동에서 돌아온 후 나는 김 집사의 협조를 받아 안동 김씨에 대한 자료와 책도 뒤적이며 인터넷의 정보도 수집했다. 안동 김씨는 시조를 달리하는 두 계통이 있다. '신안동, 구안동'이 그것이다.

신안동의 시조 김선평은 신라 말에 고창(古昌 : 안동의 옛 이름)의 성주로서 후백제의 견훤군을 격파하고 고려 태조 왕건에게 귀부(歸附)한 개국공신으로 벼슬이 태광태사(泰匡泰師)에 이르렀다. 이리하여 그의 후손들은 관향을 안동으로 하였으며 조선조 중기에 도정(都正)을 지낸 김극효를 중시조로 하고 있다. 그리고 상계(上系)를 상고(詳考)할 수 없는 지철파(之哲派), 원수파(元水派), 열파(烈派) 등 3파가 있다. 금관자가 서 말이라 큰 벼슬이 많이 난 것으로 비유하고 있지만 세상에는 '세도가문'으로 더 잘 알려져 있다. 김삿갓으로 유명한 병연을 비롯해서 근대인물로는 옥균, 좌진 등이 있다. 묘(廟) 사(祠) 서원(書院) 영당(影堂) 정각(旌閣) 행의문(行義門)등 유적들이 안동을 비롯해서 북한까지 포함해 전국적으로 36개소에 산재해 있다.

구안동의 시조는 평장사(平章事) 휘 숙승이 시조로, 고려조의 명장 충렬공 휘 방경을 중시조로 하고 있다. 조선 전기에 세력을 크게 떨쳤다. 인조 때의 영의정 자점이 역모죄로 처형되면서 꺾이게 되었다. 현대 인물로는 백범 김구가 있다.

신, 구 안동 김씨의 집성촌도 주로 안동을 중심한 남한에 많다.

북한에도 황해도와 평안북도에 꽤 분포되어 있다고 한다.

어머니는 신 안동, 구 안동, 어느 계보인지 알 길이 없다. 그러나 이 정도라도 알아본 것이 어머니에 대한 무슨 효심 같기도 해서 혼자 웃음이 나왔다. 김대원 집사에게도 이런 나의 마음을 전해야겠다.

(2003. 7. 10.)

헛제삿밥

얼마 전, 교우들과 함께 나는 경북 안동을 다녀왔다. 장마철이어서인지 서둘렀는데도 오후 한 시 반이 넘어서 도착했다. 아침을 대충 때운 탓으로 무척 시장기를 느꼈다. 도착하자마자 '헛제삿밥' 이란 큰 간판이 눈에 띄었다. 헛제삿밥? 기이한 이름이 아닌가. 그냥 그곳으로 직행했다. 밥과 탕, 큰 그릇에 담긴 갖가지 나물, 전, 간 고등어, 김치, 간장 등등 푸짐했다. 시장이 반찬이라 했던가. 특유한 음식을 미처 살펴볼 겨를도 없이 밥과 탕을 비웠다. 탕국은 짜지도 맵지도 않았다. 담백했다. 전들도 간이 없어 간장을 찍어야했다. 좀 심심한 속을 감칠맛 나는 고등어자반이 다독거려 주었다. 제 맛 나는 자반을 처음 먹어본 것 같았다. 여름철이긴 해도 음식이 모두 차가운 것들이다. 제사를 모시지 않은 제사 음식, 양반 고장다운 '안동 브랜드' 의 특별 메뉴가 아닐 수 없다. 후식으로 식혜가 나왔다. 단 맛에 고춧가루가 가미된 톡 쏘는 맛이 역시 특이하다. 대대로 이어온 맛인지 몰라도 내 입엔 맞지 않았다. 찬 음식만을 먹고 나니 따끈한 것이 생각나 뜨거운 물을 청했다. 끓이는 시간 때문인지 한참 만에 뜨거운 물이 나왔다. 헛제삿밥을 먹고 더운 것 을 찾는 것이 어쩐지 잘못된 것 같아 실소를 했다. 전통적인 제사에 익숙하지 못한 나의 신앙 때문인지 여러 모로 어색하기만 했다.

우리 민족은 조상에게 제사를 드리는 풍습이 있다. 제사에는 직계 4대 조상을 모시는 기제사(忌祭祀), 명절이나 절기에 드리는 차례(茶禮), 그리고 모든 직계 조상들의 묘소를 찾는 시제(時祭)가 있다. 이런 제사가 끝나면 참석하였던 사람들이 둘러앉아 제상에 올랐던 술과 음식을 나누어 먹는데 이것을 음복(飮福)이라 한다.

헛제삿밥이란 제사가 없는 여느 날, 제사 음식을 만들어 헛제사를 드린 뒤 그것을 나누어 먹은 데서 유래했다 한다. 유교의 고장 안동의 고유문화를 잘 보여주는 향토음식이다. 가짜로 지어먹은 제사음식, 악의 없는 거짓, 그래서 종교적으로나 문화적으로나 위화감이 없이 편하게 유교음식을 맛볼 수 있다는 것이다.

예부터 우리는 새로 이사를 하고 제사를 지내고 나면 이웃들에게 떡을 돌리는 풍습이 있다. 나이 들면서 특히 기독교에 눈 뜨면서 우리는 이를 먹지 않았다. 아이들에게도 먹이지 않았다. 고루한 생각이 들기도 했지만…….

헛제삿밥은 제사의 재판이기 때문에 음복 상에서의 모습 그대로이다. 제사에 사용되는 각종 나물(고사리 도라지 무채 시금치 콩나물 가지 토란줄기 등), 전(煎들 : 명태전, 두부전 등), 적(炙 : 어물과 육류를 싸리로 만든 꼬치에 끼워 익혀낸 산적)들이 한 접시씩 나온다. 탕(湯 : 주로 쇠고기에 무와 두부가 들어간 육탕)과 깨소금간장과 밥은 기본이다. 먹는 법은 고추장을 넣지 않고 깨소금간장으로 간을 맞추어 비비는 것이 여느 경우와 다른 점이다.

안동 식혜는 고두밥에 무와 고춧가루, 생강즙, 맥아즙을 넣어

발효시킨다. 무의 시원한 맛과 고춧가루의 맵고 달작지근한 맛이 어울려 독특한 향취가 뛰어난 음식이다. 온도가 높으면 쉽게 쉬기 때문에 냉장고가 없었던 시절엔 계절음식처럼 겨울에만 즐겼다 한다. 1박 2일의 안동기행에서 우리 일행은 네 끼의 식사를 했다. '헛제삿밥'의 점심을 비롯해서 고유의 향토음식을 지례예술촌에서 두 끼를 먹었다. 나물이 여남은 가지 되고, 역시 간고등어는 빠지지 않았다. 한 끼씩 바꾸어진 된장국과 육개장이 깊은 맛을 더했다. 안동 쇠고기가 왜 서울에서 인기가 있는지 알만 했다.

영주시를 거쳐 '소수소원'으로 가는 길에서 국밥집을 찾았다. 예기치 않았던 묵밥집이다. 갓 쑤어낸 묵에 김치와 푸성귀, 김을 섞은 무침이다. 조밥과 양념장이 나왔다. 양념장을 치고 조밥을 비벼서 훌훌 맛있게 들었다. 구미가 돌아 더 시켜서 포식을 했다. TV 프로에서 소개된 전통의 맛집.

끼니마다 올라오는 간 고등어의 맛이 일품이어서 인터넷을 열어보았다. 내륙지방인 안동은 생선이 귀한 고장이었다. 영덕 등지에서 소달구지로 들어와야 했기 때문에 부패 방지를 위한 염장 기술이 일찍부터 발달했다. 그것이 안동 특유의 짭조름한 맛을 내어 전국적으로 유명해진 것이다. 1930년대부터 이경기라는 분이 염장을 시작하여 1978년까지 이어오다가 그분이 작고한 후는 아들 창식씨가 대를 잇고 있다 한다. 70년째 간고등어 염장업을 해 오고 있다는 것이다. 원조 간고등어가 된 셈이다. 그 매점들이 그 유명도를 말해주는 것처럼 매우 많다.

기회가 장맛비로 어려움이 많았지만 유교의 본거지 안동 고유의 문화와 향토 음식을 즐긴 경험이 여러 모로 감회가 깊었다. 오래오래 기억되리라.

(2003. 7. 雨期)

해학(諧謔) 속의 선비정신

　우리 일행이 하룻밤을 묵게 될 지례(知禮)예술촌으로 향했다. 안동 시내에서 10Km쯤 떨어진 유곡에 있었다. 지례마을에서 태어난 김원길 교수는 의성(義城) 김씨로 13대 종손이다. 임하댐 건설로 선대의 유산인 건축물 10동이 수몰될 형편이 되어서 그것을 이곳으로 옮겨 짓고, '지례 예술촌'을 운영하고 있다. 춘향목 나무 문짝으로만 지어진 집으로 340여 년이나 된 오랜 건물이다. 고색창연한 기와집, 토방은 1.5m 정도로 꽤나 높다. 마루에 오르니 따스한 기운이 감싸듯 아늑한 느낌이다. 문짝은 엊게 되어있고 두 짝씩 접어 천장에서 알맞게 내려온 'ㄴ'자형 걸고리에 엊게 되어 있고, 다 접어 올리면 큰 홀이 연출된다.

　김원길 교수(안동대)의 '해학 속의 선비정신'이란 특강시간. 산골답게 나방, 모기떼가 기승을 부린다. 모기향을 피워도 영악한 놈은 날쌔게 기습을 한다. 그런 가운데서도 시간을 잊고 열강에 빠져들었다.

　인(仁) 의(義) 예(禮) 지(智) 신(信) 충(忠) 효(孝) 도(道) 덕(德)이 유림사회의 선비정신이며 기본 덕목이다. 도산서원 같은 작은 학당에서 천하를 움직이는 인물이 나왔다는 사실 앞에 그만 숙연해진다. 견리사의(見利思義), 즉 눈 앞에 이익이 보일 때 의리를 생각하는 것이 안동 사람의 기질이라 했다. 장손들만이 고스란히 고향을 지키고 살다보니 경직되고 가라앉은 유교 분위기와, 집집마다 행해져 내려온 제사 때문에 모든 마을에는 헤픈 웃음이나 노래가 없다. 고단수의 우스개는 있어도 음담패설은 없다. 실수한 이야기들이 자연스럽게 주류를 이룬다. 가난, 제사, 숙맥(菽麥), 불천위(不遷位) 등 정신적 긴장이 심할수록 사람들은 이를 해학으로 풀고 극복해 나간 것이다. 다른 지방에서는 해학의 대상이 중인이나 상민이라면, 안동에서는 양반골답게 그 주인공이 대부분 사대부집안 후손들이며 유가의 전통에서 살아온 사람들이다. 시골 선비들의 실수담이나 숙맥짓이 그 대종이다.

"밀가루가 있으면 콩가루를 빌려, 홍두깨도 빌려다가 옆집의 울타리를 뜯어 불을 때서 국수 좀 먹어보았으면." 즉 나는 아무것도 가진 게 없다는 뜻이다.

구 장터에서 하얀 두루마기에 갓을 쓴 노인이 길바닥에 새로 짠 노란 멍석 몇 닢을 깔고 앉아 그걸 팔고 있는 노인에게 "이 멍석 얼마요?" "천사백 원 전엔 안파니더." "천사백 원이라구요? 천오백이든지 이천이지 왜 꼭 천사백입니까?" "내가 이걸 짜느라고 꼬박 열 나흘 걸렸으니 천사백 받지요."

두 영감이 마주 앉아 계약서를 작성하고 있다. 입회인도 없이. 덩치 큰 영감이 말라깽이 영감에게 말한다. "자 이제 됐네, 여기 도장을 찍게." 말라깽이는 도장을 꺼내 자기 이름 밑에 도장을 찍었는데 인주가 없어 글자가 나타나지 않자 입김을 불어서 찍어보

앉지만 마찬가지, 덩치 큰 영감이 자기 도장을 꺼냈다. "걱정 말게" 인주가 좀 남아있는 것을 보고 말라깽이 이름 밑이다 꽉 눌러 찍었다. "거긴 내 자린데⋯⋯." 덩치 큰 영감은 대꾸도 않고 세필 붓을 꺼내 침으로 붓끝을 풀어서 그 옆에다 썼다. "네 도장이 잘 안보이니 내 도장으로 대신하노라."

'외내 할배'가 제사 장보기를 들고 나오다가 곁사돈을 만났으니 회포를 풀어야겠는데 장 꾸러미가 문제였다. 인편을 찾는데 웬 청년이 꾸벅 인사를 하기에 "자네 이 보따리를 우리 집까지 가져다 주겠나?" 하니 그러겠다고 했다. 그걸 맡기고 사돈과 주막에서 실컷 이야기를 나누었다. 밤중에야 집에 와보니 부인이 묻는 것이다. "제사장 보기는요?" "내가 미리 보냈잖은가?" "누구 편에요?" "아 거 젊은 사람 안 왔던가?" "어떤 젊은인데요?" 한참 기억을 더듬던 외내 할배가 "저는 나를 알고 나는 그를 모르는 사람이었는데⋯⋯."

어리석음은 어진 것일 수 없지만 어질다 보면 어리석어 보일 때가 있는 것이다. "제물(祭物)은 귀신의 음식이다. 그걸로 술안주를 했다간 귀신의 앙갚음을 받게 되니 돌려주자." 친구들의 권으로 이 제삿장 보기는 자정 전에 그 인사성 바른 청년 과객에 의해 무사히 도착했다는 이야기. 외내 할배가 할매에게 보란 듯이 "거봐."

독립운동사에 그 이름이 혁혁한 모 인사는 중국 등 해외에서 오래 생활한 개화파로서 광복 후 고향에 돌아왔을 때에는 양친이 모두 돌아가신 후였다. 봉양 한 번 제대로 못하고 임종도 못한 그가 집안 어른의 안내를 받아 부모의 산소를 찾았을 때 통한이 어떠했으랴. 그런데 그의 성묘하는 모습을 보고 있던 사람들이 모두 키득키득 웃어댔다. 향로석에 구두를 벗어놓고 상석(床石) 위에서 절을 하는 게 아닌가!

아기(娥岐)산록을 서로 등지고 사는 지례(知禮)의 의성 김씨와 박실(朴谷)의 전주 유씨는 난형난제의 경쟁자로서 입씨름 단수도 막상막하. 박실 사람이 선제공격을 했다. "자네들은 제수진설 때 배나무 가지를 잡아당겨서 제상에 묶어놓고 절만 끝나면 팽! 하고 도로 놓아준다면서……?" "자네들은 제사 때면 왜 돌고개 보고 끄덕끄덕 절하는가?" 의성 김씨가 받아쳤다. "그야 돌고개가 북쪽이니까." "그게 아니지, 영덕서 안동 가는 어물차(魚物車) 보고 절하면서!"

벽에 걸린 시계는 10시가 훨씬 넘었다.

갓 쓰고 도포 두른 전형적인 선비들의 꼿꼿한 절개와 고지식하고 아첨할 줄 모르는 기질은 유가 수백 년 간의 생활 문화와 정신세계를 이끌어 오지 않았을까. 가난과 쓰라림, 슬픔 등 내면적으로 아픔이 작용하면서 외적으로 즐거운 표정을 짓는 것, 바닥에 깔려있는 눈물을 걷고 해학하는 마음은 여유 있는 마음이요, 윤택한 마음이요, 즐기는 마음이라 했다. 긴박할 때, 절망적일 때, 그리고 분노 속에서도 웃을 수 있는 멋스러움, 실없는 익살이 진담보다 인생을 살찌게 하는 것과 같다.

(2003. 7. 10.)

안동(安東), 영주(榮州) 기행

　말로만 들었던 도산서원을 실지로 둘러보았다. 도산서원은 퇴계 이황 선생이 1561년에 세운 서당이다. 사단(四端), 즉 인의예지(仁義禮智)의 이(理)로 칠정(七情), 즉 희노애락애악욕(喜怒哀樂愛惡欲)인 기(氣)를 다스려 선한 마음으로 바르게 살아가고, 모든 일을 순리로 풀어야 한다고 제자들을 가르치신 곳이다. 제자들이 공부했던 기숙사, 1,271종의 유품들이 보존되어 있는 광명당이 인상 깊었다. 특히 이 광명당은 습해 방지를 위한 누각식 건물이다. 동 서재(東 西齊), 전교당(典敎堂), 선생의 위패를 모셔 놓은 상덕사(보물 제211호) 등을 돌아보았다. 1792년 퇴계 선생의 학덕을 기리고 지방 선비들의 사기를 높여주기 위하여 어명으로 실시된 특별과거인 도산별과(陶山別科)를 보인 시사단(試士壇)을 보았다. 당시 총 응시자가 7,228명이나 되었고 임금이 직접 뽑아 시상한 사람도 11명이나 있었다 한다.

　안동에서 청송 영덕 방면으로 삼십 리 쯤 떨어진 곳이 우리 새문안교회 김대원 집사의 고향이라 했다. 영남 4대 길지(吉地)의 하나로, 조선조 중기 이래 유교문화를 꽃피운 유서 깊은 곳이다.

문화유적으로 지정된 그곳은 그림처럼 수려한 산세에 안겨 있다. 의성(義城) 김씨의 세거지(世居地)이기도 하다. 한말, 독립운동의 산실인 협동학교가 바로 이 마을에 설립되어 28명의 애국지사를 배출하기도 했다.

시내에 있는 통합측 교단인 안동교회를 방문했다. 1995년의 전통을 자랑하는 교회다. 유림(儒林)의 숲 중심가에 교회가 자리잡고 있다는 사실이 놀라웠다. 기념 촬영을 했다.

하회(河回)마을은 낙동강이 태극 모양으로 흐른다 하여 지어진 이름이다. 산과 강으로 둘러싸인 이곳은 천혜의 여건으로 한 번도 외침을 당한 일이 없다고 한다. 상류층의 기와집에서 초가나 토담집의 민초에 이르기까지 전통 민속이 잘 보존되어 있다.

북촌댁은 양진당과 함께 북촌을 대표하는 가옥으로 1862년 건립, 안채, 사랑채, 문간채, 사당 등을 두루 갖춘 전형적인 양반 가옥이다.

양진 당은 조선 명종 시 황해도 관찰사를 지낸 류중영, 류운룡 선생 부자가 살았던 집으로 풍산 류씨의 종가이다.

충효당은 류성룡 선생의 종택이다. 선생이 삼간초려(三間草廬)에서 별세한 뒤 문하생과 사림(士林)이 선생의 유덕을 추모하여 류원지 선생을 도와 건립한 것이다. 99년 4월 21일 영국 여왕 엘리자베스 2세가 이곳을 방문한 바 있었다. 기념으로 식수한 구상나무가 푸르게 자라고 있었다. 기념관에는 당시의 사진들이 전시되어 있었다.

류시주 가옥은 조선 중기의 건축물이다. 안방 정면에 담장을 만들어 사랑방 손님과 안방의 부녀자가 서로 마주치지 않도록 당시의 세정을 잘 나타낸 점이 특징이다.

하동고택 등, 주인이 외출 중인 고택과 하회탈 박물관은 먼발치로 보기만 했다. 마을 관광을 대충 끝내고 낙동강을 따라 '만 그루 소나무 숲'을 걸었다. 만송정비(萬松亭碑) 앞에서 조상들의 기개와 슬기에 저절로 고개가 숙여졌다.

강 건너 부용대의 기암절벽이 신묘하다. '선유 줄불 놀이'는 낙동강을 끼고 부용대와 만송정, 경암정과 옥연정 사이에서 행해진다. 부용대에서 강가에까지 미리 줄을 매어놓고, 불꽃이 그 줄을 타고 쏟아지게 하는 불꽃놀이와 뱃놀이가 한데 얼려 흥을 돋우는 신명나는 놀이라 했다. 선유시회(船遊詩會)라 해서 하회 선비들이 중심이 되어 매년 음력 7월 16일 야음이 짙어서 시작된다. 기원은 분명하지 않지만 약 450년 전부터 실시된 놀이다.

버스 편으로 영주시를 향했다. 안경덕 집사의 자세한 안내가 있었다. 소수서원(사적 제55호), 풍기군수 주세붕 선생이 1542년에 고려 말의 유현(儒賢) 안향 선생의 사묘를 세워 선생의 위패를 봉인했다. 다음해에 학사를 건립하여 백운동서원을 창건했다. 그 후 퇴계 선생이 풍기군수로 재임하면서 1550년 소수소원이란 사액(賜額)을 받게 되었다. 이는 우리나라 최초의 사액서원이자 공인된 사립고등교육기관이다. 93년도에 그 자리에 건립된 충효교육관에는 2백여 석의 좌석에 시청각 교육 기기 등이 고루 갖추어져 있다. 서원의 유래와 기능을 한눈에 볼 수 있는 사료전시관도 마련되어 정신문화의 도장으로서의 기능을 다하고 있다. 관광객, 학생을 실은 대형버스가 쉴 새 없이 드나들고 있었다.

봉황산 자락에 자리한 명찰 부석사(浮石寺)는 소수서원과 함께 영주의 정신과 혼을 상징하는 뿌리 깊은 유적이다. 부석사로 오르는 계단이 108개나 된다. 주위에 펼쳐진 정경이 잔잔하다. 부석에 얽힌 사연은 애틋하다. 의상대사가 중국에서 불법을 공부할 때 대사를 외사랑했던 성묘낭자가 대사가 귀국 길에 오르자 바다에 몸을 던졌단다. 용이 되어 사랑하는 이를 따라 신라로 온 것이다. 대사가 부석사를 창건할 때 선묘낭자는 큰 바위를 세 차례나 하늘로 띄워 도적을 물리쳤다. '부석'이란 전설은 여기에서 생겼다고 한다.

장마철 1박 2일의 여행이었지만 어머니를 그리는 마음으로 어머니의 관향인 안동의 유적 하나하나를 나름대로 마음에 새기며 뿌듯한 마음으로 돌아왔다.

외국여행을 다녀보면 별것 아닌 것을 관광 상품으로 개발해서 외화를 벌어들이는 예를 흔히 본다. 예부터 우리나라는 금수강산이란 말을 들어왔다. 천혜의 풍광 속에 굽이굽이 깃든 특유의 정신문화의 유적들을 바람직한 관광자원으로 개발한다면 크게 국위를 선양할 수 있지 않을까. 다시 찾고 싶은 곳, 다시 가고 싶은 그런 나라로, 다 함께!

어깨가 뻐근해왔다.

(2003. 7. 10.)

기도문

기도를 위한 기도

사랑과 은혜의 주님!

오늘도 주님을 향한 기도 속에 이 땅의 많은 크리스천들이 새벽을 열고 있습니다. 그 열기는 활짝 열려진 대화의 통로를 향해 하나님에게로 달려가고 있습니다. 기도는 그 바탕이 무엇보다 진실해야함을 저희가 먼저 체득토록 하여 주옵소서. 일상적인 생활들에 관해 우리가 염려할 모든 것이 하나님께 기도할 모든 것이며, '할 수 없을 만큼'이 아니라 '할 수 있는 만큼' 기도하게 하옵소서.

기도를 통해서 회개의 영으로, 진리의 영으로 임하시는 하나님의 영성을 찾게 하여 주옵소서. 너무나 인간적인 관심에 사로잡혀 그 '무엇'을 하나님께 바라기에 앞서, 기도를 통해 하나님의 참뜻을 헤아리며, 주님께로 한 걸음 또 한 걸음씩 나아가는 저희가 되게 하여 주옵소서.

날마다 죄로 물든 마음을 찢는 고통과 회개가 전제되어야 비로소 새로운 생명으로 거듭나게 되는 줄 알고 있습니다. 그렇게 해서 하나님의 형상을 따라 지음 받은 영으로 회복되는 줄 압니다.

영감은 어느 소수의 전유물이 아닌 모든 그리스도인의 것이며, 하나님과의 수직적 관계를 가짐으로써 받을 수 있는 특권임도 아옵니다.

기도 자체도 하나님의 은혜요, 은사이며 이에 응답하는 인간의 신앙행위가 곧 기도로 나타나는 게 아닐는지요. 그 기도 속에 값없이 주시는 하나님의 은혜와 사랑을 듬뿍 누리며 그 응답 속에 오늘의 우리가 있지 않나 생각하게 됩니다.

그런데 저희들이 드리는 기도의 많은 부분이 자신의 이익과 행복을 찾아 맴돌고 있지나 않은지, 개인 위주의 범주를 넘지 못하고 바람만을 늘어놓고 있지나 않는지, 그러한 반성으로 남 모르는 아픔을 느낍니다. 이 기도가 정말 하나님이 기뻐 받으시는 기도일까 뉘우침부터 밀려듭니다.

제대로 된 기도부터 드릴 수 있는 능력을 저희 모두에게 허락하여 주옵소서. '기도를 위한 기도'를 드리지 않을 수 없는 까닭이 여기에 있사옵니다.

기도는 하나님과의 친밀하고 끊임없는 상호 작용 속에서 해야하며, 우리가 갖고 있는 문제들은 그런 과정 속에서 때가 되면 자연스럽게 해결되어지는 놀라운 역사가 그 응답이자 축복임을 이해하고 있습니다.

하루만이라도 내가 행한 모든 일이 나 외의 다른 사람을 유익하게 하는 일에 사용되도록 우리로 하여금 기도하게 하소서. 흉흉한 죄악이 성하고, 불의가 크면 클수록 중보기도 소리가 이 강산 방방곡곡에, 세계만방에 울려 퍼져 나가게 하옵소서.

저도 예배의 순서에 따라 대표 기도를 해야 하는 자리에 서게 될 때가 있습니다. 그럴 때 드렸던 기도의 초안들을 모아 여기 담으려 하니 두렵고 부끄럽습니다. 외식과 형식에 치우쳐 본의 아니게 서기관과 바리새인들의 기도가 되지 않았는지…….

새문안교회에서 강신명 목사님 뒤를 이어 17년간 시무하신 고 김동익 목사님께서 가르쳐 주셨던 〈기도의 생활화를 위한 10가지 수칙〉이 큰 가르침으로 지금도 저를 일깨우고 있습니다.

1. 매일 일정한 시간을 정해놓고 주님과 나만의 시간을 성실히 지키라.
2. 영감 있고 주해가 포함된 성경을 취하여 진리를 깨우치며 씹어 먹어라.
3. 경건한 서적을 많이 읽어라.
4. 노트를 만들어 기도의 제목과 내용에 따라 분명히 기도하라.
5. 펜(연필)을 가지고 기도하라.
6. 가능하면 큰 소리를 내어 정확한 발음으로 기도하라.
7. 정해진 시간 외에도 생활 속에서 어떤 일을 시작하기 전이나 일하고 있는 중에라도 틈틈이 기도하라.
8. 급한 때나 걸어갈 때라도 생의 문제가 발생되거든 걸으면서도 기도하라.
9. 기도 후에는 하나님의 음성을 들을 수 있는 시간을 가져라.
10. 기도의 동지를 찾아 함께 기도하라.

기도를 통해서 하나님에게로 더욱 더 가까이 다가가게 하소서. 주님의 참뜻을 헤아려 주님 가신 길 바르게 뒤따르게 하소서.
아멘.

21세기 여성의 시대에 걸맞은 여성들

만유의 대(大)주재자로서 역사를 펼치시는 전능하신 하나님!
찬송과 존귀 영광을 세세에 받으시옵소서.

부족하고 허물 많은 저희를 자녀 삼으시고, 교회를 섬기며 복음을 전하는 영광스런 직분을 감당하게 하셔서 다함 없는 감사를 드립니다.

저희는 그 모든 은혜를 문득문득 잊곤 합니다. 어디를 가든 무엇을 하든 친히 임재하심을 잊고, 저희 힘으로 무엇이든 해낼 수 있다고 자만에 빠지곤 합니다. 주님 그 경망을 용서하여 주옵소서. 이 시간 신령과 진정으로 예배드리게 하시고 머리 숙인 저희에게 은혜 내려 주옵소서.

교회 창립 100주년을 기념한 '여성 세미나'는 이수한 권사님의 뜨거운 선교 열의와 적극적인 후원으로 출발되었습니다. 그 후 10년이 넘도록 기도와 지원을 아끼지 아니하였습니다. 새문안 여성들에 의한, 여성들을 위한 교육의 장으로 면면히 이어져, 오늘 제18회째를 맞게 됨을 감사드립니다. 해를 거듭할수록 더욱 성장 발전할 수 있도록 역사하여 주시옵소서.

하나님께서는 남성과 여성의 구별 없이 주님의 동역자로 부르셨습니다. 여성의 역할이 더욱 요구되는 현실입니다. 주님 말씀에 굳게 서게 하옵소서. 주님을 아는 지식이 풍성해지기 원합니다. 주님 닮기를 원합니다. 역사의 중심에 서서 민족과 국가의 정체성을 더욱 공고히 하며 주신 사명을 능히 감당할 수 있기를 원합니다.

국가의 위기 때마다 이 민족을 구원해주셨던 하나님! 이 민족의 현실을 굽어 살피시옵소서. 전능하신 하나님! 불안하고 심각한 혼돈에 빠져 있는 이 민족에게 소망의 빛으로 임하시옵소서. 대통령을 위시하여 각계의 지도자들에게 먼저 하나님을 두려워하는 마음을 주시옵소서. 정직하고 성실한 마음으로 민의를 살피고 정의로운 제언, 바람직한 제언에, 귀 기울일 줄 아는 지도자들 되게 하옵소서. 민족의 영원한 장래를 바라보며 역사의 교훈과 깨우침을 소홀하지 않도록 분별력을 주시옵소서. 화해와 협력, 자기희생과 뜨거운 헌신, 평화통일의 열망으로 가득할 때 하나님은 분명히 민족과 교회에게 바라던 것을 이루어 주실 줄 믿습니다.

변화와 개혁의 목소리가 날로 높아가고 있습니다. 먼저 나부터 변화되어야겠습니다. 나라와 교회의 주역이었던 믿음의 선배들은 고난의 역사를 통해 인내와 희생을 배웠으며, 역사의 길잡이가 되어왔습니다. 저희들도 이 시대의 길잡이가 되기를 원합니다. 교회의 사명을 바르게 인식하고 애국 애족하는 실천 의지를 깨우쳐 주시옵소서.

〈급변하는 가정문화에 대한 기독교적 성찰〉이란 주제로 세미나를 열려고 합니다. 기꺼이 시간을 할애해 주신 강사님들께 감사를 드립니다. 바라옵기는 시간마다 성령으로 뜨겁게 역사하여 주시옵소서. 주시는 말씀을 통해서 21세기 여성의 시대에 걸맞은 신앙의 어머니, 민족의 어머니들로 사명을 새롭게 결단하고 실천하게 하옵소서. 가정이 변하여 힘이 모아질 때 그것이 국가와 사회 발전의 근간이 되리라 확신합니다.

협의회 회장을 비롯한 9개 여전도회 임 역원들, 이 자리를 가득 메운 여전도회 주체인 회원 한 사람 한 사람의 뜨거운 기도와 뒷받침, 애쓰신 이들의 수고와 헌신을 주님 열납하시사 영광을 홀로 받으시옵소서.

여전도회협의회 찬양대의 찬양을 기쁘게 받으시옵소서.

여성 세미나의 시종을 성삼위 하나님께 의탁하옵고, 길이요 진리요 생명이 되시는 예수님의 이름으로 간절히 기도하옵나이다.

아멘.

(2004. 10. 29. 제18회 여성 세미나에서.)

맹호부대 장병들을 위한 진중 세례식

우리의 힘이 되시고 방패 되신 하나님!

변함없으신 주님의 사랑을 감사하오며 찬송과 영광을 올립니다.

주님 예정하셔서 이 시간 맹호부대 장병들과 한자리에 모여 하나님을 경배하게 하시고, 겸하여 진중 세례식을 거행할 수 있도록 인도하여 주심을 감사드립니다.

부족하고 연약한 심령들이 나의 죄를 고백하고 예수 그리스도가 참 구주되심을 확신하고 겸손하게 주님 앞에 나왔습니다. 주님 성령으로 뜨겁게 임재하여 주옵소서. 물세례만 받는 자리가 되지 않게 하시고, 진정으로 주님을 영접하고 진리 안에서 살기로 서약하는 감격과 은혜가 넘치는 시간 되게 하옵소서. 옛사람을 벗어버리고 그리스도와 함께 새사람으로 거듭나게 하옵소서. 이 후의 삶을 지켜 주시고 성도의 의무와 사명을 충실히 감당해 나가게 하옵소서. 군복음화에도 크게 기여하게 하옵소서.

하나님 존재에 대한 믿음 갖기를 원합니다. 하나님 사랑에 대한 절대적인 믿음 주옵소서. 하나님 섭리에 대한 믿음 주셔서 순종하게 하옵소서.

여호와를 경외하는 것이 지식의 근본임을 알게 하사 이 시간 세례를 받는 젊은이들이 주의 말씀과 훈계로 양육 받기를 원합니다. 말씀에 바로 서서 훈련과 연단을 쌓아 민족의 주역들로 튼튼히 서게 하여 주옵소서.

우리의 힘 되시고 방패 되시는 여호와 하나님!

분단된 이 민족의 간구를 들어 응답하여 주옵소서. 국토를 방위하며 불철주야 수고하는 국군장병들의 노고가 결코 헛되지 아니하고 평화적인 통일을 이룰 수 있도록 은총 내려 주옵소서.

맹호부대를 이끌어 나가는 지휘관과 장병들, 이들의 영적 사역을 담당하고 있는 군목들에게 지혜와 명철 주옵소서. 마음과 뜻이 하나 되어 국방의 의무와 함께 맡겨진 소임에 충성 다하게 하옵소서. 나라 사랑하고 민족 사랑하는 장병들이 다 되게 하여 주시기를 기도합니다.

이 시간 이상환 목사님 세우겠사오니 성령으로 역사하셔서 예비하신 말씀 힘 있게 선포하게 하옵소서. 마음 문을 열고 말씀을 받아들이게 하시고, 부름 받은 긍지를 가지고 하나님의 사랑과 진리를 나타내는 참된 그리스도인이 되게 하옵소서.

정성으로 준비한 새로핌 성가대의 찬양이 하나님께는 영광이 되고 머리 숙인 우리들에게는 은혜와 기쁨이 넘치는 찬양되게 인도하여 주옵소서.

이 시간 예배와 세례식의 시종을 성삼위 하나님께 의탁하오며 예수님의 이름으로 간절히 기도하옵나이다.

아멘.

(2001. 8. 4.)

나라를 위한 광복절 산상 기도회

생명의 근원이 되시는 하나님!

부족하고 허물 많은 우리들을 주의 자녀 삼으시고 은혜와 사랑으로 보살펴 주심을 감사합니다. 특별히 귀한 목사님 모시고 3일간 나라와 교회를 위한 광복절 산상 기도회로 모이게 하심을 감사합니다. 말씀으로 일깨워 주시고 주님의 성호를 소리 높여 찬양하며 간곡한 기도로 주님과 대면하는 귀한 산상 기도회로 인도하여 주옵소서.

우리들은 주님 앞에 부복할 때마다 심히 부끄러운 모습뿐임을 용서하여 주옵소서. 바쁘다고, 피곤하다고 자기 회개와 기도를 쉬는 죄를 범하였습니다. 죄를 회개하기보다는 합리화시키는데 급급하였습니다. 나 중심의 신앙오류에서 벗어나게 하옵소서.

역사의 주인이신 하나님! 일제치하에서 광복을 찾은 기쁨은 참전 연합국에 의해 뼈아픈 분단의 비극으로 이어졌고, 반세기가 넘도록 민족의 통일은 요원한 채 세계에서 유일한 분단국가로 남아 있습니다. 진정한 광복의 기쁨을 누릴 수 있도록 밝은 새날을 허락하여 주옵소서. 우리가 태어나고 지켜야 할 이 나라, 이 나라의 통일은 우리 스스로의 힘으로 이룩해야 할 필연의 과제입니다. 서로 화해하고 7000만이 더불어 잘사는 부강한 나라로 이끌어가게 하옵소서. 주님 통치하시는 평화스러운 그 나라 임하기를 간절히 기도합니다.

금년은 이 나라의 광복 53주년입니다. 자유와 해방의 해 희년이 지났습니다. 이 민족의 희년은 암담하기만 한 현실입니다. 그토록 갈망하는 그 은혜의 해는 언제나 이루어지려 하나이까?

부정부패로 타락한 이 백성, 영원한 것을 망각하고 땅 위의 부귀와 영화, 권세에 탐닉하였습니다. 사치와 낭비로 무절제하게 살았습니다. 나라의 안녕과 질서는 흔들리고 있습니다. 이 민족의 오만과 불순종이 오늘의 처절한 국난을 자초하였습니다. 주님 불쌍히 여기시사 궁휼 베풀어 주옵소서. 패역한 이 백성이 마음을 찢고 통회하게 하옵소서. 나라 사랑하는 마음 주옵소서. 다시 한번 일어설 수 있도록 힘과 용기를 주옵소서. 어려움 속에서도 긍정적인 사고로 소망을 가지고 좌절과 절망을 이겨 나가게 하옵소서. 사랑으로 서로 봉사하고 무거운 짐을 나누어 지며 슬기롭게 극복해 나가는 강인한 민족이 되게 하옵소서.

사랑의 하나님! 피로 값 주고 사신 새문안교회를 사랑하여 주옵소서. 유구한 역사와 함께 면면히 이어진 신앙의 전통이 허다한 역경 속에서도 흔들림 없이 맥을 이어왔습니다. 빛과 소금의 역할을 감당하여왔습니다. 곳곳에서 들려오는 탄식의 소리를 듣게 하옵소서. 역사의 주체가 되어서 이 민족과 함께 하는 교회, 명실상부한 어머니교회로 21세기를 힘차게 선도해 나가는 교회가 되기를 원합니다. 2000년 사업도 차질 없이 은혜 가운데 진행되어질 수 있도록 섭리하여 주옵소서.

"너희는 세상의 빛이라"는 표어와 함께 새날을 시작하게 하신 김동익 목사님, 하늘나라로 먼저 떠나보낸 충격과 슬픔을 믿음으로 극복하게 하시고 훗날 다시 만날 소망을 주셨습니다. 이제 공석중인 담임목사 청빙을 온 교회가 전심으로 간구하고 있사오니 주님! 응답하여 주옵소서. 소명이 투철하고 주님 마음에 합한 신실한 목사님을 청빙할 수 있도록 지혜와 은총 내려 주옵소서.

세우신 김동호 목사님 말씀 주실 때 성령으로 역사하셔서 예비하신 말씀을 남김없이 선포하게 하옵소서. 마음 문을 열게 하시고 우리의 사명을 재확인하고 새롭게 헌신을 다짐하는 은혜의 시간으로 인도하여 주옵소서. 인류를 구속하시는 하나님의 부름에 기꺼이 응답하여 충성 다하게 하옵소서.

자비로우신 하나님! 계속된 집중호우로 어려움을 당한 가정들이 속출하고 있습니다. 주님 친히 위로해 주시고 형통한 길 열어 주옵소서. 온 국민의 정성 어린 사랑과 나눔을 통해서 힘을 얻고 슬픔과 어려움을 이겨 나가게 하옵소서.

기도회의 남은 일정도 성령으로 이끌어 주실 것을 믿사옵고 모든 순서를 통해서 주님의 영광이 드러나게 하옵소서. 다시금 간구합니다. 성령으로 뜨겁게 역사해 주셔서 주님의 임재를 체험하고 감격과 감사, 기쁨과 찬양, 은혜와 사랑이 넘치는 기도회로 인도하옵소서. 생명을 주신 예수님의 이름으로 기도하옵나이다.

아멘.

(1998. 8.14.)

담임목사 청빙을 위한 당회 협의회

참 생명이 되시는 아버지 하나님!

어제도 오늘도 영원무궁토록 변함없으신 그 사랑에 영광과 찬송, 존귀와 감사를 올립니다.

죄 많고 허물 많은 저희지만 주님 택하여 기름 부어 세워 주시고 교회의 중책을 감당하게 하심을 감사합니다.

저희는 부족하고 미련하여서 하나님의 그 깊으신 뜻을 미처 깨닫지 못하고 저희 중심으로 살아왔음을 고백합니다. 훌륭한 장로의 생활과 행동이 교회에 반영될 때 교회가 교회다워진다고 했습니다. 장로는 교회의 지도자, 치리자, 교인들의 대표이기 이전에 진정한 양심인, 생활인, 윤리인이어야 한다고 배웠습니다. 과연 저희가 이에 합당하게 살아왔는지, 회개하오니 용서하여 주시옵소서.

이 저녁 바쁜 중에서도 세상일 젖혀두고 당회 협의회를 열어 공석중인 담임목사의 청빙 문제를 진지하게 의논하려고 합니다. 주님 함께하여 주시옵소서.

주님 저희는 부족 그 자체입니다. 지식도 능력도 생명마저도 한계 속에서 사는 유한한 존재임을 익히 압니다. 전지전능하신 하나님! 성령으로 저희 마음을 움직이셔서 우리로 하여금 하나님의 선하신 뜻을 이루게 하옵소서. 지혜와 명철을 주셔서 바른 판단을 내리게 하옵소서. 최후의 결정은 하나님께서 내려주실 것으로 확신합니다.

오랜 역사와 함께 면면히 이어온 신앙의 전통이 이 민족의 역경과 수난 속에서도 흔들리지 않고 1세기 하고도 또 한 번 강산이 변할 수 있는 세월을 굳건히 이어왔음을 감사드립니다. 21세기를 선도해 나갈 우리 어머니교회의 책임이 또한 막중함을 절감합니다. 바라옵기는 하나님의 주권을 바르게 펴줄 유능한 목사님이 선출될 수 있도록 은총 내려 주옵소서.

교회를 사랑하고 충성 다하는 신실한 목자, 성령이 충만한 목사님을 보내 주옵소서. 말씀 중심의 세계관을 가진 확고한 신앙의 청렴한 목사, 교회 민주화와 거듭남에 힘쓰는 목사님을 섭리하여 주옵소서. 무엇보다도 주님 마음에 합당한 자, 섬기는 종의 모습으로 양 무리를 이해하고 사랑할 수 있는 선한 목자를 허락하여 주옵소서. 사람이 제비를 뽑을지라도 일의 작정은 여호와께 있다고 하였사오니 주님의 뜻이 이루어지게 하옵소서.

우리의 현실은 어느 때보다 적극적인 교회의 역할이 필요할 때입니다. 나라를 사랑하는 역사의 주체로서 민족과 함께하는 새문안교회가 되기를 원합니다. 이 나라의 어려운 시련과 국난을 사랑과 나눔으로 극복하고 이겨나가게 하옵소서.

수고하는 당회원들을 주님의 장중에 붙드셔서 강건케 하시고 그들이 경영하는 일과 산업과 가정 위에 주님의 은혜와 평강이 함께하시기를 기도합니다. 교회를 사랑하는 일념으로 하나님을 우

선하는 삶에서 기쁨과 보람을 찾고 헌신하는 장로님들의 수고와
노력이 귀한 결실들로 열매 맺게 하옵소서.

오늘 협의회의 시종을 성삼위께 의탁하옵고 예수님의 이름으
로 간절히 기도하옵나이다.

아멘.

(1998. 8. 28.)

새문안의 첫 여성 장로로 장립되고서

역사를 주관하시는 여호와 하나님께 찬송과 영광을 올리나이다.

내일을 예측할 수 없는 각박한 세상 가운데 살면서도 생명을 주시고 믿음 주셔서 은혜 가운데 살아가게 하심을 감사드립니다.

오늘 거룩한 날을 허락하여 주셔서 주의 전에 나와 먼저 신령과 진정으로 예배드리게 하시고 지난 한주일 동안의 삶을 점검하고 회개할 수 있게 하심을 감사드립니다.

말씀 따라 살지 못하였습니다. 이웃을 사랑한다고 하면서도 이웃의 아픔을 외면하고 살았습니다. 교회에 출석하는 것 외에는 세상 사람들과 다를 바 없었습니다. 주님 용서하여 주옵소서. 이기적인 마음을 돌이켜 우리를 필요로 하는 이웃을 보게 하시고 사랑을 실천하게 하옵소서. 이 시간 신령한 은혜로 채워 주셔서 주님과 대면하고 새 힘과 능력을 힘입고 기쁜 마음으로 돌아가게 하옵소서.

대강절을 맞았습니다. 하늘의 영광 다 버리시고 낮고 천한 이 땅에 오셔서 우리 위하여 갖은 수모와 고초를 담당하신 주님! 그 놀라우신 사랑을 소리 높이 찬양하며 평화의 왕으로 다시 오실 주님을 기쁘게 영접할 수 있게 하옵소서.

자비로우신 하나님!

어려운 질병으로 고생하시는 김동익 목사님을 주님 붙들어 주옵소서. 온 교우들의 합심기도를 응답해 주시옵소서. 수척해지신 목사님을 뵈올 때 우리의 탓이라고 눈물로 회개하였습니다. 이 시간도 마음을 모아 드리는 우리의 기도를 들어 주옵소서. 치료하는 과정마다 능한 손길로 안찰하시고 완벽한 치료가 이루어질 수 있도록 성령으로 역사하여 주옵소서.

수고하시는 교역자들, 영육 아울러 강건케 하옵소서. 배전의 수고를 감당하고 있사오니 그 수고가 결단코 헛되지 아니하도록 은총 더하여 주옵소서. 참된 목회자로, 제사장으로, 시대의 예언자로 힘 있는 사역 감당하게 하옵소서.

사랑의 하나님!

새문안에 소속된 가정들을 보살펴 주옵소서. 병상에서 투병중인 교우들이 많습니다. 일일이 기억하셔서 친히 치료자로 임하셔서 건강을 되찾을 수 있게 하옵소서. 시험을 당한 가정, 곤고한 가정을 보살펴 주옵소서. 입시와 취업 등 어려움과 좌절을 겪고 있는 심령들을 위로하시고 힘을 얻게 하옵소서. 우리가 당하는 일과 고통을 크게 보지 않게 하시고 이 모든 것 위에 뛰어난 하나님을 바라고 믿고 의지하고 그의 섭리를 기다릴 줄 아는 믿음을 더하여 주옵소서.

한해를 마감하고 새해를 준비하는 교회 각 부서, 기관마다 충성된 손길들을 축복하시고 은혜와 사랑을 넘치게 채워 주옵소서. 하나님께만 영광 돌리게 하옵소서.

극한 어려움에 처한 이 나라의 경제위기를 주여 굽어 살펴 주옵소서. 부정과 부패, 오만과 사치, 타락과 무절제로 빚어진 위기입니다. 우리 스스로 난국을 극복하고 일으켜세우기까지 모든 시련과 연단을 감수하고 하나님의 지혜와 슬기로 이겨 나가게 하옵소서. 의인의 간구는 역사하는 힘이 크다고 하였습니다. 우리 모두 의인의 대열에 서서 민족의 앞날을 위해, 통일의 그날을 위해 힘써 나가게 하옵소서.

대선을 앞두고 있습니다. 공명정대한 선거가 이루어지게 하시고 진정으로 나라와 민족을 사랑하는 정직한 선량들을 선출할 수 있도록 은총 내려 주옵소서.

이 시간 세우신 송기수 목사님 말씀 증거하실 때 성령으로 함께 하여 주옵소서. 선포되는 말씀이 영의 양식이 되게 하시고 우리가 깨우침을 받고 우리를 향하신 하나님의 계획과 섭리를 확인하고 돌아가게 하옵소서. 하나님의 뜻을 이 땅에 이루는 일에 헌신하게 하옵소서.

새온 성가대의 찬양과 함께 드려지는 예배를 기쁘게 받으시옵소서. 모든 영광을 주님께 드리오며 절망 가운데서도 소망이 있게 하신 예수님의 이름으로 간절히 기도하옵나이다.

아멘.

(1997. 12.14.)

새 천년을 힘차게 내딛도록 ……

사랑과 은혜의 본체 되신 하나님!

저희로 하여금 부푼 꿈과 미래의 가능성을 안고 새 천년을 힘차게 내딛도록 역사하신 하나님께 감사와 찬송과 영광을 드립니다.

주관해 오신 1000년의 역사 위에 다시 또 새로운 1000년을 펼치시는 하나님! 역사의 서두에서 하나님의 새 은혜에 감사를 드리며, 정성을 다해 예배를 드립니다. 나를 향하신 하나님의 뜻을 새롭게 깨달아 알게 하옵소서. 그리하여 주님 원하시는 삶을 일호의 주저 없이 살아가게 하옵소서.

삶의 순간마다, 역사의 고비마다 숱한 어려움과 역경을 겪으면서도 오히려 하나님의 임재를 체험하였습니다. 믿음과 용기로 세파를 헤쳐 나갔습니다. 거듭거듭 감사합니다.

미욱하고 연약하여서 생각과는 달리 주님을 떠나 살 때가 많았음을 고백합니다. 기도가 미흡했습니다. 저는 언제나 피해자로 과오가 없는 것처럼 행동하였습니다. 핑계만 대고 책임회피에 급급하였습니다. 그렇듯 오만하고 독선적인 부실한 우리의 신앙을 회개합니다. 십자가를 외면한 불충을 용서하여 주옵소서.

'주 안에서 하나 되게 하소서' 란 표어로 새날을 열게 하신 하나님! 지극히 인간적인 생각이나 타산, 고집 등으로 보류되어 있는 하나님의 뜻이 얼마나 많은지 알 수 없습니다. 우리가 서로 비켜서고 하나님의 뜻을 앞세워 이루어지게 하는 것이 주안에서 하나 되는 길이요, 진리임을 믿습니다. 온 교우가 진정으로 화합하고 사랑으로 하나 되기를 원합니다. 어머니교회로서의 책임이 막중함을 통감합니다. 역사를 선도하며 민족과 국가 앞에 부끄러움이 없는 교회로 하나님께 영광 돌리게 하옵소서.

본 교회를 섬기실 담임목사님을 주님 섭리하여 주옵소서. 온 교우가 마음을 모으고 힘을 다한 기도 소리를 주님 들으시고 응답하여 주옵소서.

당회를 위시해서 교회 각 기관과 부서마다 허락하신 일에 충성하게 하시고 선한 역사 이루어 나가게 하옵소서.

남녀 교역자와 멀리 태국에서, 러시아에서, 동북아에서 수고하는 선교사들을 주님 기억하여 주옵소서. 성령으로 붙드셔서 소명을 힘 있게 감당할 수 있게 하옵소서. 사역하는 일마다 하나님의 놀라운 역사와 함께 30배, 60배, 100배의 결실을 맺게 하옵소서.

새문안교회의 교우들을 위해 간구합니다. 원치 않는 질병으로 고생하고 있는 교우들을 주님 능한 손길로 안찰하셔서 치유의 은총 내려 주옵소서. 약하고 병들었을 때, 하나님의 은혜를 받는 기회를 누리게 하여 주옵소서. 영적으로 거듭나게 하옵소서. 삶이 언제나 풍요하고 즐거울 수만은 없겠지만, 어렵고 고달픈 시련이 우리를 슬프게 하고 힘들게 할 때가 많습니다. 자비로우신 하나님! 그럴 때마다 주님 앞에 무릎 꿇게 하시고 삶의 문제와 고뇌들을 모두 주님 앞에 내어 맡기는 용기와 믿음을 주옵소서. 마음을 비우고 말씀에 순종하며 주님을 모시는 삶 속에 참된 위로와 평안이 넘치게 하여 주옵소서.

새해에 처음으로 예수님의 몸과 언약의 피를 기념하는 떡과 잔을 나누고자 합니다. 헛되이 받지 않게 하시고 우리 위하여 십자가를 지신 대속의 은총과 주님과의 온전한 교제를 지속하기 위하여 감사하는 마음으로 합당하게 받게 하여 주옵소서.

세우신 김종희 목사님 말씀을 주실 때 성령으로 뜨겁게 역사하셔서 선포하는 말씀에 힘이 있게 하시고 능력이 넘치게 하옵소서. 새날을 결단하는 간절한 심령들 속에 풍성한 은혜의 말씀으로 인도하여 주옵소서. 바르게 깨우침을 받고 세상에 나가서 우리가 하고 있는 일을 통해서, 우리가 만나는 사람을 통해서, 예수 그리스도를 증거하며 복음의 전달자들로 힘 있게 살아가게 하옵소서.

새로핌 찬양대의 찬양을 열납하시고 영광 받으시옵소서. 기꺼이 헌신하는 대원들의 수고와 정성을 축복하여 주옵소서.

예배의 시종을 성 삼위 하나님께 의탁하오며 예수님의 이름으로 기도하옵나이다.

아멘.

(2000. 1. 9.)

새해엔 남북이 화해의 기쁨 누리게 하소서

알파와 오메가가 되시는 하나님!

변함없이 사랑하여 주시는 주님의 은총을 찬양 드립니다. 감사와 영광, 존귀를 세세에 받으시옵소서.

새로운 각오와 희망을 안고 출발한 2001년이 저물어가고 있습니다. 돌이켜보면 또 다시 허송세월한 후회스러운 한해였음을 고백합니다. 말씀 따라 살기를 갈구하여 왔으나 세상 사람과 다를 바 없는 삶을 살았습니다. 이웃을 사랑한다고 하면서도 말과 혀로만 사랑하였습니다. 행함과 진실함으로 본이 되지 못하였습니다. 우리의 죄를 통회하오니 용서하여 주옵소서.

이 시간 새로핌 찬양대가 준비한 특별 찬양과 함께 정성으로 드려지는 송구영신 예배가 하나님이 기뻐 받으시는 산제사가 되게 하옵소서.

전지전능하신 하나님! 암울한 이 땅의 현실을 주님은 아시나이다. 테러와의 전쟁, 세계 도처에 깔려 있는 반목과 분쟁, 기아와 살상, 지식정보 홍수 속에 불확실한 미래를 바라보며 인류의 역사는 어디로 향하고 있나이까? 우리가 당하는 일의 시종이 하나님 장중에 있음을 믿습니다. 간구하오니 화해자로 통치자로 임하셔서 이 땅에 평화를 내려 주옵소서. 이 민족에게도 오늘의 위기 현실을 극복하고 남북이 화해의 기쁨 누리게 하옵소서.

교회의 머리 되시는 주님!

"빛의 자녀들처럼 행하라."

이 표어와 함께 2002년을 시작하려고 합니다. 세운 목표와 정책들이 주님의 뜻을 이루는 일에 마음과 뜻이 하나 되게 하옵소서. 믿음의 분량대로 받은 은사를 따라서 서로 섬기며 봉사하고 진리의 파수꾼이 되어 힘차게 달려 나가게 하옵소서. 양적으로 성장할 뿐만 아니라 영적으로도 더욱 성숙되는 교회 되게 하옵소서.

귀히 쓰시는 이수영 목사님 세우셨사오니 성령으로 말씀 선포하게 하옵소서. 지난 한 해 동안 날마다 때마다 신령한 하늘의 양식 채워 주셔서 우리 삶의 지표 되게 하시고 삶의 원동력이 되어 왔음을 감사드립니다. 소중한 첫발을 내딛는 이 시간, 주시는 말씀이 죄로 닫혀진 마음의 문을 열게 하옵소서. 성령으로 채워 주셔서 새로운 힘과 지혜와 능력 얻게 하여 주옵소서. 말씀으로 무장하여 진리의 횃불 들고 힘차게 2002년을 열어 나가게 하옵소서.

새로핌 찬양대의 찬양을 기쁘게 받으시고 저들의 헌신을 축복하여 주옵소서.

송구영신예배의 시종을 성령으로 이끌어 주옵소서. 예수님의 이름으로 기도하옵나이다.

아멘.

(2001. 12. 31. 송구영신 예배.)

성탄절에 드리는 기원

　말씀이 육신이 되어 이 땅에 오신 거룩하신 하나님! 죄와 허물로 죽을 수밖에 없었던 우리를 구속하시기 위하여 독생자 예수그리스도를 보내주신 놀라운 사랑을 감사하오며 찬송과 영광 존귀를 올립니다.

　어찌하여 죄 없으신 하나님의 아들이 육신을 입고 말구유에 나시고, 갖은 수모와 고초를 받으며 십자가의 고난을 담당하셔야 했는지 그 깊으신 뜻을 되새기며 이 시간 신령과 진정으로 주님을 경배하게 하옵소서.

　엄청난 구속의 은총과 사랑을 힘입고 살아가고 있으면서도 다 감사하지 못하였으며, 주님의 도우심을 믿는다고 하면서도 세상 근심을 떨쳐버리지 못하였습니다. 주님께 헌신한다고 하면서도 나 중심으로 살아왔음을 고백합니다. 우리의 죄와 허물을 통회하오니 용서하여 주옵소서. 깨끗한 심령으로 거듭나서 다시 오신 주님을 기쁘게 영접하게 하옵소서.

　사랑의 하나님! 주님 통치하시는 그 나라 임하기를 갈망하는 우리에게 왕의 왕으로 임하시옵소서. 테러와 전쟁과 분쟁이 끊이지 않는 죄악 된 이 세상에 평화의 왕으로 오시옵소서. 빛을 잃고 죄 가운데 헤매는 심령들 속에 생명의 빛으로 임하시옵소서. 황금과 유향과 몰약은 없을지라도 주님의 사랑과 평화를 심는 빛의 자녀 되어 이 기쁜 소식을 만방에 전파하게 하옵소서.

우리 교우 가정 가정에도 놀라운 축복으로 채워 주시옵소서. 어둡고 그늘진 가운데 소외되고 어려운 가정에도 한결같은 축복으로 임하시옵소서.

새문안의 청년 대학생들을 위해 간구합니다. 강한 팔에 붙드셔서 주의 말씀으로 양육 받게 하옵소서. 끊임없는 선택을 강요받고 있는 현실에서 바른 선택을 할 수 있도록 지혜와 명철 능력을 더하여 주옵소서. 도전이나 시련이나 어떠한 역경이 닥쳐와도 하나님의 뜻을 기다릴 줄 아는 인내와 용기를 주옵소서. 강인한 믿음의 소지자들로 주여! 성장시켜 주옵소서.

이수영 목사님을 세우셔서 말씀 주실 때 진리의 영으로 임재해 주셔서 힘 있게 말씀 증거하게 하옵소서. 선포되는 성탄절의 기쁜 소식이 온 누리에 전파되어 나누고 섬기는 사랑의 진리가 이 땅 구석구석에 평화를 심게 하옵소서. 복음으로 하나 되는 역사 이루어 나가게 하옵소서.

정성으로 준비한 한기림 찬양대의 크리스마스찬양이 하나님께 영광이 되고 우리들에게는 은혜와 기쁨이 넘치는 성탄예배가 되게 하옵소서. 예수님의 이름으로 기도하옵나이다.

아멘.

(2003. 12. 25. 성탄절 5부 예배.)

여전도회 주일 연합 헌신예배

사랑과 은혜의 본체이신 하나님!

감사와 찬송 영광을 올립니다.

예비하신 주의 날을 맞아 은혜로 채워 주시고 이 저녁 4개 여전도회가 여전도회주일 연합헌신예배를 드릴 수 있게 됨을 감사합니다.

89년 전 평양 장대현교회의 전신인 널다리교회에서 시작된 선교의 횃불은 오늘에 이르기까지 그 맥을 이어받아 거국적으로 여전도회 주일로 성수할 수 있게 하여 주심을 감사드립니다.

오늘이 있기까지 믿음의 선배들은 사회적인 몰이해와 악조건 속에서도 혼신의 힘을 기울여 선교하였습니다. 말씀을 전하지 않고는 견딜 수 없는 뜨거운 소명에 불타 있었습니다. 애국 애족하는 심령으로 앞장서서 전도하였습니다. 무지와 싸우고 가난을 극복하며 할머니들도 배우고 가르치며 선교사를 파송하는 일에 힘을 기울여 왔습니다. 그 뜨거운 선교 열의와 투지가 있었기에, 오늘의 여전도회로 장족의 발전을 이루어 왔음을 감사하지 않을 수 없습니다. 그 많은 기도에 응답해 주셨고, 시련과 역경을 통해서 주님의 임재를 체험하게 하였습니다. 이렇듯 신앙의 본을 보인 많은 선배들의 뒤를 이어 못다 이룬 유업을 힘 있게 성취해 나갈 수 있도록 우리들에게도 힘과 능력, 믿음과 용기를 더하여 주옵소서.

여기 부복한 우리들은 어리석고 이기적인 마음뿐이며 주님께 드릴 아무것도 지니지 못하였지만 진정 하나님의 역군이 되어, 주님 이끄시는 대로 성실하게 살기를 원합니다. 민족사에 이어져 내려온 선교의 불길이 더욱 힘차게 타오를 수 있도록 우리들 속에 역사하여 주옵소서.

전쟁의 폐허와 빈곤에서 이 민족을 구원하여 주시고 오늘의 발전을 이루게 하셨음을 감사합니다. 1200만 명의 기독교인을 자랑할 수 있게 하심도 감사를 드립니다. 눈부신 발전의 뒤안길에는 아직도 우리를 필요로 하는 많은 이웃이 있습니다. 시기와 불신, 부정과 부패가 난무하는 세상, 첨단 기술과 정보화시대로 급속히 변화하고 있는 현실, 안일한 사고와 타성에서 벗어나 시대의 요구에 부응하는 선교정략을 세워서 나누고 섬기는 교회의 역할을 감당해 나가게 하옵소서.

교회 여성 전체를 여전도회 일꾼으로 선교대열에 동참하게 하시고 하나님을 향한 깊은 신앙과 믿음으로 기꺼이 헌신하게 하옵소서.

전국 3000여 개의 교회에 지회가 조직되고 10만 명이 넘는 회원으로, 장로교 여성들이 해외선교를 비롯해서 국내 특수선교에 앞장서 오고 있습니다. 우리의 숙원인 선교회관도 준공을 눈앞에 두고 있습니다. 계속 교육원에서는 교육을 통해서 선교의식을 고취시키고 교회 여성 지도자를 양성하여 한국교회 발전에 밑거름이 되어오고 있습니다.

위정자를 위해 기도합니다. 주님 의지하고 정직한 정치를 펴 나가며, 섬기는 자세로 신뢰 받는 위정자들이 되게 하옵소서. 분단된 이민족이 하나 되게 하여 주시기를 간절히 기도합니다.

선교 100주년을 맞은 새문안교회를 기억하여 주옵소서. 당회장과 남녀교역자를 비롯해서 6000여 교우에 이르기까지 말씀으로, 성령으로 한마음 한뜻이 되어 계획한 사업들이 하나님 영광에 모아지게 하시고, 합력하여 선을 이루어 나가게 하옵소서.

새문안에 속한 4개 여전도회를 사랑하여 주옵소서. 서로 협력하고 보완하는 유대관계 속에 성장 발전할 수 있기를 바랍니다. 미래지향적인 여전도회로 인도하여 주옵소서.

귀히 쓰시는 이동선 전국연합회 회장을 보내 주심을 감사합니다. 말씀 증거하실 때 성령의 두루마기를 입혀 주시고 우리의 심금을 울리는 은혜의 시간 되게 하옵소서. 새롭게 결단하고 흩어져서 사랑을 실천하며 힘 있게 살아가는 모두 되기를 기도합니다.

마음과 뜻과 정성으로 드리는 여전도회 헌신예배를 주님 기쁘게 받으시옵소서. 이 시간 여전도회주일 예배를 드리는 제단마다 하나님의 크신 은혜와 축복이 함께하여 주옵소서.

성 삼위께 예배의 시종을 의탁합니다. 예수님의 이름으로 기도하옵나이다.

아멘.

(1987. 1. 18.)

여호와를 경외하는 것이 지식의 근본임을 가슴에 새겨 주소서

삶의 빛과 진리이신 하나님!

독생자 예수그리스도를 보내셔서 우리의 죄를 구속하여 주시고 사망권세 이기시어 부활하사 영원히 사는 소망을 안겨 주셔서 감사합니다. 찬송과 영광을 세세에 받으시옵소서.

부족하고 허물 많은 우리들을 자녀로 삼으시고 조건 없는 사랑을 채워 주셔서 어려운 세상을 은혜 가운데 살아가게 하심을 감사합니다.

청년 대학생 예배를 섭리하여 주신 주님! 마음과 뜻을 모아 신령과 진정으로 예배드리게 하옵소서. 세상일에 지친 피곤한 심신으로 주님 앞에 나왔습니다. 말씀 따라 살지 못한 불성실과 불순종을 회개합니다. 온당치 못한 말과 행실, 무절제하고 무책임했던 삶을 통회하오니 용서하여 주옵소서.

우리는 내일을 예측할 수 없는 치열한 경쟁 속에서 살고 있습니다. 새로운 기술과 지식정보의 홍수 속에서 분주한 현실입니다. 바른 가치관으로 무슨 일에든 한편에 치우치거나 현혹되지 아니하도록 강한 팔로 붙들어 주옵소서.

'너희는 청년의 때에 곧 곤고한 날이 이르기 전에, 나는 아무 낙이 없다고 할 해가 가깝기 전에 창조자를 기억하라' 고 전도자는 가르칩니다. 여호와를 경외하는 것이 지식의 근본이라 하였습니다. 새문안의 청년 대학생들이 주의 말씀에 바로 서게 하옵소서. 꿈과 비전을 주시옵소서. 우선순위를 바르게 가를 수 있는 지혜와 명철을 주시옵소서. 면면히 이어져 내려온 새문안의 전통과 연합정신을 이어받아 자주성과 창의성을 키워 나가게 하옵소서.

어떠한 시련이나 역경도 하나님의 뜻이 있다고 했습니다. 두려워하지 않게 하시고 실족하지 않게 하옵소서. 곤고함 속에서 오히려 믿음을 다져 나가게 하옵소서. 푯대를 향하여 힘차게 달려 나가게 하옵소서.

청년 대학생을 위해 수고하는 손길들을 기억하여 주옵소서. 뜨거운 열정으로 청년 대학생 사역을 감당하고 있는 김용수 목사님을 장중에 붙드셔서 은혜와 능력이 넘치게 하옵소서. 우리의 미래가 달려 있는 막중한 사역을 감당하기에 피곤치 않게 하시고 소명자로 능력자로 충성을 다하게 하옵소서. 함께 동역하시는 장로님, 교역자, 지도위원들의 기도와 헌신을 기쁘게 받으시옵소서. 청년 대학생들의 성장과정을 지켜보며 관심을 기울여 뒷받침하고 있는 기성세대들의 숨은 기도와 보살핌이 아름답게 결실을 맺게 하여 주옵소서.

세우신 목사님 말씀 선포할 때 성령으로 증거하게 하옵소서. 마음 문을 열고 하나님의 말씀을 받아들이게 하옵소서. 우리가 깨우침을 받고 거듭나서 변화된 삶을 결단하고 실천하는 사람들이 다 되게 하옵소서.

다시금 간구합니다. 첨단과학을 탐구하는 학생들, 산업현장에서 땀 흘려 수고하는 청년들, 국방의 의무를 감당하고 있는 젊은 이들, 해외에서 세계 젊은이들과 겨루며 학문과 기술을 닦고 있는 새문안의 지성들, 저들은 이 나라 이 교회를 이끌어 나갈 다음 세대의 주역들입니다. 사명감과 책임감이 투철한 당당한 믿음의 소지자들로 성장시켜 주옵소서.

한기림 찬양대의 찬양을 기쁘게 받으시옵소서. 저들의 찬양이 곧 우리들의 신앙고백이 되게 하옵소서.

예수님의 이름으로 간절히 기도하옵나이다.

아멘.

(2001. 4. 29.)

영등포교도소 부활절 예배 및 성례식

사랑의 하나님!

찬송과 영광 존귀 감사를 올립니다.

십자가의 고난이 있었기에 인류구원의 대업을 성취하시고 사망 권세 이기시고 부활하사 영원히 사는 소망을 주신 주님께 감사를 드립니다. 하늘 영광 버리시고 낮고 천한 이 땅에 오셔서 갖은 수모와 고초를 담당하신 주님의 한량없는 사랑에 감사드립니다.

이 시간도 주님 불러 모아 주셔서 부활절 예배를 드릴 수 있도록 섭리하여 주심을 감사합니다. 먼저 나를 비워 겸허한 심령 되게 하옵소서. 끊임없이 나를 반성하고 회개할 수 있게 하옵소서. 우매하고 가증된 심령들, 상하고 지친 모습 그대로 나왔습니다. 용납하여 주옵소서.

"그가 찔림은 우리의 허물을 인함이요, 그가 상함은 우리의 죄악을 인함이라, 그가 징계를 받음으로 우리가 평화를 누리고 그가 채찍에 맞음으로 우리가 나음을 입었도다." 십자가 뒤에 숨겨진 깊으신 뜻이 우리들의 신앙고백이 되게 하옵소서. 비록 땅 위에서 당하는 우리들의 고통이 클지라도 좌절하지 않게 하시고,

그 고난에 나를 복종시키는 믿음과 힘을 주옵소서. 십자가에 죽으신 예수 그리스도와 함께 우리의 죄도 사함을 받았다는 확신을 가지고 살아가게 하옵소서.

지극히 작은 미생물, 들풀 하나에게까지도 삶의 의미를 부여하신 하나님께서 그의 형상으로 지은바 된 인생들에게 어찌 주님의 귀한 경륜과 섭리가 없사오리까.

바라옵기는 이곳에 부복한 우리 형제들, 육적으로는 부자유한 영어(囹圄)의 몸이지만 주님 주시는 진리 안에서 한없는 자유를 누릴 수 있도록 성령으로 역사하여 주옵소서. 매일 매일의 삶 속에서, 기도와 찬양, 말씀을 묵상하며 함께 호흡하고 나와 함께해 주신다는 확신 속에 회개와 눈물, 용서와 기쁨, 감사가 넘치게 하여주옵소서. 죄와 종의 멍에에서 자유하게 하시는 그리스도의 평강과 위로가 이곳 형제들과 언제나 함께하시기를 기도합니다. 회개할 것이 없는 의인보다 회개하는 죄인을 기뻐 받으시는 주님! "여호와를 구하는 자는 즐거울 지라"고 하였사오니 이 즐거움에다 동참할 수 있게 하옵소서. 부활의 참 소망이 이곳 형제들과 길이 함께하여 주옵소서.

영등포교도소와 갈보리교회, 교화 교정 복지에 수고하는 손길들을 주님 장중에 붙드셔서 강건케 하시고 과학적이고 체계적인 따뜻한 보살핌이 소기의 목적을 이루게 하옵소서.

오늘 주님을 영접하고 세례를 받는 형제들을 기억하셔서 사랑으로 감싸시고 받아 주옵소서. 예수 그리스도 구주로 믿고 주님 따르기로 서약하는 심령들에게 하늘의 신령한 축복 내려 주옵소서.

또한 주님이 주시는 떡과 포도주를 나누며 성찬식에 참여하는 형제들에게도 그리스도의 몸과 언약의 피를 기념하며 합당하게 받게 하옵소서. 새롭게 거듭나서 믿음을 다져 나가는 계기가 되게 하옵소서.

단위에 세우시는 강윤구 목사님에게 성령으로 채워 주셔서 힘 있게 말씀 선포하게 하시고 부활의 복된 소식이 우리 심령을 변화시키고 새로운 삶을 결단하는 시간 되게 하옵소서. 주님의 지상명령을 땅 끝까지 전파하게 하옵소서.

예배와 성례식의 시종을 주님 주관하여 주옵소서. 부활의 참 소망으로 오신 예수님의 이름으로 기도하옵나이다.

아멘.

(1987. 4. 20.)

섬김과 나눔으로 거듭나는 교회되게
하옵소서

은혜와 능력이 충만하신 하나님!

말씀이 육신이 되어 이 땅에 오셔서 죄 가운데서 인류를 구속하여 주시고 부활의 첫 열매가 되셔서 영생의 복을 누리게 하심을 감사하오며 찬송과 영광 존귀를 올립니다.

택하여 주의 자녀 삼으시고 의롭다 하시고 믿음 주셔서 험난한 세상 헤쳐 나갈 수 있게 하심을 감사합니다.

계절을 따라 씨 뿌리고 가꾸며 땀 흘려 수고한 결실들을 거두게 하시니 감사합니다. 자연을 통해서 섭리하시는 하나님의 사랑과 심은 대로 거두게 하시는 진리 앞에 놀라움과 감사를 금할 수 없습니다. 풍성한 수확과 함께 영적인 결실들도 기쁨으로 거두어들일 수 있기를 기도합니다.

한치 앞을 가늠할 수 없는 현실을 주님 아시나이다. 할 일 많은 이 땅의 역사가 어느 때보다 절실한 때에 이정익 목사님을 보내주셔서 부흥 사경회로 인도하여 주심을 감사드립니다. 연일 연야 풍성한 말씀으로 은혜 받게 하심을 감사합니다.

"양식이 없어 주림이 아니며 물이 없어 갈함이 아니요, 여호와의 말씀을 듣지 못한 기갈이라."

이 저녁, 말씀 사모하는 간절한 심령들이 주님 앞에 머리를 숙였습니다. 죄에 찌들고 상한 부끄러운 모습을 회개합니다. 하나님을 믿는다는 자체가 세상적인 욕심을 충족시키는 방편이었습니다. 세상법대로 생각하고 세상 방식으로 행동하였습니다. 이해하고 용서하기보다는 이용하고 누르려는 마음, 감싸고 위로하기보다는 방관하는 무심한 마음들, 강퍅한 마음들을 말씀으로 녹여 주옵소서. 진정으로 뉘우치고 통회하오니 용서하여 주옵소서.

어두웠던 이 땅에 최초로 복음을 심게 하시고 유구한 역사와 전통을 이어 받아 시련과 변천 속에서도 반석 위에 세워진 교회로 부흥 발전하게 하심을 감사합니다. 시간을 다투어 변화하고 새롭게 태어나는 이 시대에 우리도 구태를 벗는 용기를 허락하여 주옵소서.

말씀으로, 성령으로 온 교우가 하나 되어 사회와 국가 앞에 선을 이루며 선교의 사명을 충실히 감당해 나가는 교회 되게 하옵소서. 세상을 향해 열려진 교회, 진실한 섬김과 나눔으로 거듭나는 교회, 민주화의 선봉에 서서 앞서 나가는 새문안교회 되게 하옵소서. 오랫동안 목자 잃은 양떼들이 담임목사 청빙을 위하여 전심으로 간구하고 있습니다. 우리의 기도가 부족하나이까. 우리의 열의가 부족하나이까. 우리의 부덕함을 통회하오니 응답하여 주옵소서. 주님 택정하신 신실한 목사님을 하루 속히 보내어 주옵소서.

귀히 쓰시는 이정익 목사님 보내 주심을 다시 한 번 감사드립니다. 성령으로 뜨겁게 역사하셔서 시간마다 선포되는 말씀에 힘과 능력이 넘치게 하옵소서. 은혜와 감격, 감사가 충만한 집회로 인도하여 주옵소서. 주시는 말씀들이 의의 병기되게 하시고 뜨거운 소명의식과 강한 실천의지를 깨우쳐서 말씀으로 병든 사회를 치유하고 바로세우는 일에 헌신하게 하옵소서.

다시금 간구합니다. 진정한 회개와 대 각성을 결단하는 열기가 하늘보좌를 움직이게 하옵소서. 성령의 뜨거운 역사와 함께 심오한 은혜에 잠기는 성회로 인도하여 주옵소서. 이 시간 참석하지 못한 교우들에게도 같은 은혜 베풀어 주옵소서. "무엇이든 기도하고 구하는 것은 받은 줄로 믿으라, 그리하면 너희에게 그대로 되리라." 이 말씀이 기어이 이루어지는 부흥사경회로 인도하여 주옵소서.

새로핌 찬양대의 찬양을 받으시옵소서. 시와 찬미와 신령한 노래로 천군천사가 화답하여 부르는 아름다운 찬양으로 인도하여 주옵소서.

목사님이 섬기시는 신촌성결교회와 교우들에게도 하나님의 풍성한 은혜가 함께하여 주시기를 기도합니다. 부흥사경회의 남은 일정도 주님 친히 주관하여 주옵소서.

모든 영광 하나님께 드리오며 시종을 성령으로 이끌어 주옵소서. 예수님의 이름으로 기도하옵나이다.

아멘.

(1999. 10. 5.)

하나님의 뜻 안에서 최고선에 이를 수 있게 은총을······

전능하신 하나님!

때를 따라 도우시는 은총 속에 저희를 지켜 주시고 기름 부어 세우신 뜻을 평생 긍지를 가지고 감당하게 하심을 감사합니다.

내일을 예측할 수 없는 세상이지만 소망으로 인내하고 주님을 의지하며 믿음으로 지켜온 나날이옵니다. 감사와 찬양을 드립니다.

이 저녁 바쁜 일상을 뒤로하고 정기 당회에 모이게 하심을 감사합니다. 부족하고 허물 많은 저희들, 주신 소임에 충성하고자 뜨거운 가슴을 안고 머리를 숙였습니다. 주님 성령으로 임재하여 주옵소서.

저희의 생각과 계획들을 하나님께 내려놓고 하나님의 방법으로 사고하며 판단하게 하옵소서. 진리 안에서 좌로나 우로나 치우치지 않게 하시고 먼저 하나님의 뜻을 찾게 하옵소서. 그 뜻 안에 저희를 인도하셔서 선을 이루되 최고선에 이를 수 있도록 은총 내려 주옵소서.

서로 믿지 못하는 불신시대에 저희를 신뢰하고 뒤따르는 성도들에게 당회의 당당한 모습을 보일 수 있도록 한 점 부끄러움이 없는 당회로 인도하여 주옵소서. 예수그리스도 안에서 하나 되기를 원합니다. 성령으로 하나 되게 하옵소서. 믿고 사랑하는 수평적인 관계 속에서 서로 존중하고 협력하고 주신 재능과 정성을 한테 모아 하나님의 영광에 초점을 맞추어 나가게 하옵소서. 가장 민주적인 당회로 날로 거듭나게 하옵소서.

이해도 90일 남았습니다. 지나온 날들과 사업들을 검토하고 허와 실을 바르게 평가하고 새 세기를 여는 참신하고 생동감 넘치는 계획들을 세워 나가게 하옵소서. 구태를 과감히 벗는 슬기와 용기를 주옵소서. 새롭게 도약하는 어머니교회로 바르게 나가도록 인도하옵소서.

이 시간 간구합니다. 공석중인 담임목사님을 섭리하여 주옵소서. 주님 예정하신 목사님을 하로 속히 보내 주옵소서.

전도부가 계획한 나흘간의 가을 부흥사경회를 허락하여 주셔서 감사합니다. 암울하고 할 일 많은 이 땅에 임하셔서 고치시고 싸매시고 치유하시는 놀라운 역사가 교회와 우리들 심령 속에 선포되게 하옵소서. (대)각성을 결단하는 성회, 풍성한 은혜에 잠기는 집회가 되게 하옵소서.

당회를 이끌어 나가는 김종희 목사님을 사랑하시고 믿음의 영역을 더하셔서 피곤치 않게 하시고 하나님의 온전하신 뜻을 힘 있게 펴나갈 수 있도록 성령으로 인도하여 주옵소서.

당회원 한 사람 한 사람 기억하시고 영육이 강건하여서 맡겨진 일을 성실하게 감당할 수 있게 하시고, 일터와 산업과 가정 위에 주님의 은혜와 평강이 항상 넘치기를 바랍니다. 오고 오는 앞날의 계획에도 주님의 축복이 함께하여 주시기를 바랍니다.

바쁜 격무에 시달리면서도 주님과 교회 사랑하는 일념으로 헌신하는 수고와 노력들이 귀한 알곡들로 열매 맺게 하옵소서.

　예수님의 이름으로 기도하옵나이다.

　아멘.

(1999. 9. 27.)

IMF의 국난 극복을 기원하며

찬송과 영광을 세세에 받으시기에 합당하신 자비로우신 하나님!
선별하여 허락하신 귀한 날 주의 전에 나와 마음과 뜻과 정성을
모아 예배드리게 하심을 감사합니다. 성령으로 임재하여 주셔서
세상일에 지친 피곤한 심령들을 위로하시고 은혜로 채워 주옵소
서. 활기찬 모습 되찾고 돌아갈 수 있기를 원합니다.

은혜로우신 하나님! 1997년을 보내고 '너희는 세상의 빛이라'
는 표어와 함께 새날을 열었습니다. 밝고 활기찬 새해가 되지 못
하고 어둡고 암울한 우리의 현실을 굽어 살피시옵소서. 6·25의
참담한 폐허 속에서도 이 민족을 사랑하셔서 그 유례가 없는 눈부
신 발전을 이루게 하시고 1000만이 넘는 기독교인을 자랑하여
왔습니다. 그러나 이 민족의 무지와 오만, 부정부패, 사치와 낭비
로 경제는 우리 힘으로 수습할 수 없는 위기를 맞게 되었습니다.
비웃음 거리로 전락한 이 민족의 어리석음을 불쌍히 여겨 주옵소
서. 계속 이어질 도산과 실업, 물가고 등 엄청난 경제공황을 어찌
하오리까. 탕자가 주님 앞에 무릎을 꿇었습니다. 마음을 찢고 통
회하오니 우리의 허물과 잘못을 용서하여 주옵소서.

주님만을 바라며 하늘의 은총을 간구합니다. 나라의 위기 때마다 힘을 합하여 국난을 극복하여 왔던 선조들의 강인한 믿음과 실천 의지를 우리에게도 허락하여 주옵소서. 시대의 고통을 솔선해서 짐을 지려는 '금 모으기' 행렬이 이어지고 있습니다. 이 민족의 단합된 저력과 나라 사랑하는 애국 애족의 발로가 아니겠습니까. 하나님께서는 분명 이 민족을 사랑하셔서 친히 이 민족 속에서 역사하여 계심을 확신하고 뜨거운 눈물을 금할 길이 없습니다. 이 민족을 쳐서 자만하지 않게 하시려는 하나님의 계획과 섭리를 겸손하게 받아들이게 하옵소서. 다시 한 번 재도약할 수 있는 전화위복의 계기가 되게 하옵소서. 주의 영이 계신 곳에 능치 못함이 없는 줄 확신하오니 나라와 민족의 앞날을 위해 깨어서 계속 기도하게 하옵소서.

병환 중에 계신 김동익 목사님을 강한 팔에 붙드셔서 능한 손길로 안찰하여 주옵소서. 온 교우의 뜨거운 기도 들어 응답하셔서 쾌차되시기를 원합니다. 예전과 다름없는 힘 있는 사역 감당할 수 있기를 간절히 기도합니다.

새문안의 식구들을 사랑으로 보살펴 주옵소서. 어느 곳에서 무엇을 하든지 형편과 처지를 따라서 은총 내려주시고 주님과 동행하는 삶 속에 형통한 축복 내려 주옵소서. 믿음을 굳게 지키고 빛의 역할 감당하며 하나님께 영광 돌리게 하옵소서.

말씀을 대언하실 목사님에게 믿음의 영역 더하셔서 준비된 말씀 힘 있게 선포하게 하옵소서. 말씀 사모하는 갈급한 심령들에게 하늘의 양식 넘치게 채워 주옵소서.

새온 찬양대의 찬양을 기쁘게 받으시옵소서. 온 회중이 화답하여 한마음으로 하나님께 경배 드리는 은혜의 시간으로 인도하여 주옵소서.

성령으로 이끌어 주실 것을 믿사옵고 예수님의 이름으로 기도하옵나이다.

아멘.

(1998. 2. 1.)

기도하는 삶

기도하는 삶

최 병 호 (수필가)

1.

황경운 여사는 언제 보아도 단정한 매무새다. 특별히 튀거나 휘진 경우를 본 일이 없다. 수수한 심성이 그대로 밴 탓이리라. 말씨가 잦은 편은 아니다. 그러나 할 이야기를 놓치지 않는다. 높지도 낮지도 않은 목소리가 듣는 이의 귀를 늘 편안하게 한다. 약속은 천재지변에 준하는 부득이한 경우를 제외하곤 어길 줄을 모른다. 무릇 관계 속에 사는 바탕이 그것임을 주님에게 익힌 까닭이리라. 나누기를 좋아한다. 사탕 하나라도 먹고 남은 것이나 흔한 것이 아닌, 처음 먹어본 새 맛을 내놓는다. 감동적인 작품이나 성직자의 강론 등을 간추리며 심심찮게 공감 동정을 구한다.

2.

황여사는 '평양 토박이' 다. 큰오빠가 미국 유학을 다녀온 만큼 확 트인 가정의 6남매 중 다섯째로 다복하게 자란다. 6·25 전쟁의 돌발은, 민족상잔의 그 비극은 황 여사에게도 크나큰 시련과 아픔을 안겨준다. 싸움이 한참 밀치락달치락 하던 1950년 12월 1일 그 댁에서는 우선 '젊은이들만 피란을 하기로' 뜻을 모은다. 일행은 황 여사와 그의 남동생, 황 여사의 형부와 또 그의 남동생, 그리고 아빠 따라간다고 막무가내인 세 살배기 조카 '봉춘'이다. 그때의 상황을 이렇게 토로한다.

> 아수라장 같은 북새통에 떠밀려 배에 올랐다. 대동강 철교는 이미 끊긴 상태였고 배가 도강의 유일한 수단이었다. … 강 건너 선교리 사촌언니 집으로 몰려갔다. …갑자기 폭탄 터지는 소리가… 계속 가까워졌다. …날이 밝자 쫓아가보니… 강을 건너던 인파도 뚝 끊겼고 우리가 탔던 마지막 배도 불타버렸다.
>
> ─ 〈하늘에 그린 초상화〉

강변에 쌓아둔 포탄을 다 폭발시키고 '작전상 후퇴'한다는 국방군의 말을 믿고 그 전선(戰線)을 뒤따른다. 눈물을 삼키며 뒤돌아보고 또 뒤돌아보며 밀리는 사이에 행인지 불행인지 가늠되지 않는 기차를 타게 된다. 우선 고단한 육신을 '푹' 부리고 쉴 수밖에. 추슬러 일어났을 땐 놀랍게도 어느새 남한 땅! 행선지는 저절로 큰오빠가 살고 있는 먼 대구가 된다. 그 큰오빠 댁에 도착한 게 그해 12월 20일! 평양을 떠난 지 꼭 스무날 만이다. 그 시간을 짧다 하랴 길다 하랴.

3.
믿었던 '작전상의 후퇴'는 전쟁의 한낱 허사(虛辭)처럼 맴돌고 쫓기듯 도망치듯 허위허위 달려온 황 여사 일가(一家)의 젊은 피난족은 갈 수도 올 수도 없는, 이산을 극복해야 할 냉엄한 현실 앞에 선다. 큰오빠를 유일한 언덕으로 비비면서 저마다 분가(分家)의 실사(實辭)를 찾아 사방팔방을 누빈다.

그 과정에서 얼른 일거리가 잡히지 않아서, 빈털터리여서, 지연이나 학연이 닿지 않아서 매듭을 풀지 못하는 경우가 열 번도 스무 번도 아니다. 그럴 때마다 그들은 다시금 주먹을 쥐고, 터무니없는 오해나 모함도 안으로 안으로 조용히 삭히는 삶의 지혜를 쌓아간다.

황 여사는 어머니를 비롯한 본가(本家)의 여러 어른들을, 두고 온 산하에 새겼던 아롱진 꿈들을 시도 때도 없이 떠올리며 두 손을 모은다. 마침내 그 모든 것을 풀 수 있는 유일한 열쇠는 오직 '여호와 하나님의 사랑' 이라는 것을 크게 깨닫는다.

대구에 아버지 같은 큰오라버니가 사신 것은 여호와 이레의 축복이었습니다. 이산의 아픔을 삭히며 통한의 세월을 신앙에 의지하여 살았습니다. 가슴 시린 고독, 번뇌와 방황, 절망의 늪에서 나를 이끌어 주신 이는 주님이셨습니다. 주님은 영원에 잇대어 사는 지혜를 심어 주셨습니다.

— 〈새날을 열며〉

4.

황 여사는 모태신앙의 계승자답게 임급주장로를 부군(夫君)으로 맞는다. 서울로 생활 터전을 옮기면서 먼저 교회부터 찾는다. 교회 제직으로서의 봉사와 가정의 주부로서의 근검을 둘이 아닌 하나로 묶는다. 처음 얼마 동안은 집 가까운 교회를 몇 군데 다녔으나 마침내 새문안교회로 귀착하여 매우 활기찬 신앙, 봉사, 가정생활의 시대를 연다.

모두에 기략한 황 여사의 표상도 사실 안팎이 하나가 된 바로 이때부터 무르익기 시작한 것으로 보인다. 황 여사는 마침내 새 문안교회 여장로(女長老) 1호의 안수를 받는다. 성전 설계에만 전념한 부군 임급주 장로의 뒤를 이어 시무하면서 부부장로 1호의 기록까지 남긴다. 황 여사는 오라버니도 시숙도 다 장로인 온 집안의 영광을 다함 없이 감사하고 기도한다.

5.

수필집 〈하늘에 그린 초상화〉는 황경운 여사 일가의 분단 이야기다. '두고 온 산하'와 동행하지 못한 어른들과 형제들과 친구들에 대한 사무친 서정이다. 다시 일어서는 힘과 용기를 신에게 갈구하는 겸허한 기도며 그 성취에 대한 감사와 찬양이다.

황 여사의 글쓰기는 '기도하는 삶'의 한 갈래라고 할 수 있다. 문학하는 시각에서 보면 독특한 수사(修辭)가 다소 있지만 그것이 기도의 색조임에랴. 황 여사는 부군의 "제도 스케치를 또 하나의 기도"로 조용히 손을 모은 사람이니⋯⋯. 수필집 〈하늘에 그린 초상화〉의 출간을 축하하는 정의(情誼)도 또한 여기에 있다.

책도 읽을 탓이다. 독자의 몫은 그래서 언제나 다채롭다. 따뜻한 눈길을 바라마지않는다.

끝으로 필자는 황 여사의 다음 말을 다함 없는 축복으로 되뇌면서 이 덧붙임을 매듭짓기로 한다.

아침에 일어나면 먼저 절대자 앞에 공손히 무릎을 꿇는다. 동행하시는 그분께 하루를 의탁하면 언제나 맑은 하늘이다.
— 〈성전의 설계사〉

삶의 편린들을 글로 옮기고 싶다. 신앙과 문학의 일치점을 찾아 새로운 장르를 열어보고 싶다.

— 〈또 다른 시작〉

■황경운의 문학과 인생

행복 교과서를 쓰는 신앙 속의 어머니

행복 교과서를 쓰는 신앙 속의 어머니

吳 仁 文(소설가)

1

프로이드는 '삶의 본능이 강한 사람'과 '죽음의 본능이 강한 사람'으로 인간을 양분하고 있습니다. "죽음의 본능이 강한 사람이 어디 있겠느냐?"고 의아해하는 분도 적지 않습니다. 그러나 거기 불행과 파멸이 기다리고 있음을 뻔히 알면서도 습관 하나 고치지 못해 그 길을 택하는 약물 도박 중독자, 상습 폭행자, 마이너스 심벌에 사로잡힌 환자 아닌 환자들도 우리 주위에 적지 않은 걸 보면 이 말에 머리가 끄덕여지기도 합니다.

삶의 본능이 강한 사람의 특징은 여러 가지이겠지만 그 중에서 빼놓을 수 없는 것이 '행복과 진리의 추구'가 아닐까 생각됩니다.

사람이 행복해지는 것도 일종의 기술(技術)이라고 얘기합니다. 탈무드에도 그와 비슷한 얘기가 나와 있지요. 행복, 진리, 그런 것이 아주 멀리 있는 게 아니라 우리들이 지나 다니는 길가에 어디에나 떨어져 있다고요. 헌데, 그것을 자기 것으로 만들려면 낙타나 달리는 말에서 내려, 몸을 숙여 주워야 한다고요. 그러한 동작에서 보여주는 편리함의 거부, 자기 겸손, 실천 등이 행복 추구에는 아주 중요함을 이 얘기가 강조하고 있습니다.

행복이 무엇인가 알고 싶다면, 그래서 자신도 행복한 사람의 대열에 끼고 싶다면 황경운 님의 글을 읽어보라고 저는 권하고 싶습니다. 황경운 수필문학의 특징이 거기에 있다고 생각되어서입니다.

사람들은 흔히 '남의 불행'을 통해 자신의 행복을 발견하려는 태도를 보이기도 합니다. 남들과 비교해서 자신이 더 안락하고, 경제적 사회적 성취를 이뤘다고 느끼고 싶어서이겠지요. 자신에게 만약 이런 경향이 강하다고 생각된다면 이 책을 멀리하는 게 차라리 더 나을지도 모릅니다. 물론 이 책에 표현되어 있는 황경운 님의 생애는 '비교를 통한 자기 행복'을 확인시켜 주는 대목도 적지 않습니다. 그 대표적인 것이 '만나 뵐 수 없는 어머니의 그리움'이 아닐까 싶습니다.

6·25 한국전쟁의 비극이야 그 시대에 태어난 사람이라면 다 겪은 일이지만 '같은 슬픔'도 느끼는 사람에 따라 그 분량이 달라지듯 님은 유난히 더 이산(離散)가족의 고통을 뼈에 깊이 새기며 그리움에 목맨 세월을 살아오신 것 같습니다. '아시아의 예루살렘'이라고도 하는 평양에서 태어나 일찍 어머니와 헤어진 님은 어머니 얘기를 하다가 제 앞에서도 왈칵 눈물을 보일 때가 많았습니다. 님의 작품 속에는 이 '채워질 길 없는 그리움'과 '외로움'이 깔려있으며, 권두 수필 〈하늘에 그린 초상화〉를 비롯하여 〈이산의 아픈 넋두리〉 〈토시와 배자〉 등에서 그것을 더욱 진하게 느낄 수 있을 것입니다. 부모님의 체취와 땀내가 밴 토시와 배자를, 그 전쟁의 와중에서도 잘 간직한 그것을 가보(家寶)처럼 귀하게 여

기며 살아가는 내용들을 읽으면서 언제라도 부모님을, 가족을 만날 수 있는 사람들은 자신이 얼마나 행복한 존재인가를 깨달을 수 있을 것입니다.

하지만 그것보다 더 소중한 것은 '슬픔' 조차도 '행복한 삶'의 아주 중요한 요소임을 이 글들이 전해주고 있다는 사실입니다. 흙으로 빚은 그릇이 고열(高熱)에 의해 고려 청자나 이조 백자가 되듯 시련과 고통이 실상은 더 큰 진리와 행복 속에 풍덩 온몸을 담그게 하는 통과의례(通過儀禮)라는 사실을 실감시켜 주는 것입니다.

2

님은 언더우드 목사에 의해 최초로 세워진 우리나라 어머니교회, '새문안'의 첫 여성 장로(長老)이자 최초의 '부부(夫婦) 장로'로도 기록된 분이며, 전문 사회사업가에 버금갈 만큼 사회복지를 위해서도 헌신한 여성 지도자이기도 합니다. 크리스천이 아닌 사람들은 이런 경력만 소개받아도 조금쯤은 남성화한 '억센 여성'을 떠올릴 가능성이 높습니다. 하지만 그런 오해는 일찍 접어야 할 것입니다. 앞에서도 '행복의 조건'에 '겸손'을 꼽았습니다만 님의 평소 생활에서도 글에서도 이 겸손이 손에 묻어날 듯 짙게 느껴져서입니다.

님과 저는 문학을 인연으로 새문안교회에서 만났습니다. 1961년에 소설가로 등단한 이래 4반세기를 언론사에서 저널리스트 생활도 했던 저는 교회생활에서 아웃사이더와 같이 지내는 경우가 오히려 더 많았음을 고백 드리지 않을 수 없습니다. 그러나 황 장로님은 교우들 모두가 인정할 만큼 크리스천으로서 모범을 보이는 분이셨지요. 그래서 저는 일정한 거리를 두고 멀리서 님을 바라볼 수밖에 없는 처지였는데, 역사 깊은 새문안교회에 '기독교 문예창작교실'이 개설되어 그 지도를 제가 맡게 된 것을 인연으로 거리가 아주 좁혀졌습니다. 저는 그 무렵, 서울의 한 기독교계 종합대학교의 신학대학원에 '문학목회' 과정을 신설하여 문예창작 강의도 맡고 있었습니다. 목사님들의 수가 크게 증대된 만큼 이제는 목회 활동도 보다 더 전문화, 세분화할 때가 되지 않았느냐는 판단을 그 대학원에서 내렸던 것입니다. 대형 교회에 부목사님도 여러 분 모시게 된 만큼 문학이나 음악 등을 전문으로 하거나 또는 '지금보다 더 비중을 두는' 목회자의 수요가 반드시 늘게 될 것이므로 작품을 통한 문서 선교의 필요성도 절감하게 되리라 믿어져서였습니다. "문학의 소양을 쌓지 않고서 과연 성경 한 줄인들 뜨거운 가슴 없이 제대로 이해할 수 있을까?" 주제넘게 생각하기도 했던 터라 저는 '새문안'의 이 창작 강좌에 정열을 쏟았습니다. 수강생의 대다수가 권사, 집사님들이셨고, 그 중 유일한 장로 수강생이 바로 님이셨습니다. 이미 상당수의 문인을 배출한 이 창작교실에서 님은 '부지런함'과 '겸손함' '작품 발표 수효' 등에 있어 결코 2위로 밀려나지 않으려는 욕심을 부리셨지요. 그래서 아드님으로부터도 '욕심쟁이'라는 '별명'까지 얻은 것으로 저는 아는데, 이 대목 역시 아주 중요하다고 봅니다.

여생(餘生)이니 노경(老境)이니 하며 '앉을 자리만 있어도 누우려고 하는' 안일함에 빠져들기 쉬운 시기에 접어들어서도 문예창작만이 아니라 수지침 강좌, 꽃꽂이 등에 이르기까지 만학(晚學)의 정열이 더 뜨거워 보입니다. 그것 역시 경제력이 뒷받침되니까 가능한 것 아니겠느냐고 꼬집는 이도 있겠지만 이 '여유'를 나쁜 쪽으로 사용하다가 가문의 명예까지 실추시키는 경우를 우리들은 자주 보지 않았습니까? 그리고 '배움'이라는 것은 돈만 있다 해서 되는 일이 아니지요.

미국 '성취 동기 연구소'에서 각 분야별로 성공한 대표적 인사들을 조사해 내놓은 '성공의 3요소'를 한국인간개발원의 장만기 원장님이 교회에서 만난 제게 소개해 주신 적이 있습니다. 그것은 첫째 '시간 계획까지 구체적으로 명시한' 뚜렷한 목표, 둘째 '거의 맹목적일 만큼 몸에 밴' 근면성, 셋째 끊임없는 자기 개선(改善)의 노력이었지요. 그 중에서도 '자기 개선'에 관한 부연 설명이 지금도 귀에 생생합니다.

"경마장에서 긴 경주로를 달려 들어온 1등 마(馬)와 2등 마의 실력 차이는 겨우 '코의 길이' 정도였다고 했어요. 인생의 승자와 패자가 결정되는 것도 '큰 차이'가 아니라 결국 이 '코의 길이' 정도 앞섰느냐 뒤졌느냐에 따라 결정되는 셈이죠."

그렇습니다. 이 '코의 길이'를 극복하고자 끊임없이 자기 개선을 위해 노력하는 과정이 황경운 님의 글 속에는 자주 나옵니다. 그래서 저는 이 수필집이 '행복 교과서'가 될 수 있다고 생각하는 것이지요.

학생 때 교과서에서 〈큰 바위 얼굴〉이란 글을 읽은 생각이 납니다. '큰 바위를 닮은 큰 인물'이 그 고장에서 출현하기를 기다리며 성장해온 소년이 자라, 바로 그 고장 사람들이 모두 대망해온 '큰바위 얼굴'이 되었다는 내용입니다. 황경운 님은 어머니를 그리며, 어머니의 좋은 요소만을 상상하고 살아왔기에 그 스스로 '하늘에 그린 초상화'의 주인공 같은 어머니의 자애롭고 넉넉한 품을 가지게 된 게 아닐는지요. 그래서 주위 사람들을 편안하게 해주고, 때로는 '무시 당하는 것' 조차 즐거워하는 듯하여 아드님으로부터도 '욕심쟁이' 라는 놀림까지 받는 게 아닌가 싶습니다.

봉황새가 상상 속의 새이듯 비익조(比翼鳥) 역시 사랑을 상징하는 상상의 새입니다. 태어날 때는 각각 한쪽 눈, 한쪽 날개, 반쪽의 몸통밖에 없지만 두 마리의 비익조가 만나 비로소 온전한 몸을 이룰 때 하늘 높이 솟구쳐 날게 된다는 것이지요. 이럴 때 강조되는 것이 두 개의 눈이 '같은 방향' 을 보며, 날갯짓 역시 '함께 나란히' 해야 한다는 것입니다. 님의 부군이신 임급주 장로께선 〈성전의 설계사〉라는 두 편의 글에 소개되어 있듯 우리나라 교회 건물 설계의 권위자입니다만 황경운 님의 수필 작업을 곁에서 지켜보며 이런 말씀도 하신 것으로 저는 알고 있습니다.

"문학작품을 쓴다는 것과 성전 건축을 한다는 것은 같은 일이라고 할 만큼 공통점이 너무 많아요."

그래서 나이 드신 아내의 창작을 곁에서 이해하며 독자로서 격려도 아끼지 않은 것으로 압니다. 그렇습니다. 전혀 다를 것 같은 두 가지 길에서도 공통점을 발견해서 서로 격려하며 같은 목표를 향해 날아가는 비익조의 자세, 이것 역시 행복의 요소라고 생각됩니다. 하기야 산문의 플롯(plot)을 가리켜 '작품의 청사진' 이라 얘기하고, 성전을 설계하기 전에 구상하는 단계에서의 초점 잡기가 수필의 주제(主題) 잡기와 너무 닮아서 그런 느낌을 받으셨겠지요. 건축에서의 재료 하나, 마지막 장식 작업 하나까지 소홀히 해선 안 되듯 문인 역시 어휘 하나에까지 그토록 신경을 쓴다는 사실을 아신다면 아내의 창작 작업을 곁에서 말리지 않을까 두려워지기도 합니다.

"사람은 왜 글을 쓰는가?"

노래를 부르는 행위 등과는 달리 글쓰기는 당사자에게 고통을 안겨주는 경우가 많습니다. 낙서하듯 분량만 늘려 나가는 글이 아니라, 고려청자를 굽는 도공처럼 제대로 된 작품 한 편을 빚고자 심혈을 기울일 때는 더욱 그렇지요. 생각의 폭을 넓히려고 자료를 찾아가며 정리하고, 적확한 어휘들을 골라 치밀하게 구성해 나가는 집필 과정 등이 그렇습니다. 그래서 어떤 이는 "만년필 끝을 통해 심장의 피 한 방울 한 방울이 떨어져 빨간 색 원고지 칸을 채운다"고도 말했습니다.

행복한 사람에겐 대부분이 일기조차 없다고 합니다. "임금님 귀는 당나귀 귀"라고 숲 속에서 혼자라도 외치지 않고선 견딜 수 없는 사연을 가진 사람이, 삶의 소중한 깨달음을 남들과 공유하고픈 이들이, 일반인과는 달리 예언자적인 예지 능력을 갖췄거나 유난히 가슴이 따뜻한 분들이 문학을 한다는 얘기도 있습니다.

그래서 글을 읽고 난 뒤 독자의 가슴을 더욱 답답하게 만드는 필자들도 적지 않고, 또 이런 계열의 작품 속에 세계적 명작이 많음도 우리는 알고 있습니다. 문학이 추구하는 것은 모국어의 발전과 정서의 함양 이외에 궁극적으로 '인간 탐구'와 '인생의 표현'이기에 그럴 것입니다.

하지만 행복과 진리를 발견하게 해주는 따뜻한 가슴의 글, 빈자(貧者)의 분노나 자기 변명만이 아니라 '노력과 능력에 의한 당당한 행복'의 본을 보여주는 글쓰기도 자유민주주의 세계에선 필요하지 않나 생각됩니다.

자신에게 주어진 일을 결코 외면하지 않고, 신앙면에서도, 사회복지 활동에도 모범을 보일 때는 더욱 그렇겠지요.

의사가 많은 '의료가정의 어머니'이면서도 고정관념에 사로잡히지 않고, 민간 치료술이라 정통 의학계에서 다소 경원하기도 하는 수지침을 서슴없이 예찬까지 하는 등의 솔직하고 용기 있는 자세 등도 좋게 평가해야 할 대목인 듯합니다.

뒤에 함께 수록한 기도문을 비롯해서 자신의 신앙생활을 고백하듯 쉽게 풀어나간 글들이 다른 신앙인들에게도 큰 도움이 되리라 생각됩니다.

인생이 '무엇'을 '어떻게' 하며 살아왔는가에 초점을 맞추듯이 문학작품도 '무엇'을 '어떻게' 썼는가 그 기법에도 논평의 잣대를 들이댑니다. 제4장〈문학의 향기〉편에 수록된 님의 작품은 매우 정갈하고 간결하며 정확한 문장으로 이뤄져 있습니다. 그러면서도 외식(外飾)을 절제하며, 오히려 '무기교의 기교'라는 높은 경지를 추구하는 느낌입니다. 연륜이 쌓일수록 님의 이 독특한 문학세계와 문체도 더욱 성숙하고 발전하리라 기대됩니다.

4

바이블에도 글쓰기에 대한 대목이 이렇게 나와 있더군요.

〈그때에 사람의 손가락이 나타나서 왕궁 촛대 맞은편 분벽에 글자를 쓰는데 왕이 그 글자 쓰는 손가락을 본지라 이에 왕이 즐기던 빛이 변하고 그 생각이 번민하여 넓적다리 마디가 녹는 듯하고 그 무릎이 서로 부딪친지라〉(다니엘 5: 5)

앞에 인용한 성경은 오늘을 살아가는 현대인들처럼 왕이 교만에 빠져 여호와에게 영광을 돌리는 것도 게을리하고 있을 때 일어난 현상을 기록한 내용입니다. 왕이 불안하여 소위 박사들과 술객들을 불러 이를 해석토록 하였으나 아무도 그 뜻을 밝히지 못하고 있을 때 다니엘이 이 부분을 해석하는 내용이 같은 장 25~28절에 펼쳐집니다.

〈기록한 글자는 이것이니 곧 메네 메네 데겔 우바르신이라 그 뜻을 해석하건데 메네는 이미 하나님이 왕의 나라의 시대를 세어서 그것을 끝나게 하셨다 함이요 데겔은 왕이 저울에 달려서 부족함이 뵈었다 함이요 베레스는 왕의 나라가 나뉘어서 메데와 바사 사람에게 준 바 되었다 함이니이다〉

이 일로 하여 다니엘은 다리오의 총리가 되지만 여기서 강조하고자 하는 것은 그 사건의 내용이 아니라는 생각도 해봅니다. 우리는 날마다 그 어떤 사건과 접하고, 현상을 보며, 또 텔레비전이나 책을 봅니다. 하지만 마음으로 사물을 대하지 않으면 설사 그 사물을 대한다 해도 눈에 띄지 않습니다. 그렇게 보면서도 보지 못하는 사람들을 위해 우리 기독교 문학 작가들은 그들의 눈과 생각을 대신해 줘야 할 책무를 지고 있는 게 아닐까요.

문학작품은 '인생의 압축 파일'이라고 합니다. 인생에 대한 모든 것이 그 안에 담겨있기 때문이죠.

과학 만능주의, 상업주의, 퇴폐 향락문화의 극성으로 황폐해진 정신 상황, 텔레비전 등 영상매체 세대의 등장으로 감소화 현상을 보이고 있는 독서(讀書)인구의 문제 등 신앙생활과 관계된 우리 시대의 문제점은 이루 열거할 수 없을 만큼 많습니다.

"인생이란 풀어야 할 숙제가 아니라 체험으로 겪어야 할 신비의 세계"라는 시인 릴케의 말처럼 우리 크리스천은 '체험의 시대'를 맞아 살아가고 있습니다.

서구의 신앙도 이성(理性) 중심에서 직관(直觀) 중심으로 옮겨 가고 있다고 신학자들은 얘기하고 있습니다.

"신학적 명제를 간추려 놓던 식에서 요즘은 그냥 이야기로 풀어 가는 분위기가 늘어나고 있습니다. 원래 신학이 그처럼 딱딱한 명제로 정리되기 전에는 사실, 신학적인 통찰은 모두 이야기에 담겨 있었습니다. 추론으로서가 아니라 직관으로, (부분의) 분석으로서가 아니라 종합으로 하자는 것입니다. 이야기는 하나의 커다란 전체이므로 부분의 합(合)보다 크며, 직관에서 나오고, 종합적인 것이니까요"

캘리포니아 에설린 연구소의 슈타인들—라스트가 한 이 말도 그것을 뒷받침하고 있는 듯합니다.

이야기 형식은 문학, 그 중에서도 산문과 가장 가까운 것입니다. 더욱 깊고 열린 역동적 신앙, 성숙된 시민생활에도 도움을 줄 뿐만 아니라 독자들을 더욱 더 행복하게 해 주는 문학이 더 큰 결실을 맺으리라 생각하면서 황경운 님과 이 글의 독자들 앞날에도 큰 행운이 깃들이기를 빕니다.

저자 약력

- 아호 지헌(芝軒)
- 평양 출생
- 평양 서문고녀 졸업
- 계명대학 졸업
- 뉴질랜드 유학
- 한국수필 등단
- 한국문인협회, 한국수필가협회 회원
- 새문안교회 장로
- 기독교 문예창작 · 타래문학 · 문학의 향기 동인
- 수필집 :『하늘에 그린 초상화』
- 공 저 :『타래』『여백이 있는 찻집』『그리움의 뒷』외 다수
- E-mail: whangkw@hotmail.com

황경운 수필집

하늘에 그린 초상화

초판인쇄 2006년 10월 10일
초판발행 2006년 10월 15일

저   자 황 경 운
회   장 라 대 곤
발 행 인 서 정 환
편 집 인 백 시 종
주   간 채 문 수
편 집 장 강 병 석
편   집 권 은 경 · 김 미 림 · 정 재 분
펴 낸 곳

출판등록 2005년 3월 9일 제300 - 2005 - 34호
주   소 서울시 종로구 익선동 30 - 6
         운현신화타워 207호
전   화 (02) 3675 - 5633
E-mail   qmyes@naver.com

값 10,000원

ISBN 89-91926-18-5 (03810)